KB058853

특급 길드에 어서 오세요!

~사랑받는 마스코트 엘프는
모두의 마음을 치유한다~

지은이 **아이 리이아**

일러스트 **니모시**

루드비크

의료 담당자들의 리더이자 투명실거미 아인. 평범한 외모에 온화한 성격을 지닌 장년 남성.

레키

오르투스 의료부문에 소속된 수습 간호사. 무지개늑대 아인으로 각도에 따라 색이 다르게 보이는 아름다운 털을 지녔다.
솔직하지 않은 성격이지만 근본적으로는 착하다.

유진

특급 길드 오르투스의 두목. 동료를 가족처럼 생각하며 길드를 자신의 집이라고 부르는 괴짜. 도량이 넓은 장년 남성.

자하리아슈

마대륙에서 실질 최강이라 불리는 마왕. 마치 조각상처럼 아름다우며 위압감도 대단하지만, 지나치게 솔직한 성격이다 보니 얼굴값을 못하는 일면도 있다.

리히토

일본인처럼 생긴 소년. 인간이면서도 성장한 아인만큼 강한 마력을 지녔다.
메구와 로니를 동생처럼 여기며, 두 사람을 지키려고 하는 똑 부러진 성격.

로나우드

애칭은 로니. 드워프족 아이.
몸집은 작아도 힘이 좋고 무척 상냥한 소년. 다른 사람과 대화하는 걸 조금 어려워한다.

라비

리히토를 키운 부모이자 든든한 인간 여성 모험가. 남을 잘 챙기지만 의외로 스파르타적인 일면도, 책임감이 강하다.

고든

광산 근처 오두막에 사는 라비의 오랜 친구.
말투나 태도가 다소 거친 중년 남자.

메구

정신을 차리자 어린 엘프의 몸에 빙의해 있었다. 원래는 20대 후반의 일본인 여성. 사축. 긍정적인 성격과 사랑스러운 외모로 주위를 치유해준다. 노력가.

기르난디오

특급길드 오르투스 내에서도 1, 2위를 다투는 실력자이자 그림자독수리 아인. 과묵하고 무표정. 임무 도중에 메구를 발견해서 보호했다. 팔불출 부모가 되어가고 있다.

슈리엘레치노

온화하고 성실한 엘프 남성. 속이 시꺼먼 일면도. 메구에게 자연 마법을 가르쳐주는 스승. 그 미소로 수많은 사람을 매료시킨다.

사우라디테

오르투스의 총괄을 담당하는 털털한 소인족 여성. 존재감이 대단하다. 흉악한 함정 개발이 특기.

쥬마

전투밖에 모르는 바보. 뇌가 근육으로 된 오니족. 물리적으로도 정신적으로도 맷집이 튼튼하며 회복력도 오르투스 최강. 생각 없는 발언을 할 때가 많다.

케이

오르투스 최고의 미남이라 일컬어지는 여성. 꽃빛뱀 아인으로, 소리 없이 조용히 접근하는 습관이 있다. 자연스럽게 느끼한 언동을 한다.

캐릭터 소개

목차

Welcome to
the Special Guild

일러스트: 니모시 Nimoshi   디자인: 베이아 Veia

제1장 ✦ 따뜻한 집

1 눈을 뜨다

　조금씩 정신이 깨어나는 걸 느꼈다. 나는 지금 잠들었고 곧 일어나게 된다는 걸 느끼면서도 아직 눈은 뜨지 못하는, 그런 상태. 가장 먼저 느낀 건 소리다.

　"……! ……니까, ……해."

　뭘까. 소란스럽다고 해야 하나 떠들썩하다고 해야 하나, 여러 명의 목소리가 들린다. 누구의 목소리지. 어쩐지 반갑다. 서서히 감각이 돌아오자 내 주변에 사람이 여럿 있다는 걸 알 수 있었다. 여기가 어디더라. 위험한 느낌은 안 드는데.

　"조금…… 잖아!"

　"작작 좀……!!"

　응? 떠들썩함을 넘어서 시끄럽잖아? 아니, 이거 싸우는 거야?! 누구와 누가? 대체 무슨 상황인 거지. 그걸 확인하고 싶어서 무거운 눈꺼풀을 억지로 들어 올렸다. 몇 번 깜빡여 봤으나 아직 흐릿했다. 그래도 이 싸움은 막아야지. 제법 진지하게 화난 목소리였는걸. 일어나자. 일어나야 해. 나는 몸에 힘을 빡 주었다.

　"싸, 우지, 마! 콜록."

　어떻게든 상반신을 벌떡 일으켜서 소리치자 익숙한 얼굴들이 일제히 이쪽을 보았다. 목이 바싹 말라서 목소리가 갈라져 나왔지만 제대로 전해졌으면 됐지 뭐. 가볍게 콜록거리며 바로 주변 상황을 확인했다. 일제히 이쪽을 보는 놀란 얼굴, 얼굴, 얼굴. 간신히 시야도 뚜렷해진 덕분에 누가 누구인지 알아볼 수 있었다. 응? 어라? 여기 혹시.

"메, 메, 메구우우우우우우!!"

눈물과 콧물로 엉망이 된 사우라 씨가 나를 향해 다이빙했다. 흐억?! 하지만 나에게 착지하기 직전에 누군가가 허리를 턱 붙잡는 바람에 사우라 씨는 허공을 헤엄치듯 팔다리를 버둥거렸다. 뭐지. 좀 귀엽잖아. 마치 어미고양이에게 뒷목을 물린 새끼고양이 같다. 주변에는 메어리라 씨와 레키. 그렇다면……. 아, 역시 여기는.

"오르, 투스……? 나, 돌아, 왔, 구나아아아……."

"아앗, 메구!"

막 정신이 든 상태에서 갑자기 상반신을 일으켰기 때문인지, 아직 피로가 덜 풀렸던 건지. 제대로 힘이 들어가지 않아 나는 다시 뒤로 풀썩 쓰러졌다. 다녀왔습니다, 베개 양. 으으, 세상이 핑핑 돈다아아. 아직 꿈속에 있는 것처럼 몽롱한 감각. 그래도 여기는 오르투스지? 전처럼 이건 꿈이었다는 엔딩인 건 아니지? 아직 현실감이 없어서 의심이 들었다. 하지만 머리가 어질어질해서 속이 뒤집힐 것 같은 걸 보면 꿈이 아닌 거겠지?

"그만 좀 하라고! 깨 버렸잖아! 걱정하는 건 이해하지만 면회 사절이다! 나가."

옆에서 루드 선생님이 혼냈다. 큰 목소리는 아닌데도 확실하게 느껴지는 박력에 그 자리에 있던 사람들이 다들 등을 똑바로 폈다. 누워있는 나조차 무심코 차렷 자세를 해버렸을 정도다. 몇초간의 침묵이 흐른 뒤, 사우라 씨가 조용히 입을 열었다.

"미안해, 루드. 메구도 소란 피워서 미안. 하지만 곧 눈을 뜬단 소릴 들으니까 도저히 가만히 있을 수 없었어. 게다가 지금 눈을 뜬 걸 보니까 너무 기뻐서……."

"……하아, 나 원. 그 마음은 다들 마찬가지야. 하지만 지금은 당장 나가. 알았지?"

루드 선생님이 얼어붙을 듯한 목소리로, 반론은 듣지 않겠다는 아우라를 뿌리며 그 자리에 있는 전원에게 선고했다. 조금 전에 혼냈을 때보다는 조금 부드러워진 느낌이 들지만, 그래도 시키는 대로 안 했다간 큰일이 일어나리라는 게 생생하게 느껴졌다. 다들 얌전히 고개를 끄덕이는 모습이 신선했다. 한쪽 팔에 덜렁 들린 채 고개를 축 떨구는 사우라 씨가 또 독특한 분위기를 연출했다. 아하, 사우라 씨를 붙잡은 건 루드 선생님이었구나. 눈만 굴려서 주위를 살피자 이 자리에는 케이 씨, 니카 씨, 마이유 씨, 커터 씨, 그 외에도 많이 와 주었던 모양이다. 아, 문 옆에는 슈리에 씨도 있네. 제대로 상황을 이해하고서 그 자리에 있다니 역시 슈리에 씨라는 생각이 잠깐 들었으나, 발치에 쥬마 오빠가 널브러져 있는 걸 발견하고 뭐라 말할 수 없는 기분이 들었다. 그, 그래. 밟고 있어야 하니까 이쪽에 못 온 거구나. 아마도 안에 뛰어들려고 한 쥬마 오빠를 거기서 붙잡고 있는 거겠지. 황당한 기분으로 그 모습을 관찰하고 있었더니 눈이 마주쳤다. 슈리에 씨는 내가 눈을 뜬 것에 안도한 것처럼 아름다운 미소를 지어주었다. ……응, 발밑은 못 본 걸로 하자!

"미안해요, 메구. 훌쩍, 금방 조용해질 거예요! 정말이지. 이렇게 난리를 칠 줄 알았다면 눈을 뜰 징조가 있다고 알려주지 말 걸 그랬어요!"

"저 사람들은 말을 귓등으로도 안 들으니까."

옆에 있던 메어리라 씨가 코맹맹이 소리로 그렇게 말했다. 잘 보니 눈가도 코도 빨갰다. 레키는 변함없이 퉁명스러운 얼굴이었지만 눈 아래가 까맣게 죽어있는 게 보였다. 그것만으로도 열심히 했다는 걸 알 수 있어서 가슴이 북받쳤다.

"메어리라 씨, 레키도……."

그 이상 말을 했다간 눈물도 흐를 것 같아서, 두 사람의 이름을 부르는 게 고작이었다. 그렇게 목이 메어서 아무 말도 못 하고 있었더니 누워있는 내 머리맡에서 살며시 다가온 손이 머리를 쓰다듬어 주었다. 이 손의 감촉은, 알고 있다. 나는 그 방향으로 고개를 살짝 돌렸다.

"메구, 조금 더 쉬어."

"기르 씨……."

살포시 느껴지는 부드러운 손길과 눈빛. 그건 내가 정말 좋아하는 기르 씨였다. 그걸 알고, 후우우 숨을 내쉬었다. 루드 선생님의 말로는, 기르 씨만은 옆에 있는 걸 허락해 주었다고 한다. 그게 나도 안심할 수 있을 거라면서. 나이스한 판단입니다, 루드 선생님. 실제로 굉장히 힐링됐고 안심했거든요.

한 번 더 눈을 굴려 주변을 둘러보았다. 아는 얼굴들이 걱정하거나, 기뻐하거나, 울 것 같은 표정으로 이쪽을 보고 있었다. 걱정 끼친 건 미안했지만 그 이상으로 기쁨이 치밀었다. 다들 아는 얼굴이라는 게 이렇게나 안심되는 일이라니. 여기는 오르투스. 오르투스다. 나의 집. 그렇구나……. 나, 돌아왔구나. 돌아온 거야.

"윽, 흐ㅇㅇ……!"

"메구……?!"

실감했더니 눈물이 계속해서 뚝뚝 흘러넘쳤다. 가능하면 걱정 끼친 사람들에게 계속 웃는 얼굴을 보여주고 싶었지만, 인내의 한계였다. 어쩔 수 없잖아. 살아서 돌아왔는걸. 꿈이 아니라 정말로. 계속 믿었고, 돌아오는 걸 절대 포기하지도 않았다. 그래도, 그래도……!

"윽, 크흡, 다, 다녀왔어요, 오르투스으으으……! 흐어어엉!!"

지금 정도는 울어도 괜찮겠지? 이제 마음을 놓아도 되는 거지? 나는 사양하지 않고 엉엉 울었다. 주변 사람들도 내 오열을 받아주었다. 다들 자상하게 머리를 쓰다듬어 주면서 잘했다고, 고생했다고 말을 건넸다. 메어리라 씨는 같이 울어주었고, 루드 선생님과 그 레키조차 조금 눈물을 글썽였다. 기르 씨가 부드럽게 손을 잡아준 덕분에 나는 더 크게 울었다.

평범한 일상이 이렇게나 기쁘다. 이 당연한 나날이 당연하지 않다는 걸 뼈저리게 깨달았다. 어느 날 갑자기 일상을 잃어버리는 일은 누구에게나 일어날 수 있다는 걸 알았다. 그러니 나는 이 행복을 계속 지켜 나가고 싶다. 그러기 위해서 더 많이 강해지겠다고 결심했다. 잔뜩 운 뒤에는 안 울 거야. 그러니까 지금은 행복 속에서 실컷 울겠습니다. 이 사람들을 만날 수 없어서 쓸쓸했다. 괴로웠다. 아팠다. 무서웠다. 그리고…… 이렇게 재회해서 정말 기쁘다.

다녀왔습니다, 오르투스.

그 후 문병하러 와준 사람들은 루드 선생님이 물리적으로 쫓아냈다. 내가 눈을 뜬 걸 확인했기 때문인지 다들 얌전히 시키는 대로 우르르 나갔다. 덕분에 실내가 너무 조용한 느낌이다. 의무실이니까 이게 평범한 건데 조금 허전하단 느낌이 든단 말이지.

내 눈물이 진정되자 절묘한 타이밍으로 슈리에 씨가 홍차를 가져다주었다. 조금 전 소동이 일어난 뒤였기 때문인지 의료팀은 경계심을 드러냈으나 조심스럽게 노크한 뒤 방문 이유를 정중하게 설명했고, 본래 지닌 인망 덕분에 바로 통과되었다. 역시 슈리에 씨. 설령 그게 전부 계산이었다고 해도 그것도 포함해서 슈리에 씨다.

"이걸 두면 바로 나갈 테니까요. 하지만, 그……. 조금 껴안아도 될까요?"

물론입니다 슈리에 씨이이이이이!! 조금 부끄러운 듯 말하는 슈리에 씨는 그 미모가 어우러져 내 심장을 저격했다. 그에 오히려 내 쪽에서 슈리에 씨에게 뛰어들려고 했는데, 생각했던 것보다 더 힘이 들어가지 않아서 침대에서 떨어질 뻔했다. 민망해

라. 하지만 역시 슈리에 씨라고 할까. '저런' 하는 가벼운 감탄사와 함께 부드럽게 부축하더니 쓴웃음을 지으면서도 '어쩔 수 없는 아이로군요'라며 꼭 껴안아 주었습니다. 아아, 친절해라. 게다가 좋은 냄새가 난다. 그리웠다. 또 눈물이 날 것 같아. 메구야! 이제 그만 울어야지! 울음도 참을 겸 좋은 냄새를 만끽할 겸 슈리에 씨의 가슴에 얼굴을 부비부비 비볐다. 얼버무렸다고도 할 수 있다.

"……이거 이성이 위태로워지네요."

"……참아, 슈리에."

슈리에 씨의 중얼거림에 기가 막힌다는 듯 대답하는 루드 선생님. 간지러웠나? 미안, 슈리에 씨. 하지만 조금만 더 즐겨야지. 부비부비.

잠시 후 아쉬워하면서도 슈리에 씨가 돌아갔다. 역시 신사다. 약속은 제대로 지킨다니까. 그러니까 신뢰받는 거겠지. 나는 슈리에 씨를 침대에 누운 채로 배웅한 뒤, 슈리에 씨가 가져다준 홍차를 마시고 싶다고 루드 선생님에게 요청했다. 목도 칼칼해서 마침 목이 말랐단 말이지. 다만 나는 아직 안정이 필요하다는 이유로 어쩔 수 없이 침대에 앉은 채 홍차를 마시게 되었다. 상반신을 일으키자 즉시 기르 씨가 뒤에 쿠션을 놓아준 덕분에 편하게 앉을 수 있었다. 그 후 은은하게 허브 향기가 풍기는 홍차를 천천히 음미했다. 너무 뜨겁지 않아 먹기 좋은 온도였기 때문에 바로 마실 수 있었다. 감사한 배려다. 후우, 맛있어라. 얼핏 우아한 티타임처럼 보일지도 모르지만, 악력이 저하된 탓에 컵이 덜그럭덜그럭 시끄러워서 기르 씨가 대신 먹여주었다. 구도가 민망하지만 맛있게 마실 수 있으면 된 걸로 치자. 한숨 돌리자 '잠시 설명해 두기로 할까'라며 내가 잠든 사이에 일어난 일을 루드 선생님이 들려주었다.

"먼저 메구. 네가 기절하고 오늘까지 20일 정도가 지났어."

이어진 그 말에 사레들렸다. 홍차를 뿜지 않은 것만으로도 장하다 메구야! 하지만 눈물은 그렁그렁하다. 기르 씨가 등을 문지른 뒤 수건을 건네주었다. 정성스러워라. 그 반응을 보고 다 마신 뒤에 이야기할 걸 그랬다며 루드 선생님이 쓴웃음을 짓고 사과했다. 괜찮아, 신경쓰지 마! 하, 하지만 아무리 그래도 20일이나 지났다니 너무 뜻밖이다. 보름이 넘었잖아? 너무 잔 거 아니야? 어쩐지 몸이 잘 움직여지지 않더라!

"그동안 두목과 마왕은 인간 대륙에서 돌아오지 않았어. 저쪽에서 해야 할 일이 많아서 바쁘다는 것도 있겠지만. 사실 두 사람은 저쪽에서 메구가 눈을 뜨는 걸 기다렸지."

"나를? 인간 대륙에서?"

들어보니, 아무래도 두 사람은 라비 씨와 고든의 처벌을 내가 정하도록 황제님과 교섭했다고 한다. 그때까지는 절대 처형하지 못하도록. 그리고 그 권리를 훌륭히 획득했다. 무, 무슨 짓을 한 거야……?! 아니, 모르는 사이에 처형당했다면 마음이 뚝 꺾였을 테니까, 실제로 고맙긴 하지만?

"일단 모험가를 이쪽에서 보호할 수 없는지도 부탁했다나 봐. 하지만 아무리 그래도 아직 형벌도 정해지지 않은 중죄인을 마대륙에 보낼 수 없다며 거절당했다는 모양이야. 이건 처음부터 어려울 거라고 알고 있었겠지만."

그래, 알지만 물어본 거구나. 고마웠다. 규칙에 대고 억지를 부릴 수는 없지. 의외로 먼저 어려운 조건을 내세워서 나를 기다린다는 조건을 받아들이기 쉽게 만드는 작전일지도 모르고. 그런 식의 교섭술이 있었지? 음, 아마 그거일 거다.

"그러니까 메구는 다시 인간 대륙에 가야 해. 힘들지도 모르지만, 아마 우리가 부탁하지 않아도 가겠다고 할 것 같아서."

나를 정말 잘 파악하고 계십니다! 그 말 그대로다. 모처럼 나에게 처벌을 맡기는 걸로 해줬는걸. 그러기 위해서는 직접 만나는 게 당연히 좋다. 무엇보다 내가 만나고 싶다. 라비 씨에게는 하고 싶은 말이 많이 있으니까. 제대로 된 작별 인사도 하지 못했고. 무엇보다…… 걱정된다. 확실히 인간 대륙라는 단어만 들어도 무섭고 힘들다. 그로부터 20일이 지났다고는 하지만 지금 막 눈을 뜬 나에게는 어제처럼 느껴지니까. 하지만 그렇다고 가지 않는다는 선택지는 없다. 무서움보다는 가고 싶다는 감정이 더 크다. 그러니 긍정하는 뜻을 담아 나는 천천히 고개를 끄덕였다.

"눈빛에 망설임이 없구나. 의사로서는 복잡한 심경이지만, 이것만큼은 말릴 수도 없지. 물론 그때는 기르도 같이 갈 거야."

"이제 절대 옆에서 떨어지지 않을게. 믿어줘."

이번에는 기르 씨와 함께……? 그렇다면 더욱 걱정할 게 없다. 하지만 기르 씨는 어딘가 불안한 듯 눈동자가 흔들리고 있었다. 책임감이 강한 기르 씨니까, 나에게서 떨어진 것에 아직 죄책감을 느끼는 건지도 모른다. 그건 어쩔 수 없는 일이라는 건 누구나 알 수 있는데. 하지만 아마 그건 기르 씨도 알고 있겠지. 논리가 아니다. 그 기분은 나도 알 수 있다. 그러니 나는 기르 씨의 손을 두 손으로 살며시 붙잡았다.

"나는 단 한 번도 기르 씨를 의심한 적 없어. 이번에도 구하러 와 줬는걸. 그러니까 지금까지 그랬던 것처럼 계속 기르 씨를 믿을게."

내 말을 들은 기르 씨는 눈을 크게 떴다가 부드럽게 미소 지으며 기쁘다는 듯 '그런가'라고 대답했다. 그리고 시선을 한 번 내렸다가 진지한 표정으로 다시 눈을 맞췄다.

"그렇다면 그 신뢰에 보답해야지. 그게 내가 할 수 있는 일이니까."

둘이서 몇 초간 서로를 마주 보았다. 그리고 동시에 후후후 웃었다. 아아, 행복해라. 내가 기르 씨를 믿고, 기르 씨가 나를 믿어주고. 기르 씨와는 앞으로도 이렇게 서로 신뢰하는 관계를 구축해 나가고 싶다.

"메구……, 꽤 성장한 모양이구나."

"흐어?"

그러자 우리를 지켜보고 있던 루드 선생님이 무언가를 깨달았다는 듯 그렇게 말했다. 확실히 다양한 경험을 했으니까 스스로도 나름 성장했다고 생각했다. 그렇게 보인다면 기쁘기도 하고. 하지만 일어난 뒤로 대화를 조금 한 게 전부인데 그렇게 금방 알 수 있나? 신기해하는 나에게 루드 선생님이 생각지도 못한 답을 알려주었다.

"말이 유창해졌어. 발음이 또렷해."

"어?"

저, 정말로?! 듣고 보면 최근에는 발음이 꼬여서 민망함에 몸 부림치는 일이 별로 없는 느낌이다. 전혀 없는 건 아니지만…… 그래도 거의 없어졌지? 그래도 의문이 남는다. 오르투스에서 떨어져 있던 기간은 끝없이 길게 느껴지긴 했지만, 고작 몇 달 정도. 마대륙에 사는 사람 기준으로는 정말 고작이다. 어린아이는 몇 달만 지나도 쑥쑥 성장한다고 하니 예외일지도 모른다는 생각도 들지만, 그렇게 쉽게 발음이 고쳐질까. 열심히 연습해도 통 개선되지 않았던 그 상태에서 이렇게 금방.

거기까지 생각했다가 퍼뜩 깨달았다. 이건 단순한 가설이지만, 어쩌면 사실 훨씬 전부터 유창하게 발음할 수 있었던 게 아닐까. 아니, 궁색한 변명 같지만 일단 그렇게 생각한 이유는 있다. 혀짧은 발음이 나왔던 건…… 내 '어리광'의 표출이었던 게 아니냐는 거다. 나는 오르투스에서 많은 사람의 친절 속에서 사랑받으며 안주했다. 성장해야 한다고 생각하면서도 생각만 했을 뿐이었다. 응석 부리는 생활이 기분 좋았으니까 거기에 머물러 있었던 거다. 진정한 의미로 자립할 마음은 없었던 건지도 모른다. 하지만 이번에는 내 힘으로 어떻게든 해야만 하는 상황에 빠졌고, 잔뜩 노력했고 살아남기 위해 머리를 열심히 굴렸다. 그야 다른 오르투스 길드원들에 비하면 별것 아닐지도 모르지만, 틀림없이 정신상태가 바뀌었다. 자립해야만 한다고, 정신 차리지 않으면 죽는다고. 그러면서 성장한 걸지도.

조금 억지 가설인 느낌이 들지만, 그렇게 생각하니 묘하게 그럴싸했다. 좋아, 또 어리광을 받아주는 생활로 돌아가도 너무 기대지 않도록 조심해야지. 이번에야말로 진짜, 스스로도 신경 쓰면서 성장하는 거야. 나는 오르투스의 메구니까.

"지금이라면 부를 수 있을 것 같아!"

"뭘?"

내가 주먹을 불끈 쥐고 선언하자 기르 씨가 고개를 갸웃거렸다. 후후후, 그야 당연히 그거죠. 발음이 유창해지면 꼭 하고 싶다고 다짐했던 거니까. 오히려 그러기 위해 계속 연습했던 거니 지금 말하지 않으면 언제 말하리오. 나는 자신만만하게 씩 웃으며 기르 씨를 불렀다.

"기르낭디오, 씨…… 으악, 어째서?!"

지금이라면 부를 수 있을 줄 알았는데! 여태까지 멀쩡했던 발음이 어째서 지금?! 분하다. 너무 분하다. 누군가가 자만하지 말라고 경고한 기분이다. 어깨를 축 떨어트리고 좌절하자 루드 선생님이 가장 먼저 웃음을 터트렸다. 뒤이어 메어리라 씨와 레키도 배를 잡고 웃기 시작했다. 기르 씨도 조금 늦게 어깨를 떨었다. 아니, 차라리 대놓고 웃어줘! 하아, 분위기 어쩔 거야. 내 어리광이 완전히 사라지려면 조금 더 시간이 걸릴 것 같다. 으아앙!!

그래, 한바탕 웃고 나면 다시 본론으로 돌아가기로 할까. 그 외에도 물어보고 싶은 게 있으니까! 훌쩍.

"크큭, 미안해. 오랜만에 웃었네."

"역시 메구가 있으면 오르투스가 밝아진다니까요! 메구가 있으니까 다들 웃는 거예요!"

루드 선생님과 메어리라 씨가 그렇게 위로해 주었지만 내 마음은 이미 자근자근 밟힌 뒤다. 됐습니다, 여러분이 즐거웠다면 그걸로 만족해요…….. 아니, 만족은 무슨. 언젠가 반드시 설욕하리라. 뭐 아무튼, 계속 쪽팔림에 몸부림칠 수도 없으니 궁금한 걸 내가 먼저 물어보기로 했다. 내 섬세한 마음은 비교적 금방 수복된다.

"저기, 나 말고 아이가 두 명 더 있었을 텐데……."

가장 궁금했던 건 이것이다. 열이 오르는 바람에 기억이 흐릿하지만, 기르 씨의 황새 택배로 두 사람과 같이 여기에 왔었던 것 같은데. 어렴풋한 기억 속에, 아돌 씨가 교섭하고 기르 씨가 화내고 있던 광산의 모습이 있다. 그러니 내 예상이 맞다면 틀림없이……!

"아아, 리히토와 로나우드 말이지. 그 애들도 지금은 우리 길드에 와 있어. 둘 다 이미 눈을 떠서, 각자 다른 방에서 생활하고 있지."

역시나! 둘 다 오르투스에 와 있었구나! 그 말을 듣고 아주 안심했다. 리히토도 응급처치를 받았다지만 상당한 중상이었고, 로니도 심각한 화상에다 마력도 고갈되어서 걱정이었거든. 하지만 오르투스에 왔다면 더는 걱정할 게 없지. 우리 의료팀이 두 사람을 못 고칠 리 없으니까! 어째서인지 내가 자랑스러워하는 건 용서해 주시라.

"어, 어디 있어?! 지금 당장⋯⋯."

두 사람이 이미 눈을 떴다는 이야기에 바로 얼굴을 보고 싶어졌다. 침대에서 몸이 떨어질 기세로 내가 몸을 내밀자, 기르 씨는 내 몸을 살며시 돌려놓았고 루드 선생님은 절레절레 고개를 저었다. 왜 안 되는 거냐고 소리칠 뻔했는데, 두 사람에게서 동작은 부드러워도 거절은 거절한다는 박력이 느껴졌기에 입을 꾹 다물었다.

"보러 가고 싶은 거지? 하지만 조금만 더 참아. 닥터 스톱이야, 메구. 사실 며칠 더 안정을 취하도록 잡아 두고 싶은데⋯⋯. 그래, 내일 검사해 보고 괜찮을 것 같다면 조건부로 안내해 줄게. 둘 다 어디 안 도망가."

끄으윽. 당장 만나고 싶지만, 닥터 스톱이라면 어쩔 수 없지. 게다가 의사 모드인 루드 선생님은 거역할 수 없어⋯⋯! 얌전히 있겠습니다. 넵.

"스스로는 잘 모를 수 있지만, 상당한 중상이었어. 손목과 발목에 심한 화상을 입었고, 맞아서 얼굴이 부은 데다 다리는 조금만 찔린 위치가 달랐어도 다시는 걷지 못했을 거야⋯⋯. 역시 전쟁이 일어나도 괜찮으니까 제거했어야 했나."

"언제든 가지."

무섭다고! 처음에는 나를 설득하듯 설명하던 루드 선생님이었으나 마지막엔 표정만 생글거릴 뿐 등 뒤엔 시커먼 아우라가 보였거든? 기르 씨도 즉각 동의하지 말자. 진정해!

"아, 안 돼! 평화가 좋아!"

우선 다급히 두 사람을 말렸다. 웃는 얼굴로 아무렇지도 않게 '숯덩이로 만들지 못해서 아쉬워요'라고 말하는 메어리라 씨도 무섭다. '물러터졌긴' 하고 중얼거린 레키도 마찬가지다. 으윽, 의료팀은 치료하는 사람들이니까 누군가를 다치게 하는 행위를 용서 못하는 건지도 모르겠다. 아니, 그런 거라면 태연하게 숯덩이 운운하지 않는 게 낫지 않나. ……깊게 생각하지 말자.

"후우……. 메구가 그렇게 말한다면 어쩔 수 없지. 뭐, 우리가 있으면 흉터가 남는 일은 없으니까 다행이지. 남았다면 메구가 막아도 안 들었을 거야."

우수한 의료팀이라서 이보다 더 기쁜 일이 없습니다요! 이거, 반 이상 진심이거든? 무섭다. 너무 무섭다. 하지만 그렇게까지 걱정하며 날 위해 화를 내주는 건 솔직히 기쁘다. 응, 진짜로 많이 고마워!

"본론으로 돌아갈까. 예전에도 몇 번씩 설명한 거지만, 상처가 이만큼 회복된 건 약이나 마법덕분이 아니야. 그걸 사용해서 메구의 자연치유력을 억지로 각성시켰기 때문이지. 그러니까 그 체력을 보완하기 위해 메구는 20일이나 잠들었던 거고, 지금도 아직 금방 지치는 상태일 거야."

"잠든 사이에도 계속 고열이 났거든요. 이대로 눈을 뜨지 않는 게 아니냐고 다들 아주아주 걱정했어요! 물론 저희가 그 선을 잘못 읽을 리 없으니 그런 일은 일어나지 않지만요."

응, 그건 안다. 상반신을 일으키고 있는 것만으로도 조금 현기증이 나는 걸 체감하니까. 내 몸이 열심히 싸워준 거지. 그리고 의료팀도.

"감사, 합니다. ……구해줘서."

그래서 머리가 좀 어질어질하지만 착실히 고개를 숙여 모두에게 인사했다. 걱정 끼쳐서 죄송합니다. 하지만 사과보다는 고맙다고 하는 게 낫겠지?

"당연한 거야, 메구. 특히 메구는 오르투스의 길드원이자 우리의 가족이니까."

"맞아요! 가족은 당연히 서로 돕는 거예요!"

윽, 울 것 같아! 아니, 이제 안 울 거야! 꾹 참으면서 가까스로 미소를 지었다.

"그래도! 기쁘니까! 정말로 감사합니다. 믿고 있었어!"

"메구우우우우!"

나 대신 메어리라 씨가 오열하기 시작했다. 아앗, 울렸다! 두 손을 꼭 붙잡은 메어리라 씨의 손을 마주 잡은 뒤 덩달아 눈물을 찔끔 흘렸다. 이건 그게, 기뻐서 나온 눈물이니까 노카운트로 부탁드립니다!

"자, 슬슬 쉬어야지. 조금씩 체력을 회복하자."

20일이나 잠들어 있었으니까. 몸도 원하는 대로 움직여지지 않을 것 같아 최대한 빨리 적응하고 싶긴 한데, 아직 머리가 어질어질하단 자각이 있으니 시키는 대로 얌전히 누웠다. 아아, 열심히 수행했는데! 하지만 몸이 적응하면 다음엔 금방 할 수 있게 될 거라고 믿자. 배운 건 잊지 않았으니까!

"그럼 이번에는 내 차례. 기르 씨, 교대하자. 눈을 뜨면 교대
한다고 약속했잖아?"

".............알아."

레키가 내 옆으로 스윽 다가오더니 옆에 있던 기르 씨에게 그
렇게 말했다. 기르 씨, 되게 안 내켜 보이는데. 표정도 없고 말
수도 없지만, 아우라만으로도 눈치챘다. 레키는 눈을 흘기며 한
숨을 쉬었다.

"마음의 케어는 내 일이야! 딱히 옆에 있고 싶어서 있는 게 아
니라고. 어, 어쩔 수 없잖아!"

아하. 레키의 무지개색 푹신푹신 파워로 치유해 주는 거구나!
기대된다. 투덜거리면서 지금까지 기르 씨가 앉아있던 의자에
교대하듯 앉는 레키. 하지만…….

"옆에 있는 거, 싫어……?"

"으……!"

민망한 걸 숨기려고 그렇게 말했을 뿐일지도 모르지만, 만약
진심이라면 이 누나는 너무 슬퍼요! 이건 내 이기심일까? 하지
만 나는 이렇게 얄밉게 툴툴거리는 레키와도 만나고 싶었고, 만
나서 기쁜데.

"따, 딱히 싫은 건, 아닌데…….."

"정말이지, 솔직하지 못하다니까요! 레키."

"메구가 사라졌을 때는 사우라에게 덤벼들 정도로 초조해했었
는데 말이야."

레키가 우물쭈물 대답하자 메어리라 씨가 기가 막힌다는 듯 한숨을 쉬었고 루드 선생님이 흘려들을 수 없는 사건을 폭로했다. 뭐라고?! 사우라 씨에게 덤볐어?! 레키가?! 자, 자세히 들려줘!! 설명을 요구하며 루드 선생님을 쳐다보자 후후 웃으면서 가르쳐 주었다.

"사우라는 머리끝까지 피가 오른 기르에게 한동안 일을 안 시켰거든. 그랬더니 가장 적임자인데 왜 빨리 찾으러 보내지 않는 거냐고 레키가……."

"무슨……! 닥쳐! 닥치라고!!"

"루드, 나도 그때 일은 좀. 하지 마."

뭐?! 그런 일이 있었어? 머리에 피가 오른 기르 씨는 이해가 가지만, 사우라 씨가 일을 안 시킨다는 결단을 내릴 정도였다니 대체 무슨 짓을 한 거래. 구, 궁금해라. 더 듣고 싶지만……. 레키는 얼굴이 새빨개져서 터질 것 같고, 기르 씨도 노골적으로 어깨가 축 내려가 있는 걸 보니 어째 둘 다 불쌍해서 멈추기로 했다. 나중에 몰래 물어볼까.

"둘 다 반성한 모양이니까 괴롭히는 건 이쯤 해둘까. 깜빡 이야기가 길어졌네. 자, 메구. 이번에야말로 정말 잘 자."

"……응, 알았어."

"그럼 슬슬 이 녀석에게서 떨어져, 기르 씨. 더 떨어지지 않으면 걸리적거려."

내가 자기 위해 똑바로 눕자 질린다는 듯 레키가 기르 씨를 밀었다. 의외로 인정사정없구나!

"꼭 그렇게 말해야 하나……."

"이게 대체 몇 번째인데? 이 녀석이 눈을 뜨기 전부터 계속 말했잖아. 자자, 빨리 비켜."

레키가 한층 더 가차 없이 몰아가자 기르 씨는 어쩔 수 없다는 듯 벽 앞으로 향했다. 괴, 굉장히 못마땅해 보여.

"게다가 기르 씨도 쉬어야 해. 이 녀석이 일어날 때까지 계속 여기에 있잖아. 제대로 자고 와."

어?! 그거 20일 동안 안 잤다는 거야?! 아무리 아인 중에서도 울트라 고스펙인 기르 씨라지만 몸에 안 좋다고! 안 됩니다! 그런 마음을 담아서 기르 씨를 빤히 쳐다봤다. 그런 내 시선을 알아차린 기르 씨는 민망한 듯 눈을 돌렸다.

"이 정도는 별거 아니……."

"기르 씨! 제대로 쉬어야 해. 떽!!"

나는 덤벼들 기세로 소리쳤다. 나 때문에 기르 씨의 몸이 상하면 안 된단 말이야. 아마 기르 씨는 정말 괜찮을 테지만, 아무리 그래도 20일은 길어!

"……다음에 일어나면 밥 같이 먹자. 그러니까, 응?"

"……알았어."

반쯤 애원하듯 말하자 기르 씨는 포기한 듯 그제야 고개를 끄덕였다. 하아, 다행이다. 이제 나도 안심하고 한 번 더 잘 수 있겠어.

"이거 원, 누가 애인지 모르겠네."

레키, 맞는 말이긴 한데 그건 하면 안 되는 말이거든! 기르 씨는 레키를 한 번 노려본 뒤 은근한 힘을 담아 레키의 머리를 꽉 꽉 쓰다듬었다. '잠깐, 하지 마, 기르 씨!'라는 항의도 무시다. 기르 씨도 짓궂기는. 옆에서 루드 선생님과 메어리라 씨도 쿡쿡 웃고 있다.

"부탁한다, 레키."

"응. ……맡겨줘."

하지만 마지막에는 그렇게 대화를 나누는 게 어쩐지 기뻤다. 이 두 사람은 특별히 사이가 좋은 건 아니라고 알았는데, 내가 모르는 사이에 신뢰 관계가 형성되었다고 느끼니 어쩐지 감동적이다. 레키의 대답을 들은 기르 씨는 바로 나가진 않았다. 내가 잠들 때까지 있어 주는 걸까? 그런 생각을 하고 있었더니 레키가 내 옆 의자에 앉아 살며시 손을 잡았다. 따뜻한 무언가가 사르르 가슴 속으로 퍼져나간다. 마물형인 레키의 모피에 파묻혔을 때와 같은 행복감. 굉장한데. 인간형으로도 가능하게 되었구나. 하지만 그 모피도 그립다는 생각을 슬쩍 하면서 나는 천천히 눈꺼풀을 닫았다.

2 그때 보호자들은

【기르난디오】

　그토록 분노를 느낀 적은 없었다.

　조금 떨어진 위치에서 평온하게 잠든 메구의 얼굴을 보면서도, 자꾸 그때 일이 떠올랐다. 눈앞에 무사한 모습이 있는데도 불구하고 메구를 잃을 수도 있었다는 공포에 여전히 손이 떨렸다. 아니, 잃진 않았을 것이다. 그 조직은 메구를 평생 마력원으로 사용할 생각이었으니까. 언젠가는 우리가 찾아내서 보호했을 게 틀림없지만, 몇 초라도 늦었다면 메구도 소년들도 돌이킬 수 없는 상처를 입었을 것이다. 몸만이 아니라 마음에도.

　"……큭."

　또다시 손이 떨린다. 잠든 사이에 마음을 치료한다며 레키가 메구 옆에 붙어서 손을 잡고 있다. 나도 계속 저 위치에 있고 싶었다. 아주 조금 떨어져 있는 것뿐인데, 고작 이 정도의 거리조차 견딜 수 없는 내가 너무 한심하다. 이제 괜찮다는 걸 알고 있는데도.

　"기르. 이쪽으로 와."

　움직이지 않고 메구와 레키를 지켜보고 있었더니 루드가 말을 걸었다. 그쪽으로 간다는 건 메구와의 거리가 조금 더 떨어진단 뜻이다. 그걸 도저히 받아들일 수 없어서 나는 그 자리에서 한

걸음도 움직이지 못했다. 그러자 루드는 난처한 듯 웃으며 내 쪽으로 다가왔다.

"네게도 치료가 필요한 모양이야."

"……나에게? 필요 없다."

인간 대륙에서도 나는 찰과상 하나 없었고, 돌아온 뒤에도 계속 여기에 있었으니 다칠 기회조차 없었는데 이상한 소리였다. 루드의 의도를 알 수 없어서 의문을 느끼자 그걸 알아차린 건지 루드가 고개를 절레절레 내저으며 어깨를 으쓱였다.

"자각이 없구나. 그렇다면 자각할 필요가 있겠어."

자각? 무슨 소리지. 눈으로 물어보자 루드는 의사의 눈빛이 되어 나를 똑바로 바라보았다. 이런 눈빛이 된 루드에겐 거스르지 않는 게 좋다. 나도 귀 기울여 들어야지.

"잘 들어, 기르. 네게 필요한 건 심리 치료야. 몸은 다치지 않았지만, 마음에 깊은 상처를 입었잖아? 쉽게 말해서 정신적인 문제가 생긴 거지."

심리? ……아아, 그런 건가. 그 말에 비로소 깨달았다. 내 정신에 문제가 생긴 거구나. 메구와 떨어지는 걸 무서워하는 것도 조금만 생각하면 이상한 일이다. 약간이라도 떨어지는 게 무섭다니. 그런 내 심정을 루드는 간단히 간파한 모양이다. 못 당하겠다.

"기르는 감정이 표정에도, 태도에도 잘 드러나지 않으니까. 그래서 알아보기 어려웠는데, 이번엔 훤히 보이더라?"

그랬나. 평소와 다르지 않다고 생각했는데. 하지만 루드의 말로는, 나는 메구를 데려온 뒤로 감정표현이 상당히 풍부해졌다고 한다. 다만 그래도 변화를 알아차릴 수 있는 건 오래 알고 지낸 사람들 뿐일 거라고.

"실제로 메어리라도 레키도 눈치 못 챘잖아? 사우라나 슈리에는 메구에 정신이 팔려서 놓쳤을 뿐이지, 널 봤다면 알아차렸을 거야."

그런 걸까. 딱히 눈치채지 못하더라도 어떻게든 될 테니 상관없는데…… 마음을 터놓을 수 있는 상대가 염려해 준다는 건 나쁜 기분은 아니다. 아니, 솔직히 말해서 큰 도움이 된다.

"아, 한 명 더 있었지. 네 변화를 알아차린 사람."

이어서 루드는 막 떠올렸다는 듯 쿡쿡 웃었다. 한 명 더? 조용히 다음 말을 기다리자 루드는 시선을 침대 쪽으로 슥 돌리고 말했다.

"메구 말이야. 저 애는 원래 남의 감정 변화에 민감해. 특히 신뢰하는 기르의 변화라면 누구보다 빨리 깨닫겠지."

메구라. 확실히 자주 뜨끔해질 때가 있다. 저 커다란 감청색 눈동자로 쳐다보면 전부 다 간파당한 것 같은 묘한 기분이 든다. 보통 그건 경계해야 하는 일이지만, 상대가 메구라면 신기하게도 불쾌하지 않다. 오히려 원하던 말을 들을 때가 많아서 기쁨마저 느낀다. 더없이 신기한 아이다.

"네게 메구는 무엇과도 바꿀 수 없이 소중한 존재겠지. 그건 물론 우리에게도 마찬가지지만, 눈앞에서 엉망이 된 상태를 봤잖아? 소중한 존재의 그런 모습을 보고 냉정을 잃는 건 당연한 거야. 그 상처가 그리 쉽게 낫지 않는 것도 마찬가지고."

루드는 그렇게 말하며 눈을 살짝 내리떴다. 비슷한 경험을 한 적이 있는 모양이다. 그 말에는 무게가 느껴졌다. 루드는 꽤 예전에 반려를 눈앞에서 잃었다고 들은 적이 있다. 아마도 그때의 고통이 아직 마음에 남아있으리라는 걸 쉬이 상상할 수 있었다. 나는 메구가 다친 것만으로도 이런 상태인데 눈앞에서, 그것도 반려를 잃은 루드의 상실감은 얼마나 컸을까. 도저히 가늠할 수 없다.

"……그러니까 기르. 네겐 치료가 필요해. 받을 거지?"

"……알았다."

그런 루드의 말을 거부할 수 있을 리 없었다. 나는 순순히 고개를 끄덕였다.

루드 덕분에 마음이 조금 차분해진 나는 여전히 미련이 남기는 했으나 그 자리에서 이동할 수 있었다. 그래봤자 루드의 진찰실이다. 문을 사이에 두고 바로 옆이 메구가 잠든 방이기에 무슨 일이 일어나면 바로 달려갈 수 있다. 뭐, 나는 그림자를 통해 이동하니까 거리 같은 건 별문제가 아니지만, 그럼에도 안심하게 되는 건 감정적인 문제인 건지도 모른다.

"거기에 앉아. 커피는 블랙이면 되지?"

"그래, 미안하다."

루드는 익숙한 손길로 컵에 커피를 따른 뒤 바로 내 앞에 있는 테이블에 내려놓았다. 처음부터 여기에서 대화할 생각이었던 모양이다. 이미 커피를 끓여놓았다니, 준비성이 좋다.

"어디, 치료하려면 먼저 기르의 이야기를 들을 필요가 있어. 자신 안의 기억이나 감정을 정리하기 위해 누군가에게 이야기하는 건 효과적인 방법이거든."

그러니 메구를 구출했을 때의 이야기를 자세히 들려달라고 루드가 말했다. 그래, 누군가에게 이야기해서 정리한다라. 기본적으로 나는 내 일을 타인에게 말할 기회가 없다. 말하려는 생각도 안 들고. 결국 누군가에게 상담해 봤자 해결되지 않는다는 걸 알기 때문이다. 어떤 고민도 스스로 생각해서 답을 찾아내는 것 말고 해결할 길은 없으니까.

하지만 루드에게 내 고민이나 망설임을 해결해 주려는 의도는 없다. 그저 다른 사람이 이해할 수 있도록 설명하는 과정에서 스스로 감정을 정리해 보라는 소리다. 그 논리는 신뢰할 수 있었다. 나는 커피에 한 번 입을 댄 뒤 잔을 내려놓고 조용히 말하기 시작했다.

인간 대륙에 있는 대국, 코르티가. 그 나라의 정점에 군림하는 황제와 우리는 대화를 나누었다. 그곳에서 밝혀진 것은 참으로 속이 역겨워지는 이야기로, 요컨대 계속 뒷세계에서 암약했던 비인가 인신매매 조직에 의한 범행이었다. 황제는 전이진으로 인간 대륙에 끌려온 아이들, 메구, 리히토, 로나우드 세 명을 보호하려고 했었다. 하지만 리히토라는 소년이 모험가 라비에게서 내내 거짓 정보를 들었기 때문에, 나라야말로 자신들을 노리는 흑막이라 착각한 아이들은 모험가와 함께 도망쳤다. 아마도 모험가는 광산으로 가자고 부추겨 인신매매 조직의 본거지로 데

려갔으리라. 그제야 비로소 아이들은 속았다는 걸 깨달았다. 그때 아이들은 무척 큰 충격을 받았을 것이다. 그걸 상상하자 우리는 분노를 필사적으로 억눌러야 했다.

"기르는 바로 정령이 말했던 장소로 가서 메구에게 안내해 달라고 해."

정보를 교환하던 우리 앞에 나타난 메구의 정령 덕분에 아이들이 있는 장소가 판명되었다. 나는 두목의 지시를 받아 바로 그림자를 통해 정령과 만나기로 한 장소로 이동, 곧바로 목소리의 정령과 합류했다. 안쪽에 있는 동굴 지하에 메구와 아이들이 있다고 들은 나는 바로 그림자 마법을 사용해 곧바로 그 동굴까지 길을 이었다. 이 그림자 길은 나만 지나다닐 수 있지만, 목소리의 정령보다도 빠르게 이동할 수 있다. 다만 이러면 목소리의 정령을 두고 가게 된다. 그게 조금 미안했으나, 정령 본인도 먼저 가서 주인님을 구해 달라고 했기에 주저 없이 그림자 속으로 들어갔다. 그 선택은 옳았다. 동굴 입구에 도착한 순간 메구가 나를 부르는 비명이 딱 귀에 들어왔으니까.

"기르 씨이이이이이!!"

그런 메구의 목소리는 처음 들었다. 공포, 초조, 절망. 그런 감정이 느껴졌다. 살려달라고. 그런 마음의 소리가 들린 것 같았다. 아마 실제로 그렇게 생각했을 것이다. 그런 메구의 비명을 들은 순간 전신에 찌르르한 무언가가 휘도는 걸 느꼈다. 그런 감각은 난생처음이었다. 그리고 어째서인지 그 순간부터 메구의 현재 상황이나 위치를 손에 잡힐 듯 알 수 있었다. 신기하다. 하지만 이 감각은 틀림없다는 것만은 단언할 수 있었다. 그래서 나는 망설이지 않고 메구에게 달려갔다.

순식간에 이동하자 적으로 보이는 남자가 사벨을 치켜들고 있었고, 빨간 머리카락의 소년이 위험에 처한 참이었다. 물론 그것도 걱정이었지만 가장 먼저 시야에 들어온, 내 감정을 휘저어 놓은 광경은──.

여기저기 다쳐서 피투성이가 된 메구의 모습이었다.

솔직히 그 순간의 기억은 없다. 머리에 피가 올라가 눈앞이 새빨개졌던 것까진 기억하지만……. 지금도 선명하게 떠올릴 수 있다. 기억 속에서 생글생글 웃는 메구의 모습과 눈앞에 있는 애처로운 모습이 바로 연결되지 않아서 혼란스럽기도 했다. 눈이 돌아간다는 걸 처음 겪어봤다. 가능하면 다시는 체험하고 싶지 않다. 스스로는 뭘 한 기억이 없는데, 어느새 공간 전체에 그림자를 내려 살기를 방출하고 있었으니까. 무의식중에 메구와 메구의 동료로 보이는 아이들이 휘말리는 건 막은 모양이지만, 이성을 잃은 상태에서 그 정도로 끝났다는 점에 안도했다. 놀라게 해버린 건 미안하지만. 만약 이것 때문에 다쳐버렸다면 스스로를 용서할 수 없었을 것이다. 심지어 나는 결국 메구가 당황하면서 나를 부르는 목소리에 정신을 차렸으니까. 마물형의 본성이라고도 할 수 있는 사나운 눈을 보여주고 만 것도 그렇고, 나는 아직 미숙하다는 걸 실감했다. 아무튼 진정하는 것만 생각하고자 천천히 눈을 감았다. 진정하자고 스스로를 타이르면서. 다시 메구의 전신을 보자 역시 상당한 중상이었다. 조금 냉정해진 머리로 보았기 때문에 그걸 더 잘 알 수 있었다. 모처럼 진정시킨 분노가 다시 치밀어 올랐으나 또다시 추태를 보일 수는 없다. 어떻게든 참았지만 무심코 살기가 깃든 목소리로 누가 다치게 했는지 물어보고 말았다. 그 때는 검은 머리카락의 소년 덕분에 어떻게든 진정했지만……. 정말 한심하다. 그러나 스스로도 제어할 수 없는 상황에 무척 곤혹스러웠다. 아주 작은 일에도 감정이 격양되고 수습할 수 없는 상태라는 걸 알았기 때문이다. 나 스스로도 왜 이러는 거냐며 자문했다. 이 정도까지 여유가 없다니. 이런 현장이나 유혈 정도는 많이 보았는데도. 피를 흘린 사람이 메구라는 이유만으로 이렇게까지 이성을 잃을 줄이야. 아무튼 진정해야 한다면서 끊임없이 스스로를 제어하기 위해 집중했으나, 언제 다시 폭발할지 알 수 없는 상태였다.

그때 메구와 검은 머리카락의 소년이 누가 먼저 치료할지 싸우기 시작했다. 물론 상대방을 걱정하기 때문에 자기는 나중에 받으면 된다고 양보하는 싸움이다. 메구는 물론이고, 이 중에서 가장 크게 다친 듯한 소년도 상대를 우선하는 걸 보면서 감탄했다. 연상으로서 어떻게든 메구를 지키려고 하는 소년의 마음이 잘 전해졌다. 두 명을 동시에 치료할 수 있다면 그게 제일 좋지만, 치료 지식이 빈약한 내 눈으로 봐도 소년은 위험한 상태였다. 미안하지만 지금은 메구에게 조금 기다려 달라고 하고 소년을 먼저 치료해야겠다고 생각을 정리했을 때, 메구가 엉뚱한 아이디어를 떠올렸다는 게 다음 순간 밝혀졌다.

"마력 주세요!!"

오랜만에 듣는 메구의 조르기. 원래 무언가를 조르는 일이 거의 없는 아이지만, 오랜만에 재회했다는 것도 더해져서 그 사랑스러움에 머리가 멈췄다. 이렇게 처참한 모습으로도 그 파괴력은 건재하구나. 아니, 오히려 이런 모습이기 때문에 보호본능을 자극한 건지도 모른다. 덕분에 폭주 기미였던 내 정신이 꽤 안정되었다. 역시 메구는 대단하다. 냉정해진 머리로 생각하면 바로 메구의 의도도 이해할 수 있었다. 아마도 메구가 마력을 원한다기보다는 정령에게 마력을 주고 싶은 것이다. 메구가 계약한 물의 정령은 놀라울 정도로 효과가 좋은 회복약을 만들어 낼 수 있으니까. 내가 공기 중에 마력을 방출하면 정령이 마력을 흡수할 수 있게 된다. 직접 마력을 건넬 수 있다면 가장 좋겠지만 계약자가 아닌 사람에게선 받지 못한다고 했다. 정확하게는 상성만 맞으면 불가능한 건 아닌 듯하나 적어도 내 마력의 성질로는 무리였겠지. 효율은 아주 나쁘지만, 그때 정령에게 마력을 건네려면 이 방법밖에 없었다. 메구는 이 급박한 상황에서 순식간에 가장 좋은 방법을 떠올린 것이다. 놀라면서도 동시에 회복 마법에 서툰 나 자신이 답답했다. 지금 당장에라도 쉽게 해주고 싶은데 그 방법을 쓸 수밖에 없었으니까.

한탄해도 소용없다. 당장에 행동을 개시하려고 했는데……. 새삼 엉망이 된 메구의 모습을 봤더니 마음속 깊은 곳에서 어찌할 바 없는 쓰라림이 범람해 내 가슴을 지배했다. 확인하고 싶었다. 메구의 온기를. 정말로 눈앞에서, 제대로 무사하다는 걸 오감으로 느끼고 싶었다. 나는 메구를 세게, 그러면서도 부담이

가지 않도록 세심한 주의를 기울이며 끌어안았다. 계속 생각했던, 품속의 작은 생명. 얼마나 불안했을까. 얼마나 괴로웠을까. 그런 일을 겪게 해버려서 미안해하는 마음으로 가슴이 꽉 차올랐다. 지키겠다고 약속했는데, 그 약속을 지키지 못한 게 벌써 두 번째다. 후회와 나 자신을 향한 분노. 갈 곳 없는 이 감정은 메구에게 사과해도 풀리지 않는다. 하지만 메구는 그런 나의 참회를 조용히 듣고는 늦지 않았다고, 고맙다고 말했다.

　　——아아.

　불안하고, 괴롭고, 막막했던 건 내 쪽이었지 않나. 작지만 커다란 존재감. 이 온기를 느끼기만 해도 모든 것을 용서받았다는 느낌이 든다. 물론 나 스스로는 용서할 수 없지만. 그렇기에 평생을 바치자. 메구의 힘이 되고, 방패가 되고, 버팀목이 되겠다고 맹세하자. 나의 맹세 같은 건 이미 설득력이 없을지도 모르지만, 다시는 떨어지지 않으리라.

　메구 덕분에 평소 같은 침착함을 상당히 되찾은 나는 우선 메구를 포함한 세 명의 아이들에게 응급처치를 시행했다. 루드에게서 어느 정도 약과 붕대를 받아왔으니까. 중간에 메구가 마력을 회복시킨 정령의 힘을 빌려 자연마법으로 약을 만들고, 그걸 써서 내가 각자를 치료했다. 그래도 이 대륙에서 힘을 사용하는 건 역시 힘들었던 건지 정령은 바로 쉬어야만 한 모양이었다. 어차피 많이 있었다고 해도, 약을 있는 대로 쓰면 해결되는 것도 아니니까. 충분한 양은 확보했다. 이 땅은 자연마법을 쓰는 사람이 살기 너무 힘들다. 눈앞에서 그 광경을 보고 한층 실감할 수 있었다. 종족상 체력도 좋은 드워프 소년과 다르게 마법만을 의지하게 되는 엘프, 그것도 어린아이에게 가장 가혹한 환경이다. 정말 메구는 용케 살아남았구나.

"저기, 저보다, 저 사람을, 구해 주실 수 있을까요."

우선도가 큰 상처부터 치료했기 때문에 나중으로 밀렸던 드워프 소년에게 다가가려 하자 소년은 고개를 젓더니 그렇게 말했다. 저 모험가 말인가. 원흉이라고도 할 수 있는, 용서할 수 없는 인물이다. 저 모험가는 확실히 생사의 갈림길에 서 있는 모양이지만, 드워프 소년도 다른 두 사람과 비교하면 경상일 뿐 팔과 다리에 생긴 화상은 제법 심각한 상태. 솔직히 내키지 않았다. 그게 태도에도 드러난 모양이다. 하지만 그의 의사는 완강했다. 그것만이라면 모를까, 메구까지 모험가를 치료해 달라고 애원했다. ……메구가 이러면 나는 거절할 수 없다. 마음속으로 성대히 한숨을 쉬었다.

"나중에 이야기를 들어야 하니까, 죽으면 곤란한 것뿐이다."

그렇게 말하고 모험가에게 가자 기뻐하는 메구의 모습에 뭐라 말할 수 없는 복잡한 기분이 들었다. 손길이 좀 거칠어지는 건 어쩔 수 없다고 받아들여라, 모험가. 메구가 용서했어도 나는 절대 용서 못 하니까.

이렇게 치료를 이어가는 사이에 드디어 두목이 온 모양이었다. 마물형을 허락받은 건지 상정했던 것보다 훨씬 일찍 도착했다. 나 혼자서는 짐이 무겁다고 생각하던 참이었으니 참 다행이다. 적을 쓰러트리고 포박, 아이들 보호까진 가능해도 후속 처리까진 못 하니까. 당연하게도 엉망이 된 메구를 보고 아주 난리를 피웠는데 메구의 잔소리로 간신히 수습되었다. 메구에게는 쓸데없는 고생을 하게 했지만, 덕분에 아무도 발광하지 않았다. 이 과정이 없었다면 지금쯤 인간 대륙의 일부가 사라졌겠지.

현장 구석에 간이 매트를 꺼내놓고 아이들을 쉬게 한 뒤에는 역시 두목이라는 말이 나올 만큼 척척 대응했다. 이따금 축 늘어진 아이들을 확인하면서 나는 두목에게 지금까지 있었던 일을 보고했다.

"적은 전부 그림자로 묶어놓았다. 그 모험가도. ……숨이 붙어있을 정도로는 치료해 두었어. 그 외엔 지하에 방이 여럿 있는데, 그곳에 아인 아이들이 수십 명 정도 잡혀있는 걸 확인했다. 아직 현장에는 가지 않았고."

"쯧, 역시 마대륙의 아이들을 노렸잖아. 이 조직은 금기를 건드렸어. 좋아, 그쪽은 나에게 맡겨. 수고했다, 기르. ……이성을 유지하고 착실히 일을 처리한 모양이야."

"…………………그래."

"……그 침묵 뭔데. 뭐 됐어, 결과가 좋으면 다 잘 된 거야."

이성을 유지했다고는 하기 어려우니까. 살짝 시선을 돌리자 두목은 눈치챈 모양이었다. 만약 처음 달려온 게 자신이었다면 어떻게 되었을지 같은 상상이라도 한 거겠지. 내 입으로 말하는 건 조금 그렇지만, 나 정도면 상당히 친절한 편이었다.

"이 녀석들은 이 나라 녀석들에게 넘겨야지. 그렇게 하기로 약속했으니까. 하지만 모험가가 문제인데. ……메구가 필사적으로 지키려 했다고?"

두목은 팔짱을 끼고 신음했다. 조직 녀석들은 이 나라 사람들이 벌한다. 따라서 이 모험가만 특별히 길드로 데려가 보호하는 건 어렵다. 이 대륙 사람은 이 대륙 사람이 처벌하는 게 철칙. 먼저 아이들을 납치해 철칙을 깬 건 이 대륙의 조직이지만. 뭐, 그건 됐다. 나도 이 모험가를 길드에 한 걸음도 들여놓고 싶지 않다.

"우리가 이 아지트나 쓰레기들을 왜 숯덩이로 만들지 못하는 진 알잖아? 메구에게 그런 짓을 했는데, 이 손으로 갚아주고 싶은데 그럴 수 없다니 도저히 받아들일 수 없어. 못 하겠지만! ……하아, 그래도 이 선을 넘을 수는 없단 말이야."

그렇다. 여기는 인간 대륙. 설령 소중한 딸이 납치당해서 크게 다쳤어도 이곳이 인간 대륙인 이상 우리 마대륙의 자들은 손을 대선 안 된다. 이것도 철칙, 이라기보다는 서로 안전을 위해 어쩔 수 없는 일이었다.

마대륙 사람은 인간보다 훨씬 강하고, 진심을 발휘하면 순식간에 대륙을 가라앉힐 수도 있다. 하지만 인간보다 숫자가 압도적으로 적고, 번식력도 떨어진다. 이번처럼 아이들을 계속 노린다면, 우리같이 마에 속한 자들은 세월이 걸려도 언젠가 절멸해 버릴 존재. 게다가 인간 대륙 전역에서 공격하러 오면 강자 말고는 순식간에 죽을 것이다. 인간보다 튼튼하고 마법도 사용할 수 있다지만 다들 저항할 수 있을 만한 힘을 지닌 건 아닌 데다가, 숫자에서 절망적으로 차이가 나니까. 개인이 얼마나 강하든

압도적인 숫자에는 이기지 못하기도 한다.

그래서 먼 옛날 양 대륙은 서로 평화를 위협할 만큼 간섭하지 않겠다고 약속했다. 무역은 해도 각 대륙에서 일어난 전쟁이나 사건에는 개입하지 않는다는 약속이다. 그 속에서 뒷세계의 인신매매는 늘 그레이존으로 눈감아 주고 있었는데, 이번 일을 계기로 재고하게 될 테지. 마왕의 딸이 피해자가 되었다. 서로 못 본 척할 수 없는 사태다. 오히려 여태까지 진지하게 대응하지 않았기 때문에 이런 사건이 일어났다고 생각하면 나도 미력하게나마 협력할 걸 그랬다고 후회했다. 두목과 마왕은 한층 더 그렇게 생각할 터. 이 문제를 철저하게 해결하려 들 테지. 일손이 필요하다면 나도 협력을 아끼지 않을 생각이다.

"나 개인은 인간 대륙과 전면전쟁을 벌여도 괜찮은데."

"안 되거든요?! 그런 짓을 했다간 마대륙의……."

"알아, 아들. 힘이 없는 마대륙 백성이 큰 피해를 보겠지. 마에 속한 자가 절멸의 길을 걷게 될 테니까. 그래서 이렇게 참고 있잖아."

두목은 그렇게 말했으나 본심은 나도 찬성이다. 물론 완전히 같은 이유로 행동으로 옮길 수는 없었지만, 만약 녀석들이 마대륙에 오게 된다면 그때는 용서하지 않는다. 만일 그렇게 된다면 이쪽의 룰을 따라 처리할 뿐. 조직 녀석들이 받게 될 벌이 마대륙 송환이라면 좋을 텐데. 그런 냉혹한 생각이 자연스럽게 떠올랐다. ……메구는 무서워하려나. 그렇다면 천칭은 메구에게 기울겠군.

"하지만 먼저 마대륙의 아이에게 손을 댄 건 인간이야. 범죄 조직이었다고는 해도, 인간 쪽에서 금기를 범한 셈이지. 그걸 이용해서 **교섭**은 할 수 있을 것 같은데……?"

흠, 역시 두목도 그 점을 찌를 생각이었나. 든든한, 그러면서 흉악한 미소를 짓는 두목을 보니 최대한 이쪽의 요구를 수용하게 되겠다 싶어 안심했다. 두목이 책략을 짜고, 마왕이 그 권한을 이용해서 밀어붙인다. 이 두 사람을 상대로 협상해야 한다니, 황제가 조금 불쌍하군. 앞으로 만날 일은 없으리라 생각했는데, 의외로 바로 재회하게 될 것 같다.

보고도 하고 앞으로 어떻게 할지도 상의하며 조직원들을 착착 구속하고 있었더니 간이 매트 쪽에서 드워프 소년의 초조한 목소리가 들렸다. 서둘러 달려가자 메구와 검은 머리카락 소년 리히토가 고열에 시달리고 있었다. 하다못해 여기에 붙잡힌 마대륙 아이들을 보호한 뒤에 같이 마대륙으로 돌아가고 싶었으나, 사태는 한시를 다툰다. 두목의 지시하에 나는 아돌과 함께 세 아이들을 데리고 먼저 오르투스로 귀환하게 되었다. 그림자 속에서 커다란 바구니를 꺼내 아이들을 안에 옮겼다. 조금 좁지만 어쩔 수 없지. 소년 두 명도 힘이 없지만 메구는 그 이상 쇠약해 보였다. 조금이라도 힘 조절에 실수하면 목숨의 불꽃이 꺼지는 게 아닌지……. 그렇게 생각하자 무서워서 견딜 수 없었다.

마물형이 되는 허가는 받아놓은 듯했으니 바로 그림자독수리의 모습이 되어 힘껏 날아올랐다. 아돌이 아이들 보호에 집중해 준 덕분에 사양하지 않고 서두를 수 있다. 다행히 여기서 광산은 가깝다. 순식간에 도착해 바로 드워프들에게 말을 걸었다.

"로나우드! 어이, 무사히란 약속은 어떻게 된 거냐?!"

아이들의 상태를 보면 드워프 족장 로드리고도 바로 지나가게 해줄 것이라는 생각은 안이했다. 오히려 고통스러워하는 아들을 보고는 충격을 받은 건지 원래 융통성 없는 성격에 박차가 걸린 모양이었다. 아돌이 최대한 평화롭게 로드리고를 설득하려고 시도했지만 끝이 없었다. 아파하는 자식을 앞에 두고 이성을 잃을 것 같은 그 마음은 이해한다. 나도 그랬으니까. 하지만 그럴 때가 아니다. 이대로는 손쓸 수 없는 사태가 될지도 모른다는 초조함에 나는 짜증이 났다.

"적당히 해!! 이런 상태인 아이들을 보고도 너는 아무 생각이 없는 거냐!"

스스로도 놀랄 만큼 언성을 높이고 말았다. 이런 식으로 소리친 건 살면서 거의 처음이 아닐까. 처음 겪는 일들이 계속 이어지는군……. 사람은 궁지에 몰렸을 때 본성이 나타난다고 하는데, 내 본성은 상당히 성급한 모양이다. 덕분에 고열에 시달리는 아이들이 깜짝 놀라고 말았다. 반성하고 있다. 그래도 그 덕에 내 말은 로드리고에게 닿은 모양이었다. 그 후 아돌의 설득을 거쳐 우리는 간신히 전이 마법진을 타고 마대륙으로 건너올 수 있었다. 로드리고에게는 반드시 로나우드를 완치시키고 돌아오겠다고 약속한 뒤 우리는 바로 오르투스로 향했다.

"그다음은 너도 알겠지."

"음, 그래. 기르가 아이들을 데리고 돌아왔을 때는 오르투스 길드원들의 살기로 마을이 멸망하는 게 아닌지 진심으로 걱정했다니까."

나도 느꼈다. 지금에야 루드도 쿡쿡 웃으면서 이야기하고 있지만, 그때는 정말로 심각한 분위기였다. 오르투스에 도착하자 내가 돌아오는 걸 미리 알아차린 사우라와 루드, 그 외에도 많은 길드원이 기다리고 있었으니 더욱. 아마도 살기가 넘쳐나리라는 예상할 수 있었지만, 먼저 아이들을 의료팀에 맡기는 게 최우선이었기 때문에 나는 주저 없이 그들 앞에 내려섰다. 바구니 안을 들여다본 길드원들은 다들 말문이 막혔다. 먼저 메구가 위험한 상태라는 걸 알고 분노했으며, 이어서 다른 두 아이도 비슷한 상황이라는 걸 깨닫고는 분노의 불꽃이 한층 세게 타올랐다. 분노와 당황과 걱정이라는 다양한 감정이 범람해서 한때는 정말 누군가가 폭발할지 알 수 없는 상황이었으나 아이들이 탄 바구니를 냉큼 가져간 의료팀 덕분에 무사히 넘어갔다.

"뭘 우선해야 하는지도 모르는 거냐!"

쩌렁쩌렁하게 공기를 흔들어 놓은 루드의 일갈에 다들 정신을 차렸다. 무엇을 우선해야 하는가. 당연히 아이들의 치료다. 순식간에 길이 열리며 의료팀이 아이들을 의무실로 데려갔다. 다들 지금 여기에서 분노를 폭발시켜 봤자 의미 없이 마을을 부술 뿐이라는 걸 그 한마디에 깨달았다. 귀기 어린 루드의 박력은 오르투스에서 제일 흉흉하다. 모두가 위축되고, 깨닫고, 반성했다. 평소에는 온화하고 어지간한 일은 웃으며 용서해 주는 루드가 실제로는 어느 정도의 남자인지 새삼 인식했을 것이다.

"루드 덕분에 그렇게 되지 않았지. 그 상태의 녀석들을 한마디로 잠재울 수 있는 건 너뿐일 거다."

"하하, 칭찬이야? 고맙게 들을게."

생각한 걸 그대로 말했을 뿐인데, 정말로 알고 있는 걸까. 뭐 됐다. 루드는 이런 남자다. 묘하게 긴장이 풀려서 작게 숨을 뱉었다. 루드가 모든 것을 꿰뚫어 보듯 눈을 가늘게 뜨고 그런 나를 쳐다봤다. 신기하다. 딱히 무언가 치료를 받은 것도 아니다. 그런데 일어난 일과 그때 내 심정을 담담하게 늘어놓고 나자 상당히 마음이 안정된 걸 느꼈다. 내 문제는 내 안에서 해결하는 게 편하다고 생각했는데, 이렇게 누군가에게 이야기하는 것도 때로는 필요하구나. 명심해야겠다.

"마음이 상당히 정리된 모양이네."

"그래. 근본적인 건 아무것도 달라지지 않았지만……. 내가 어떤 상태인지 객관적으로 알 수 있었다. 고마워."

"그게 가장 중요한 거니까. 다만 기르도 알고 있듯이 당분간은 메구에게서 떨어지는 게 무섭겠지."

그건, 그렇겠지. 지금은 신뢰할 수 있는 사람이 옆에 있고 나도 바로 달려갈 수 있다는 걸 아니까 침착할 뿐이다. 아니, 그래도 걱정되긴 하지만 조금 전처럼 손이 떨리는 정도는 아니다. 앞날이 걱정이군. 내 일은 먼 곳까지 나가야 하는 일이 많다. 지금은 메구 옆에 있어 주라는 말을 들었으니 괜찮지만, 이런 상태로는 제대로 일을 수행할 수 없다. 그때 불현듯 깨달았다. 옆에 있어 주라고 지시한 사람은 루드였다. ······그래, 루드는 내 상태도 헤아리고서 사우라에게 내게 당분간 일을 시키지 말라고 한 거였나. 메구를 위해서라는 이유를 붙이고. 그렇지 않아도 수색을 위해 장기간 오르투스를 비워두었으니 내가 할 예정이었던 일은 산더미처럼 쌓여있다. 사우라는 조금 내키지 않았겠지. 하지만 메구를 위해서 그 의견을 받아들였으리라는 게 쉽게 상상할 수 있었다. 즉 루드는 내 사정을 누구에게도 말하지 않았을 것이다. 정말이지, 못 당하겠군.

"뭐, 기르의 그 증상은 아마 걱정할 필요 없을 거야. 머지않아 해결되겠지."

"? 무슨 뜻이지?"

시간이 해결해 준다는 걸까. 아니, 그렇다면 머지않아라는 표현은 쓰지 않겠지. 그럼 내가 스스로 극복할 수 있다고 생각해서? 그것도 아닌 것 같은데. 턱에 손을 대고 생각에 잠기자 루드는 작게 웃으면서 가르쳐주었다.

"메구가 눈을 떴으니까. 널 구해주는 건 다름 아닌 메구야. 분명 그 아이가 성장한 모습을 보면 안심할 수 있을걸."

생각지도 못한 대답에 눈이 살짝 커졌다. 하지만 바로 이해했다. 이미 몇 번이나 메구의 말이나 미소가 나를 구해 주었으니까. 이번에도 분명 내 마음을 치유해 줄 것이다. '메구가 성장한 모습을 보면 안심할 수 있다'라. ······그래, 그렇군. 인간 대륙에서 많은 일을 겪었을 테니까. 그 경험만큼 상당히 성장했겠지. 메구에게 그 나날은 분명 괴롭고 고생도 많았겠지만, 재회했을 때 본 그 눈동자는 기억 속의 눈동자와 전혀 다름없이 반짝거렸다. 심한 일을 겪었는데도 그림자가 드리워거나 탁해진 흔적도 없었다. 그건 메구의 강한 마음의 상징이라고도 할 수 있지만, 그것만이 아니다. 메구에게 이 여행은 그저 힘들고 괴롭기만 한 시간이 아니었다는 걸 지금 막 이해했다. 그건 분명 같이 여행한 리히토라는 소년과 로나우드라는 소년 그리고 인정하고 싶지 않지만 모험가 라비가 있었기 때문일지도 모른다.

"그건, 뭔가 조금……."

복잡한 감정이 가슴속에 소용돌이친다. 싫은 걸까. 나는. 아니, 성장은 기쁘다. 메구가 제 몸을 스스로 지킬 수 있게 되는 건 바라마지 않는 일이다. 그 아이는 외모도 그렇지만 너무 선량해서 금방 나쁜 사람에게 속는다. 위험이 닥쳤을 때 적어도 구원의 손길이 올 때까지 버틸 수 있을 만큼 강해져서 나쁠 건 없다. 하지만 여태까지는 내가 지켜주면 된다고 생각했고, 무슨 일에든 손을 내밀었다. 그렇기에 메구가 성장해서 이 손을 놓고 가버리는 것에 허전함을 느낀다고 해야 하는 걸까. 아니, 그렇게 어리광을 받아주는 건 안 좋다. 성장을 저해하니까. 그건 알지만……! 아아, 이 감정에 적당한 이름이 떠오르지 않는다.

"쓸쓸해?"

"……?!"

쓸쓸하다고? 내가? 설마……. 나는 계속 남에게 의지하지 않는 삶을 살고자 했다. 두목을 만나 오르투스에 소속된 뒤로는 동료를 의지하는 법을 배우긴 했으나, 동료가 어느 날 사라진다고 해도, 아쉽긴 하지만 쓸쓸하진 않다. 메구는 딱히 오르투스에서 나가 어딘가로 떠나는 건 아니다. 그런데도 쓸쓸하다니? 나는 그렇게 생각하는 건가? 석연치 않지만, 분하게도 그게 맞는 것 같다.

"기르의 사람다운 면모를 보게 되는 날이 올 줄이야. 기쁜데."

"……놀리지 마."

정말로 못 당하겠다. 반박하지 못하는 게 떨떠름해서, 유쾌하게 웃는 루드를 원망스럽게 흘겨보았다. 본인은 조금도 신경 쓰지 않는 모양이지만.

"괜찮아, 기르. 앞으로는 보호 대상에서 졸업하고 동료로서 같이 걸어가는 사람이 된 것뿐이니까."

그리고 이런 식으로 적확하기 그지없는 조언을 건네는 것도 정말 비겁한 남자다. 순순히 고맙다고 하기는 아니꼬워서, 나는 조금 식은 커피를 단숨에 비웠다.

3 재활

【메구】

으음, 잘 잤다! 지금은 아침인가? 하도 조용한 걸 보면 아침이
라고 해도 상당히 이른 시각일지도 모른다. 잘 때 손을 잡고 힐
링 치료를 해주었던 레키가 지금은 보이지 않는다. 아쉬워라.
그나저나 레키의 힐링 파워는 정말 대단하구나. 아직 몸이 나른
하긴 해도 상쾌하게 눈을 뜰 수 있었다. 마음이 개운해진 걸 느
낀다. 나중에 만났을 때 고맙다고 해야지!

천천히 몸을 일으켜 보았다. 어제 눈을 떴을 때 한 번 상반신
을 일으켜서 잠시 대화했던 것도 있어서 그런가, 머리도 별로
어지럽지 않았다. 하지만 아예 침대 밖으로 내려가면 비틀거릴
것 같다. 재활훈련이 필요하겠는데. 전에도 이런 적 있지 않았
나? 기시감이 느껴진다. 아무튼 심심하다. 한 번 더 잘 마음은
안 드는데, 몸을 좀 움직여 볼까? 우선은 침대 위에서 팔을 쭉
뻗어 스트레칭. 다리도 쭈우욱 늘려서 천천히 풀었다. 동작이
순탄해지면 이번에는 목을 돌리고, 어깨를 돌리고. 발목도 돌리
고 무릎을 굽혔다가 뻗었다가. 서두르지 말고 차분하게 시간을
들여서 전신을 풀어주었다.

"조금 따뜻해졌어!"

혈액순환이 좋아진 건지 오히려 살짝 덥다. 하지만 아직 갈

길이 먼 것 같다. 모처럼 내 몸을 원하는 대로 움직일 수 있게 된 참이었는데 20일간의 공백은 뼈저리구나. 내심 조급해지지만…… 초조함은 금물. 거듭 스스로를 타이르겠습니다.

그 후에도 계속 몸을 풀자 머리도 개운해졌다. ……조금 일어나 보면 안 될까? 링겔이 있지만, 침대에 매달려서 조심하면 갑자기 쓰러져서 다치는 일은 없을 테지. 그렇게 마음먹은 나는 바로 침대에서 천천히 발을 내려보았다. 앗, 다리가 떨려! 침대에 매달려 있는 데도 버티는 게 고작이라니 너무한 거 아니야? 예상은 했지만 상상했던 것보다 더 갓 태어난 새끼사슴 같은 상태였다. 이것도 전에 비슷한 일을 겪은 것 같은데……? 기시감원 모어.

"그나저나, 이, 이건, 진짜, 죽겠다."

서 있는 것뿐인데 상당히 힘들다. 하지만 제대로 붙잡으면 어떻게든 서 있을 수는 있었다. 다리도 움직일 수 있을까? 하다못해 침대 끝까지 게걸음으로 가 보려고 발을 내디뎠다. 그리고 1분이나 걸려서 고작 세 걸음 정도 이동했다. ……하지만 이 이상은 무리다. 침대 끝까지 갈 수 있을 것 같지 않아. 그렇다면. 다시 원래 위치로 돌아가려던 차에 침대를 붙잡고 있던 손의 악력이 한계에 도달했다. 아앗!

"앗, 아아, ……으헉?!"

손을 놔버리는 바람에 당황해서 가까이 있던 무언가를 붙잡았는데, 그 무언가가 문제였다. 링겔은 아니지. 당연히 같이 쓰러지지 않겠냐. 기울어지는 풍경을 슬로모션으로 바라보며 속수무

책으로 성대히 와장창 넘어지고 말았다. 이런, 조심한다고 했는데. 게다가 틀림없이 혼날거야!

"메구?!"

당연히 그 소리에 근처에 있었던 듯한 루드 선생님이 부리나케 달려왔다. 나는 얼버무리듯이 에헤헤 웃을 수밖에 없었다.

"아, 안녕히 주무셨어요. 그게, 너, 넘어졌어."

"메구……. 하아. 정말이지, 못 말린다니까."

황당하다는 표정을 지으면서도 안심한 듯 한숨을 내쉬는 루드 선생님. 정말 죄송합니다. 자만했습니다. 다치진 않았냐고 물으면서 척척 수습하는 루드 선생님은 세 아빠 이상으로 든든한 파파 아우라를 발하고 있었다. 아빠가 더 필요하진 않지만, 가장 아빠다운 아빠가 될 것 같구나.

결국 그대로 건강검진을 받게 된 나. 그동안 많은 이야기를 나누었다. 레키는 정말 방금 전까지 내 옆에 있었던 모양이다. 마침 루드 선생님과 교대할 시간이라서 인수인계를 마치고 의무실에서 나간 참이었다나. 루드 선생님은 그 자리에서 자료를 간단히 확인하고 있었는데 조금 전의 소리가 들렸다고 했다. 아하하, 면목 없어라.

"지금 메구에게서 눈을 뗄 수가 없네. 그 짧은 틈을 타서 훌륭하게도 넘어지다니……. 방심할 수 없구나."

"죄, 죄송합니다."

"하하, 신경 쓰지 않아도 돼. 오히려 나야말로 넘어지기 전에 막지 못해서 미안해. 실은 쳐 놓았지만 메구의 이변을 감지하는 용도였거든. 눈을 떴다는 건 알아차렸는데 나도 방심했어. 설마 혼자서 침대에서 내려올 줄이야. 넘어진 순간에 맞추지 못하다니 나도 아직 멀었구나."

미리 실을 쳐 놓고 넘어져도 괜찮도록 쿠션을 만들 걸 그랬다고 중얼거리는 루드 선생님. 그랬지. 이 사람도 과보호였어. 거기까지 고려하다니 괜히 더 죄책감이. 정말로 앞으로는 조심하겠습니다! 그나저나 루드 선생님의 실은 만능이구나. 아니, 자기 능력을 숙지하고 극한까지 사용법을 연구했다는 느낌. 나도 그렇게 되고 싶지만, 아직 한참 먼 경지겠지. 음, 차근차근 노력하자.

"……정말로 걱정했어. 지금만이 아니고. 메구가 없는 동안 오르투스에 있는 모두가 일에 잘 집중하지 못했으니까."

혼자 결의를 다지고 있을 때 루드 선생님이 옅은 눈웃음과 함께 나를 바라보면서 내가 없는 동안 오르투스가 어땠는지 들려주었다. 일을 안 하면 길드가 돌아가지 않으니까 다들 평소처럼 업무에 임했다고 하지만, 길드 내부에서 일하는 사람들은 한숨도 자주 쉬고 자꾸 멍해져서 업무 처리 속도가 느려졌다나. 그리고 밖에서 일하는 사람들은 외부에서 자고 와야 하는 의뢰는 일절 받지 않고 당일치기 일만 소화했다고 한다. 더군다나 매일 길드에 꼭 돌아와서 내가 돌아오지 않았는지 확인했었다고. 윽, 사람들의 마음을 알자 또다시 속에서 치밀어 오른다! 그리고 길드에 없다는 것만으로도 막대한 폐를 끼쳐버려서 면목이 없어!

"다들 매일 메구를 생각했어. 힘들진 않을지, 무사할지. 그래서 기르가 크게 다쳐서 괴로워 보이는 메구를 데리고 돌아왔을 때는 마을 전체에 영향을 미치는 게 아닌지 걱정될 정도로 살기 등등해서 큰일이었다니까?"

"흐억."

그 광경을 상상했더니 촉촉하게 젖어있던 눈물이 쏙 들어가며 등골이 서늘해졌다. 그건 즉, 오르투스의 실력자들이 다들 살기를 흩뿌렸다는 거잖아? 살짝 재난 아니야? 마을 사람들 죄송합니다! 아니, 하지만 기절했을 때라 다행일지도. 너무 무섭다고. 그러고 보면 나는 그때 한눈에 봐도 알 수 있을 만큼 크게 다쳤었지. 지금은 정말 여기에 상처가 났는지 의심스러울 만큼 위화감도 통증도 없다. 하지만 그때의 통증이나 괴로움은 지금도 생생하게 떠오른다. 더는 같은 일은 겪고 싶지 않은데……. 조금 떠오르는 바람에 몸이 살짝 떨렸다. 지금 생각해 보니 그때 전투복을 입고 있었다면 덜 다쳤을 텐데. 그 옷은 상당히 만능이지만, 인간 대륙에서는 너무 눈에 띄니까 평상복으로 입을 순없었다. 도망치는 중이었으니까. 잡힌 뒤에는 그 자리에서 불쑥 갈아입을 수도 없었고, 무엇보다 거기까지 머리가 돌아가지 않았다. 그때는 그때 할 수 있는 최선의 대책을 떠올린 줄 알았는데, 나도 아직 미숙하다는 걸 실감했다. 모처럼 날 위해 특별히 만들어 준 옷인데 사용하지 못했다니……. 반성합니다.

"정말 무사해서 다행이야."

"루드 선생님……."

반성할 점투성이라 침울해져서 고개를 숙이자 루드 선생님이 '얼굴 붓기는 완전히 빠졌어'라며 손거울을 내밀었다. 아, 진짜다. 그리고 머리카락과 눈동자도 원래 색으로 돌아왔다. 갈아입힐 때 메어리라 씨가 목걸이를 같이 풀어준 걸까? 겸사겸사 손목과 발목의 화상도 확인해 봤는데 정말 매끈해졌다. 내 몸인데도 직시하는 게 무서워질 만큼 상당히 심한 화상이었는데 대단해라. 나이프에 찔렸던 상처도 깨끗하게 나았고 신경이 다쳐서 걷지 못하는 것도 아닌 모양이었다. 그럼 리히토나 로니도 깨끗하게 나았겠지. 하아, 다행이다.

　"기르에겐 지금 연락했으니까 바로 올 거야. 그러면 여기서 조금 일찍 아침을 먹고, 그 후에 리히토와 로니에게 가자."

　"! 그래도 되나요?!"

　"혼자서 침대에서 내려올 만큼 기운이 넘치는 모양이니까. 문제없겠지."

　윽! 아픈 곳을 찌르다니! 루드 선생님은 찡긋 윙크하면서 말했지만, 더는 무리하면 안 된다는 경고도 담겨 있을 것이다. 눈빛의 압력이 강렬하다고! 여기선 순순히 말을 듣는 게 낫겠다.

　"더는 무리하지 않겠습니다……."

　"그래, 알면 됐어."

　정말로 못 당하겠습니다! 쿡쿡 웃는 루드 선생님 앞에서 작게 몸을 웅크리며 에헤헤 웃었다. 그나저나 리히토와 로니는 괜찮을까. 다친 건 나았을 테고, 둘 다 나보다 일찍 눈을 떴다고 들었으니 몸 상태는 나보다 훨씬 나을 것이다. 하지만 정신 쪽은?

특히 리히토가 우울해하진 않을까. 오르투스의 길드원들은 친절하니까 그 점은 괜찮겠지만……, 분명 온갖 생각이 다 들겠지. 역시 걱정이다. 무엇보다 빨리 두 사람을 보고 싶었다.

"음, 기르가 왔나 봐. 역시라고 해야 하나, 빨리 왔네."

문득 문 쪽으로 고개를 돌린 루드 선생님이 그렇게 말하며 일어나더니 공간을 분리하고 있던 커튼을 걷었다. 작게 문을 탁 닫는 소리가 들린 후 안쪽에서 기르 씨가 오는 기척이 느껴져 엉덩이가 들썩거렸다. 나도 참 기르 씨를 너무 좋아하는 거 아니야? 아니, 좋아하지만!

"잘 잤어?"

얼굴을 보자마자 미남 스마일로 그런 말을 들은 내 기분이 급상승했다. 단순한가요? 맞습니다! 미형은 사람, 특히 내 마음을 촉촉하게 적셔주거든……. 안구 복지다.

"안녕히 주무셨어요, 기르 씨! 푹 잤어! 기르 씨는?"

"그래, 나도 푹 쉬었어."

어제보다 안색도 훨씬 좋아졌다며 기르 씨가 내 뺨을 살며시 쓰다듬었다. 역시 행동거지도 잘생겼어. 케이 씨에 필적하지 않을까. 잠시 그 행복을 누리고 있었더니 다시 문이 열리는 소리가 들렸다. 이 경쾌한 발걸음은 메어리라 씨?

"안녕히 주무셨어요! 메구, 일찍 일어났네요. 자, 아침 가져왔어요."

정답이다! 살살 감도는 맛있는 냄새에 위가 자극을 받은 건지 배에서 작게 꼬르륵 소리가 났다. 음, 먹을 수 있겠구나. 메어리라 씨의 명랑한 모습을 봤기 때문인지도 모른다. 늘 밝은 그녀의 미소를 보면 나도 기운이 나거든!

"메어리라. 너도 오늘은 일찍 들어가서 쉬어. 치료하느라 힘 많이 썼잖아?"

"으윽, 메구와 대화하고 싶었는데요……. 하지만 이번만큼은 그 말씀대로 할게요."

힘을 많이 썼다고? 메어리라 씨가? 의아해하며 얼굴을 빤히 쳐다보자 그 미소에 피로가 묻어 있는 게 보였다. 전혀 눈치 못 챘어……! 어떻게 된 일인 건지 기르 씨에게 슬쩍 물어보자, 메어리라 씨의 힘으로 나와 리히토와 로니의 심한 상처를 흔적도 없이 낫게 해주었다고 한다.

『루드 선생님! 제 힘을 쓰게 해주세요! 저라면 이 정도의 상처는 흔적도 없이 치유할 수 있어요! 몸에 부담도 최소한으로 줄일 수 있고요!』

『하지만 그러면 네가…….』

『다들 눈을 뜨면 푹 쉴 테니까요! 제대로 회복할 테니까 제발, 제발 제가 치유하게 해주세요……!!』

그때의 박력은 화냈을 때의 루드 선생님과 비슷한 수준이었다고 가르쳐 주었다. 메어리라 씨는 불사조다. 그 힘을 사용해서 기적적인 회복을 실현한다고 한다. 하지만 그건 상당히 지치는 방식이라 어지간한 일로는 쓰지 않는다. 그걸 루드 선생님도 알고 있었기에 처음에는 내키지 않아 했으나, 메어리라 씨가 강하게 밀어붙였다고 한다.

"본인도 기본적으로는 쓰고 싶지 않은 힘이라더군. ……많이 지치는 모양이야."

그, 그렇게나 무리하게 만든 거야? 미안함이 넘실넘실 차오른다. 하지만 메어리라 씨는 의료 종사자다. 자신이 할 수 있는 범위를 잘못 가늠하진 않겠지. 그 범위 안에서 최대한 우리를 위해 힘을 사용해 준 거다. 힘든 일이라는 걸 알면서도. 그렇다면 역시 재차 인사해야겠지!

"메어리라 씨……! 정말로, 정말로 고마워!"

"메구……. 후후, 메구의 힘이 되어서 아주 기뻤어요. 처음으로 불사조로 태어나길 잘했다는 생각이 들었죠. 그러니까 저야말로 고마워요."

너무 좋은 사람이잖아, 천사인가……! 마법과는 다르게 자신의 생명력을 사용하는 건데도 거리낌 없이 써주다니 눈물 날 것 같아! 쉬면 회복되는 정도라면서 웃어준 덕분에 안심했지만, 나도 메어리라 씨도 푹 쉬고 건강해지면 꼭 뭔가 보답하기로 결심했다. 정말로 날 위해 많은 사람이 열심히 노력해 주었구나. 이 목숨은 곱게 써야지.

본인의 방으로 돌아가서 쉬겠다는 메어리라 씨를 배웅한 뒤 나는 메어리라 씨가 가져다준 아침 식사를 천천히 먹기 시작했다. 계속 링거를 달고 있었기 때문에 메뉴는 죽이다. 그것도 반쯤 물. 쌀의 형태가 거의 없다. 하지만 육수가 잘 배어든 건지 아주 맛있었다! 심심한 맛이 이렇게까지 맛있다는 건 몸이 그런 걸 원한다는 소리이기도 하다. 지금 나에게 필요한 걸 완벽하게 마련해 주다니, 그런 부분까지 역시 대단하다. 그래도 빨리 치오 언니의 맛있는 밥을 먹고 싶다. 선물로 챙긴 수프도 주고 싶고! 그러기 위해서도 지금은 열심히 먹고, 쉬고, 적절히 몸을 풀어 주는 게 나의 의무일까. 좋아, 화이팅!

"리히토! 로니!"

아침을 다 먹고 링거를 뺀 뒤 옷을 갈아입은 나는 약속대로 두 사람을 만나러 갔다. 두 사람이 의무실까지 오게 한다는 선택지도 있었지만 내 재활도 겸해서 내 쪽에서 찾아가기로 했다. 중간에 몸을 움직일 수 없게 되었지만! 그럴 것 같았어! 그래서 거의 기르 씨의 품에 안겨 이동하게 되었지만, 길드에서 일하는 사람들의 얼굴도 봤으니 잘된 걸로 치자.

참고로 리히토와 로니는 각자 다른 방을 받고 거기서 지냈다고 했다. 하지만 내가 만나러 온다고 하자 둘 다 리히토의 방에서 기다리고 있었던 모양이다.

"메구!"

"메구, 좋은 아침."

방에 들어간 순간 이름을 부른 나에게 두 사람도 안도한 듯 웃으며 인사해 주었다. 안색도 좋아 보이고, 평범하게 일어나서 이쪽으로 왔고, 생각했던 것보다 훨씬 건강해 보여서 나도 안심이다!

"오랜만에 보는데, 그 배색. 역시 위화감이 느껴져."

눈앞으로 온 리히토는 턱에 손을 대고 나를 빤히 쳐다보더니 진지한 얼굴로 그런 소릴 했다.

"머리카락이랑 눈동자 색 말이야? 하지만 이게 나한테는 평범한 색인데?"

"그건 알지만, 익숙한 색과 다르니까 역시 좀."

아, 하지만 그 심정은 잘 안다. 나도 아까 거울을 봤을 때 느낌이 이상했거든. 처음 이 모습을 봤을 때만큼 충격이 크진 않았지만, 확실히 위화감이 느껴졌다. 역시 적응 문제인 거겠지.

"아직, 못 걸어? 아파?"

기르 씨 품에 안겨 있다가 살며시 소파에 내려진 나를 보며 로니가 걱정인 듯 물었다. 뭐, 의무실에서 나왔다가 30걸음 만에 뻗어 버렸으니까. 앞날이 멀구나. 하지만 심정적으로는 아주 건강하니 너무 걱정시키지 않기 위해서도 밝게 대답했다.

"응, 어제 막 눈을 뜬 거라서 금방 피곤해지거든. 하지만 하나도 안 아파! 죽도 조금이지만 먹었고, 앞으로 재활 열심히 해야지! 그나저나 20일이나 잠들어 있었다니 처음 들었을 땐 엄청 놀랐어!"

"응, 좀처럼 눈을 안 떠서, 걱정했어. 하지만 일어나서, 안심이야. 메구라면, 금방 걸을 수 있게, 될 거야. 나도, 재활, 도와줄게."

로니는 내 옆에 앉아 내 손을 살며시 잡으며 웃었다. 변함없이 친절한 오빠다. 그 후로 우리는 많은 이야기를 했다. 로니는 여기에 오고 고작 닷새 만에 눈을 떴다고 한다. 드워프는 튼튼함이 장점이라나. 그렇다고 해도 굉장하다. 그렇게 심한 화상을 완치시켰으니 체력이 상당히 소모되었을 텐데. 심지어 재활훈련도 순조롭게 진행해서 지금은 예전처럼 돌아다닐 수 있다고 한다. 경이로운 회복력이다. 드워프, 무시무시해라. 이 경우 로니라서 대단한 건가?

리히토는 딱 일주일 전에 눈을 떴다고 한다. 알고는 있었지만 내가 제일 늦잠꾸러기였다. 이게 체력 차이인가…… 그리고 리히토는 지금 절찬 재활 도중인데 아직 달리지는 못한다고 알려주었다. 상처는 깨끗하게 나았으니 역시 그만큼 체력을 많이 사용한 거겠지. 하지만 앞으로는 회복을 기다리며 차근차근 재활하면 예전처럼 지낼 수 있다는 걸 안 것만으로도 기쁘다. 루드 선생님이나 의료팀이 있으니까 괜찮다고 생각은 해도 이렇게 눈앞에서 그 모습을 보면 훨씬 안심된다니까. 오늘 두 사람을 만나서 다행이다.

"방도 가깝고, 나는 이제 건강하니까, 리히토 방에, 왔어."

리히토는 오전에 재활을 마친 참이었다고 한다. 이젠 평범하게 걸어 다닐 수 있다고 해도 운동한 뒤이니 부담을 줄여주려고 한 거구나. 배려할 줄 아는 남자, 로니. 훌륭합니다!

"그나저나 생각한 대로 움직여지지 않는다는 건 힘들더라. 이래서야 수행도 처음부터 다시 해야 하고."

리히토도 나와 똑같은 생각을 한 모양이었다. 그만큼 열심히 했으니 실망하기 마련이지. 이해해. 하지만 리히토를 돌봐주는 오르투스 사람들이 효율 좋은 움직임 등을 이것저것 가르쳐 주는 건지 몸이 잘 움직이진 않아도 제법 충실한 나날을 보내고 있는 모양이었다. 리히토는 마법 관련 책도 빌렸는데, 자신이 얼마나 마법을 엉성하게 사용했는지 깨달았다며 쓴웃음을 지었다. 여태까지 마법은커녕 마력을 다루는 방법조차 배울 기회가 없었으니까. 이것만큼은 어쩔 수 없지. 뭐, 너무 늦은 시작은 없다고 하니까, 앞으로 착착 지식을 쌓는다면 리히토는 마력을 훨씬 더 잘 다룰 수 있게 될 것이다. 아는 것은 힘이다!

이렇게 여기에 온 후로 어떻게 지냈는지, 무슨 일에 놀랐는지 같은 이야기를 두 사람에게 듣고 내 쪽에선 오르투스나 주변 마을에는 이런 게 있다고 가르쳐 주는 등 소소한 이야기를 주고받으며 함께 웃었다. 이 셋이서 이렇게 평화로운 시간을 보낼 수 있다는 게 너무 기쁘다. 이런 시간을 계속 바랐으니까. 두 사람을 오르투스에 데리고 오고 싶다는 소원도 어느샌가 이뤘고, 어쩐지 무척 행복하다. 행복, 한데……. 자꾸만 그 사람이 생각난다. 대화가 끊어졌기 때문인지 우리 사이에 묘한 침묵이 흘렀다. 문득 고개를 들자 두 사람 모두 얼굴이 어두웠다. 아아, 역시 같은 생각을 하는 걸까. 머릿속에 어른거리는 사람은 당연히 라비 씨다.

"재회 인사는 끝났어? 그럼 셋이 모두 모였으니 앞으로 할 일을 이야기해 줄게."

조용해진 우리를 보고 같이 따라왔었던 루드 선생님이 그렇게 말을 꺼냈다. 앞으로 할 일? 그러고 보면 아빠와 아버지가 인간 대륙에서 나를 기다린다고 했었지. 그 이야기인 걸까? 라비 씨에 대해서도 들을 수 있을 지도 모른다. 우리는 무심코 긴장하며 등을 곧게 폈다.

"여기여기! 그 역할은 내가 할게!"

그때 별안간 기운이 넘쳐나는 목소리가 실내에 울려 퍼졌다. 긴장했던 우리 세 사람은 나란히 화들짝 놀랐다. 까, 깜짝이야! 입구로 시선을 돌리자 그 밝은 목소리의 주인, 사우라 씨가 씩씩한 발걸음으로 이쪽으로 다가왔다. 아아, 눈부셔라. 사우라 씨의 털털함이 너무 오랜만이라 눈부셔! 그리고 여전히 귀여워!

"아, 왔구나. 타이밍 좋네. 보아하니 마침 새 정보도 도착한 것 같은데?"

"후후, 감이 좋은걸? 맞아. 루드도 저기서 잠시 누워 쉬고 있어. 괜찮아, 이 애들 몸에 뭔가 이변이 생기면 당장 두들겨 깨울 테니까."

"깨워주면 그야 고맙지만, 조금 더 친절함을 발휘해 줘도 괜찮은데."

인정사정 안 봐주는 느낌도 오랜만이다. 음, 이래야 사우라 씨지! 리히토와 로니는 놀랐을 때의 여운이 남은 건지 가슴을 누르며 사우라 씨를 빤히 쳐다보고 있었다. 사실 나도 아직 심장이 쿵쿵 뛰고 있다. 그렇게까지 큰 목소리도 아니었지만 무슨 이야기를 듣게 될지 긴장하던 차에 예상치 못한 방향에서 쩌렁쩌렁한 목소리가 날아오는 바람에 그만.

"자, 작은 미녀……."

"소인, 족……?"

아, 리히토도 로니도 소인족은 처음인가? 눈이 동그래져서 사우라 씨를 보고 있다. 뭐 성격도 강렬하니까. 하지만 아주 좋은 사람이라고! 생글거리며 두 사람을 지켜보고 있었더니 사우라 씨가 그런 두 사람을 향해 말을 건넸다.

"우후후, 미녀라니 기쁜데! 둘 다 소인족은 처음 보나 봐? 나는 사우라디테야. 길드의 총괄을 맡고 있지. 편하게 사우라라고 불러줘."

사우라 씨의 자기소개를 듣고 리히토와 로니도 각자 간단하게 이름을 대며 인사했다. 어딘가 긴장한 분위기다. 이해해. 사우라 씨를 앞에 두면 왠지 등이 쫙 펴지지. 한 번 더 주장하지만 아주 좋은 사람이란다.

"자 그럼, 먼저 인간 대륙에 가는 일정 말인데……. 이건 사실 최대한 빨리 와 달라고 하더라."

그 후 사우라 씨는 우리 세 명을 보며 팔짱을 끼고 설명하기 시작했다. 최대한 빨리 와 달란 말이지. 들어보니 인간 쪽에서는 역시 기강이 흐트러진다는 사정상 죄인을 빨리 처벌할 필요가 있다고 한다. 어쩐지 인간다운 이유구나……. 고려해야 할 점 등도 많아 보여서 귀찮지만, 그게 인간이다. 게다가 인간은 인구가 넘쳐나는 만큼 그런 대응도 서둘러 하지 않으면 골칫거리가 늘어날 테지. 황제님도 고생이 많구나. 그런데도 계속 눈을 못 뜨고 누워있어서 죄송합니다.

"하지만 당연히 너희에게 무리시킬 수는 없으니까! 적어도 메구의 식단이 평소처럼 돌아갈 때까지는 기다리게 할 거야. 다만 반대로 회복하면 바로 간다는 소리지. 괜찮을까……?"

태연한 얼굴로 '어려울 것 같으면 사기 좀 칠게'라고 말하는 사우라 씨. 아이 참, 멋있어라. 하지만 괜찮아! 그렇게 미안해하는 표정 짓지 마, 사우라 씨.

"나도 빨리 가고 싶으니까 그렇게 해줘!"

"그럴 줄 알았어. 그럼 그쪽 대륙에서 메구의 컨디션을 관리하는 건 기르에게 맡겨야겠다. 자세한 건 나중에 루드한테 듣는 걸로."

"알았다."

그렇다. 뭐니 뭐니 해도 다음은 든든한 기르 씨가 같이 가니까! 다만 과보호가 되지 않도록 조심할 필요가 있다. 조심해봤자 과보호를 막을 방법은 모른다만.

"일단은 물어보는데, 리히토. 너도 같이 갈 거지?"

"! 네. 하지만 가도 되나요?"

"당연하지. 당사자인걸. 게다가 앞으로 어떻게 할지 생각하기 위해서도 필요한 일이잖아?"

"그, 그렇, 죠……."

리히토의 앞날인가. 왠지 당연하게 여기서 지낼 거라고 생각했었는데……. 반드시 그렇게 된다는 보장은 없지. 리히토의 인생이니까. 앞으로 어디에서 어떻게 살지 정하는 건 리히토 본인이다. 아직 미성년자라고는 하나 내년이면 성인이 되니까 스스로 생각할 필요가 있다. 나는 그런 리히토의 선택을 잘 받아들일 수 있을까. 좀 걱정이다.

"그리고 로나우드. 너를 광산에 바래다주는 것까지는 확정이지만, 그대로 메구네와 함께 인간 대륙에 갈 수 있을지는 몰라."

"어……?"

이어서 사우라 씨는 로니에게 고개를 돌리더니 진지한 눈빛으로 똑바로 바라보며 그렇게 말했다. 로니의 아버지가 허락하지 않을 것이라는 이유였다. 그래, 로니의 아버지는 광산 드워프의 족장이었지……. 기르 씨, 아돌 씨와 싸웠던 기억이 흐릿하게 되살아났다. 상당히 완강했었던 것 같은데. 그 성격을 누구보다 잘 아는 건 다름 아닌 로니일 것이다. 심경이 복잡한 듯 눈썹 꼬리가 내려간 로니를 앞에 두고 사우라 씨가 말을 이었다.

"문제가 해결될 때까지 전이 마법진을 몇 번 더 사용하게 되겠지. 하지만 널 여기까지 데려올 때도 상당히 고생했다고 들었어. 그런 완강한 족장을 상대로 전이 마법진을 더 쓰게 해달라고 교섭하는 건 어려울 거라고 생각했지. 하지만 우리 우수한 아돌이 그때 가서 싸우지 않도록 광산까지 찾아가서 결판을 내고 돌아왔어! 후후, 후배가 든든해져서 아주 기쁘다니까!"

사우라 씨는 씩 웃고는 아돌 씨의 협상 에피소드를 득의양양하게 들려주었다.

『무사한 모습의 아들을 데려오겠다고 약속했는데 너희는 아직 약속을 안 지켰다. 다시는 마법진 사용 허락을 내주지 않겠어.』

『또 그 이야기를 끌어오는 겁니까……. 당분간 계속 부탁하게 될 것 같다고 그때도 말씀드렸잖아요?』

『허락한 기억은 없다. 빨리 아들을 돌려줘.』

『하아……. 그쪽이 그럴 생각이라면 이쪽도 그 이야기를 다시 해 보죠. ……말씀대로 저희의 역할은 건강한 아드님을 데려오는 겁니다. 그러기 위해서 저희 길드에서 상처를 완벽하게 치유한 뒤에 데려오겠다고 말씀드렸죠. 그 약속은 아직 진행 중인 겁니다. 그 증거로 그때도, 지금도 저희는 완료했다는 말은 한 번도 안 했죠. 돌아올 때는 건강한 모습의 아들과 같이 있어야 한다고 하셨을 뿐 기한도 정하지 않으셨으니 애초에 항의를 받을 이유가 없습니다. 어디서 돌아올 때인지도 말씀하지 않으셨잖아요.』

『큭, 말꼬리를 잡다니……!』

『아, 그리고 그때는 시간이 없어서 말씀드리지 못했는데 치료에는 대금이 발생합니다. 뭐, 그건 어린아이라도 아는 당연한 사실이니까 알고 계셨겠지만요. 설마 아버지로서 안 내겠다고 하진 않으시겠죠?』

『아니…… 그건.』

『하지만 미리 안내하지 못한 건 저희 잘못입니다. 그러니 대금은 사건이 완벽히 해결될 때까지는 마법진을 계속 사용할 수 있도록 허가해 주시는 걸로 충분합니다. 이동할 때 드는 마력은 저희가 주입할 거고, 안내만 하면 끝이니까 상당히 양심적이라고 보는데요.』

『그, 그건 아무래도……!』

『그렇다면 돈으로 내주시면 되는데요. ……이 정도입니다.』

『?! 쯧, 알았다! 빨리 약속을 지켜! 참 짜증 나는 녀석이군.』

『완곡한 칭찬인가 보네요? 후후, 이해해 주신 모양이라 다행입니다. 감사합니다.』

……아돌 씨, 그렇게 무해해 보이는 사람이었는데 사실은 제법, 아니 상당히 굉장한 사람이었구나. 나도 모르게 입이 떡 벌어졌다니까. 아무래도 나만 그런 게 아니었던 건지 리히토와 로니도 어안이 벙벙한 얼굴이었다. 한편 루드 선생님은 '오호라?' 하며 어딘가 기뻐 보였고 기르 씨는 '호오' 하며 감탄했지만. 감각이 다르잖아……? 아니 그 전에, 들어보니 대화 진행 방식이 사우라 씨를 닮았어. 역시 사우라 씨가 추천하는 인재다. 덕분에 절대 적으로 돌리고 싶지 않은 사람이 무사히 한 명 늘어났습니다.

"뭐 이런 식으로 살짝 세게 밀어붙여서 교섭했으니까 널 인간 대륙까지 데리고 가겠다는 이야기는 꺼내지 못했어. 미안해."

살짝……? 아, 응. 그래. 이 이상은 불쌍하니까. 로드리고 씨에게 동정한다. 하지만 당사자에겐 아쉬운 이야기다. 로니는 고개를 저으며 신경 쓰지 말라고 말은 했지만, 어딘가 시무룩해진 것처럼 보이는걸. 하지만! 역시 사우라 씨. 그걸로 끝이 아닌 사람이다.

"그러니까 설득은 직접 해."

"!"

이어진 그 말에 로니는 눈을 동그랗게 뜨고 사우라 씨를 보았다. 설득은 직접이라. 리히토도 앞으로 나아갈 길을 스스로 정하고 걸어가려 한다. 로니는 아직 조금 나중 일이기는 해도, 성인이 될 때까지 앞으로 8년 남았으니까. 아인에게 그 정도는 정말 순식간이다. 그러니 로니도 슬슬 자신의 힘으로, 의지로 자신의 길을 개척해야 한다. 하고 싶은 일이 있다면 먼저 스스로 그걸 위한 첫걸음을 내디뎌야만 한다는 거겠지.

"네겐 네 의사가 있어. 그렇지? 아버지, 족장이라는 이유로 뭐든 고분고분 따르는 게 아들의 도리야?"

사우라 씨는 로니가 처한 상황이 조금 복잡하다는 걸 아는구나……. 누군가에게 들은 건지도 모르고, 대충 분위기로 파악한 건지도 모르지만 적극적이고 진취적인 사우라 씨의 질타와 격려는 로니에게 깨달음을 주었다.

"네가 같이 가고 싶다면 네 힘으로 어떻게든 해 봐. 쉬워. 하고 싶은 말을 정리해서 전달할 수 있고, 뜻도 굳건하다면!"

잠시 어안이 벙벙한 듯 사우라 씨를 바라보고 있던 로니는 살짝 고개를 숙이고 무언가를 중얼거리면서 그 말을 곱씹는 모양이었다. 그 후 얼굴을 홱 들어 올렸을 때 본 로니의 표정에서는 어쩐지 짐을 털어낸 듯한 개운함이 감돌았다. 마음 정리가 잘 끝난 건가?

"……응, 알았어. 직접, 말할게요."

"후후, 그렇게 나오셔야지. 건투를 빌게!"

로니의 힘찬 대답을 듣고 생긋 웃은 사우라 씨는 그 작은 손으

로 로니의 어깨를 툭툭 두드렸다. 나도 응원할게! 나는 로니를
바라보며 마음속으로 무사히 잘 설득할 수 있기를 빌었다.

4 원정 준비

재활훈련을 시작한 지 약 일주일. 내 식사가 드디어 평소 식단으로 돌아왔습니다! 내 예상보다 상당히 빨리 회복했다. 이 몸의 탁월한 능력치와 의료팀의 실력 덕분이겠지. 다방면으로 땡큐다. 하지만 전과 똑같이 움직일 수 있냐면 그렇지는 않다. 짧은 거리라면 무언가를 잡고 혼자 걸을 수 있게 된 정도다. 20일이나 계속 누워있던 몸뚱이라 근육이 연약하다. 이, 이래 봬도 매일 노력은 한다고. 재활을 해도 금방 지치니까 많이 움직이고 싶어도 그러지 못한다는 답답함. 의료팀의 닥터 스톱도 있고. 그래서 지금은 파이팅할 때이다. 재활 말고, 정신적인 인내심 측면에서. 뜻대로 움직여지지 않는다는 스트레스와의 싸움은 생각했던 것보다 더 가혹했다. 하지만 그것도 평소 식단으로 돌아가자 상당히 완화되었다. 사랑하는 치오 언니의 맛있는 밥을 먹으니 마음이 건강해졌거든! 단순하다고? 그것이야말로 이 몸의 장점이라오. 많이 먹으면 체력도 빨리 돌아올 테니까 좋은 일이거든?

로니는 이미 전과 똑같이 생활할 수 있게 되었다. 역시 튼튼한 드워프! 내가 눈을 뜬 단계에서 이미 평범하게 걸어 다닐 수 있었으니까. 우리 셋 중에서 가장 먼저 통상 트레이닝을 개시했다. 아직 본격적인 훈련 내용까지는 아닌 듯하지만 그래도 부럽기 그지없다. 리히토도 많이 회복된 모양이었다. 지금은 가벼운 조깅 정도라면 할 수 있게 되었다. 하지만 아직 쉽게 지치는 건지 금방 숨이 찬다고 했었다. 그래도 기뻐하는 얼굴을 보면 몸을 움직일 수 있게 되어서 좋아한다는 게 전해졌다. 의료팀이 지정한 범위를 잘 지키면서 무리하지 않고 몸을 길들이는 리히토를 다른 사람들도 칭찬했었다. 말 잘 듣고 착한 아이라면서! 에헤헤, 그쵸? 그쵸? 리히토는 조금 심술궂은 소릴 할 때도 있지만 착하고 다정하고 강한 마음을 지녔다고. 어쩐지 리히토가 칭찬받는 걸 들으면 내 일처럼 기쁘다.

뭐 그런 식으로 아직 완전히 회복되었다고는 말할 수 없는 우리였지만, 사우라 씨가 말했던 최소한의 기일인 '내가 평소 식단으로 돌아갈 때까지'란 목표가 달성된 지금, 슬슬 인간 대륙 원정을 계획하기 시작했습니다. 라비 씨가 어떻게 지내는지 굉장히 마음에 걸렸고, 황제님의 고생도 덜어주고 싶다. 물론 아빠와 아버지와도 만나고 싶다. 그렇다 보니 기르 씨에게 폐를 끼칠지도 모르지만 최대한 빨리 가고 싶었다. 리히토와 로니도 같은 의견이었고, 그런 우리의 요청에 따라 다들 움직여 주고 있는 상태다.

처음엔 기르 씨만 따라올 예정이었는데, 리히토의 건강 상태가 아직 불안하다는 이유로 오르투스에서 따라가는 사람을 한 명 더 급히 추가하게 되었다고 한다. 그 추가된 사람이란……

"왜 케이인 건데! 호위하면 나 아니야?"

"당연히 안 되지, 이 멍청한 오니야! 너같이 걸어 다니는 재난을 인간 대륙에 풀어놓다니, 그런 무시무시한 소리가 다 있냐."

와, 나이스 타이밍. 길드 홀에 도착하자 마침 짖어대는 쥬마 오빠를 사우라 씨가 조련하는 중이었습니다. 아니, 그게, 왠지 그렇게 보여서……. 쥬마 오빠가 그물 속에 있더라고. 쥬마 오빠는 버둥거리면서 나오려고 하는 것 같지만 괜히 더 엉켜서 한층 처참해지고 있다. 그 왜, 그물총 같은 느낌. 어딜 보나 아빠가 아이디어를 내서 개발한 마도구다. 오르투스 버전이니까 내가 아는 그 그물총보다 훨씬 성능이 좋아 보이지만. 참고로 사우라 씨는 그물 속에서 몸부림치는 쥬마 오빠의 눈앞에서 의자에 앉아 다리를 꼬고 우아하게 차를 마시며 설교하는 중입니다. ……아니, 이건 조련이라고 해야겠지. 하하.

"슈리에는 자연 마법을 쓰니까 부적합하고, 니카는 체격이 너무 좋아서 인간이 놀랄 테고. 여자는 메구밖에 없다는 걸 고려하면 동성이라 그쪽 방면으로도 완벽하게 커버해 줄 수 있으면서 실력도 좋은 케이가 적임자지."

그렇구나. 나를 이래저래 배려해 준 거였네. 마대륙 사람은 인간 대륙에서 힘이 많이 축소되니까, 가는 것만으로도 힘든 장소다. 그래도 인간보다 훨씬 뛰어난 능력을 지니고 있긴 하나 여기서 나고 자란 사람이라면 솔직히 나서서 가고 싶어 하는 사람은 별로 없겠지. 그런 장소에서 호위하는 임무니까 아무래도 실력자 중에서 뽑게 된다. 그런 사람들은 오르투스에서 기존에 하던 일도 제법 있을 텐데, 얼굴 한 번 구기지 않고 조절해 주고 있다. 정말 고마워라.

"으음, 나를 그런 식으로 평가해 주는구나, 사우라디테. 영광

이야.”

그때 화제에 오른 장본인이 소리 없이 나타났다. 당연히 케이 씨다. 변함없이 기척이 전혀 느껴지지 않는 등장이다. 의자에 앉은 사우라 씨의 뺨을 스륵 쓰다듬고는 기뻐하며 웃었다.

“히익?! 좀, 놀래키지 말라고! 그나마 제일 나은 인선을 골랐던 것뿐이야. 그냥 소거법! 아 진짜, 가까이 오지 마!”

소름이 돋은 건지 스스로를 껴안듯 두 팔을 문지르며 소리치는 사우라 씨는, 이렇게 말하는 건 미안하지만 굉장히 귀여웠다. 케이 씨는 매정하다면서 사우라 씨에게 은근한 시선을 보내면서도 온화하게 웃고 있다. 여느 때의 케이 씨다. 반가워라.

“……여자, 지?”

그 광경을 보고 있던 리히토가 작은 목소리로 내게 물었다. 아, 나도 그렇게 생각한 적이 있었지. 처음 만났을 때 똑같은 이유로 당황했던 것도 좋은 추억이다. 로니도 신기하다는 듯 두 사람을 바라보고 있었기에 나는 주저없이 대답해 주었다.

“케이 씨에게 성별이라는 개념은 존재하지 않아. 케이 씨는 케이 씨. 오케이?”

“……오케이. 대충 알았어.”

“잘 모르겠지만, 알았어.”

빨리 이해해 줘서 고마워. 리히토의 머릿속에선 지금 남자와 여자 사이에 케이 씨라는 항목이 추가되었겠지. 로니는 분위기로 대충 그런가 보다 한 모양이었다. 처세술이 좋구나. 참고로 슈리에 씨는 이미 남자라고 강조해 놓았다. 슈리에 씨의 모

습을 보고 내 말을 되새긴 뒤 크게 고개를 끄덕였던 것도 그렇고, 리히토도 로니도 역시 적응이 빠르다. 이 누나는 참 편하다니까. 뭐, 좀 만나보면 슈리에 씨가 상당히 터프한 성격이라는 것도 알겠지만. 종족 특성상 무척 아름다운 외모에 말투도 정중할 뿐, 은근히 화도 잘 내고 손이 빠르니까. 아니, 진짜로. 오르투스 내에서도 1, 2위를 다툴걸. 종목이 뭐냐고? 툭하면 힘으로 해결하려 들기 대회.

"그나저나 메구와 너희는 정말 사이 좋구나!"

우리가 셋이 옹기종기 모여서 대화하는 걸 보고 사우라 씨가 쾌활하게 웃었다. 그야 힘을 모아 수라장을 헤쳐나온 사이니까! 긴 인생 전체에서 보면 잠깐이었지만, 제법 괜찮은 유대감 같은 걸 쌓은 느낌이다. 두 사람이 정말 좋아! 리히토, 로니와 얼굴을 마주 보며 무심코 배시시 웃자 사우라 씨가 이어서 조금 사적인 질문을 던졌다.

"로나우드는 앞으로 어떻게 하냐에 달렸지만……. 리히토는 딱히 갈 곳이 없지? 사태가 정리된 후에 어떻게 할지 정했어?"

"그, 그건……."

나도 궁금하던 참이었다. 아직 고민하고 있으리라는 걸 아니까 끼어들지 않고 얌전히 상황을 지켜보았다. 사우라 씨의 말투로 보아 길드에 오고 싶은 거라면 언제든 상담해 주겠다는 의미일 것이다. 지금 당장 대답하라는 의미가 아니라 이런 선택지도 있다는 소소한 제안이다. 그건 즉, 적어도 사우라 씨는 리히토가 동료가 된다면 환영하겠다는 소리다. 리히토가 인정받아서 내가 다 안도했다. 하지만 당연히 오르투스에 가입하는 건 사우라 씨 혼자서 정할 수 없다. 나도 오르투스의 일원으로 인정받은 건 두목, 즉 아버지의 허락이 떨어진 뒤였으니까.

리히토의 반응을 힐끔 살폈다. 그러자 뭐라고 대답해야 할지 망설이는 건지 곤란해하는 표정을 짓고 있었다. 나는 나름대로 오래 알고 지냈으니 사우라 씨의 의도도 대충 파악했지만, 리히토는 답을 요구한다고 해석하고 난감해하는 건지도 모른다. 여기선 조금 도와줘도 괜찮겠지?

"그, 그게! 리히토는 좀 특수하거든. 숨기고 싶은 건 아닐 테지만, 가장 먼저 아빠에게 이야기하는 게 좋을 것 같다고 생각해서……."

"특수? 사정이 있다는 거구나. 구태여 캐묻진 않을게. 하지만 두목에게 이야기한다니, 여기에 오고 싶은 마음이 있는 거야?"

사우라 씨가 고개를 갸웃거리며 그렇게 물었다. 아, 그렇구나. 그렇게 되네. 딱히 리히토는 아직 오르투스에 있고 싶다고 정한 건 아니다. 다만 일본인이라는 사정을 아빠에게 상담하고 싶은 것뿐이다. 사우라 씨는 나나 아빠의 복잡한 사정도 알고 있으니 이해해줄 테지만, 목적이 상담인 만큼 지금 여기서 이야기하는 것도 좀 아닌 것 같고? 어떠려나. 너무 여기저기 말하고 다닐 내용은 아니란 느낌인데. 으음, 뭐라고 해야 전해지지. 그런 사정을 숨기고 설명하려면.

"그게, 아직 그 부분도 정해진 게 아니야. 뭐라고 하지, 역시 순서가 있으니까. 리히토는 아직 망설이는 것 같지만……. 아,

그래도! 나는 리히토가 가족이 되어 줬으면 해!"

내가 그렇게 소리치자 어째서인지 홀이 쥐 죽은 듯 조용해졌다. 그렇게까지 크게 소리친 건 아닐 텐데, 묘하게 소리가 잘 울려 퍼졌다. 어? 뭐지?

"순서……?"

"메구가……?"

"가족이, 되고 싶은, 상대……?!"

점점 웅성거리기 시작하는 사람들. 뭐지? 내가 뭐 이상한 소리 했나? 오르투스의 동료가 되면 가족 같은 존재가 되는 거잖아? 리히토가 동료가 된다면 아주 기쁘니까 가능하다면 그렇게 되면 좋겠다고는 생각하는데. 하지만 길드원들이 보기에는 낯선 남자아이, 그것도 인간이니까 조금 거부감이 있었던 건지도 모른다. 레오 할아버지도 인간이었으니까 받아 들여줄 줄 알았는데, 하긴 사람마다 생각이 다른 건 당연하지. 너무 성급했나.

"메, 메구? 마음은 참 기쁘지만 조오오오금 오해를 부르는 발언 아니냐……?"

역시 끼어들지 않는 게 나았던 것 같다고 반성하고 있었더니 이번에는 리히토가 경직된 얼굴로 그런 소릴 했다. 어쩐지 식은 땀을 흘리는 것처럼 보이기도 했다. 아, 역시 너무 나댔구나. 내가 동료가 되길 원한다고 해서 괜한 소릴 해버렸어. 하지만 좀 섭섭하다. 나는 눈물이 나오려는 걸 참으면서 리히토에게 대답했다.

"그래, 그렇지……. 맘대로 말해서 미안해. 리히토가 원하는 대로 정해도 되니까."

좋아, 이제 조용히 있자. 얌전히 기다리자. 리히토가 스스로 정한 일이라면 어떤 결과가 되어도 받아들이겠다고 생각했었는데, 나도 참 내 욕망이 줄줄 새어 나가다니 민망해! 리히토를 당황하게 만들어서 미안하다. 반성이다. 천천히 생각해 보고 정하는 게 좋지. 입에 지퍼!

"뭐야, 메구를 거절할 생각이야? 저 꼬맹이⋯⋯."

"너무 헌신적이잖아, 메구⋯⋯!"

⋯⋯응? 뭐지. 오르투스 사람들에게서 흉흉한 분위기가 피어오르는데? 무슨 일이 있었나? 적습? ⋯⋯그건 아닌 것 같고.

"잠깐, 기, 기다려! 나는 지금! 이 사람들에게 성대한 착각을 당한 느낌이야! 로, 로니! 살려줘."

고개를 갸웃거리며 주변을 둘러보고 있을 때 리히토가 당황한 듯 뒷걸음질 치기 시작했다. 어? 왜? 왜 리히토가 저런 반응이지? 전혀 이해할 수 없다. 착각이고 뭐고, 말 그대로의 의미였는데? 으음, 이상하다. 로니는 그냥 쓴웃음만 짓고 있으니 그렇게 심각한 일은 아니겠지만. 어라? 혹시 이 상황을 이해하지 못한 건 나뿐인 거야? 그렇게 생각하며 옆에 서 있는 기르 씨를 올려다보았다. 기르 씨라면 이해했으리라 믿어!

"⋯⋯기르 씨?"

대답이 없다. 눈을 뜬 채로 잠든 건지 의심이 들 정도로 미동도 하지 않았다. 그 기르 씨가?! 정말 무슨 일이 일어난 거야?! 너무 난감해진 나는 도움을 요청하며 이번에는 케이 씨를 올려다보았다. 그러자 어쩐지 안쓰러워하는 듯한 진지한 시선으로 나를 본 케이 씨는 나와 눈높이를 맞추며 무릎을 꿇었다. 그리고는 내 양어깨에 손을 올린 뒤 설득하듯 말했다.

"메구의 마음은 존중하고 싶지만……. 상대가 인간이면 메구가 괴로워질 거야……."

"으응……?"

존중이라면, 리히토를 동료로 맞고 싶다는 마음은 이해했다고 봐도 되는 걸까. 하지만 인간이니까 언젠가는 레오 할아버지 때처럼 슬픈 이별이 기다리고 있다는 거야? 그건 어쩔 수 없는걸. 안다. 그래도 살아있는 한 최대한 같이 있고 싶으니까. 그렇게 전하려고 했을 때, 누군가가 내 입을 손으로 홱 덮었다. 리히토였다. 우어어.

"메구! 부탁이니까 너는 아무 말도 하지 마! 진짜 아니거든! 다들 내 이야기를 좀 들어 주지 않을래?!"

어째서인지 리히토는 아주 당황하고 있다. 그러니까 뭘 그렇게 당황하는 거냐고. 하지만 리히토가 말하지 말라고 했으니까 그렇게 해야지. 입에 지퍼 달기로 결심한 참이었고. 고개를 끄덕끄덕 흔들자 리히토의 어깨에 누군가의 손이 툭 올라갔다. 아, 기르 씨다. 다행이다, 움직일 수 있네.

"……들어보지."

"힉……! 네, 넵."

어째서인지 극저음인 기르 씨의 목소리에 리히토는 전신을 부르르 떨며 대답했다. 그 광경을 보고 술렁거리던 다른 사람들도 간신히 조용해지더니 다들 생글거리기 시작했다. 어라? 해결된 건가? 좀 무서운 목소리였지만 역시 기르 씨야. 훌륭히 사태를 수습해준 모양이다. 나는 안도하며 변함없이 리히토에게 입을 틀어막힌 채 다른 사람들처럼 생글생글 웃었다.

"죽는 줄 알았네……."

그 후 기르 씨는 조금 떨어진 장소로 리히토를 데려가 둘이서 무언가 심오한 대화를 나눈 모양이었다. 그동안 여행 준비를 하면서 기다리고 있었더니 녹초가 된 리히토가 기르 씨와 함께 돌아왔다. 대체 무슨 이야기를 했던 걸까. 혹시 일본 이야기? 하지만 아빠보다 기르 씨에게 먼저 털어놓을 것 같진 않은데……. 두 사람에게 따로따로 슬쩍 물어보았지만 아무도 대답하지 않았다. 남자 간의 대화라나. 흐응. 나를 따돌린다 이거지. 아 그래요? 흐으으응.

"기르 씨와 둘이서 비밀 이야기라니 치사해."

무심코 입술을 삐죽이게 되는 것도 어쩔 수 없다. 그치만, 그치만 기르 씨와 단둘이 비밀 이야기라고. 너무 부럽잖아. 나한테도 안 가르쳐 주고 말이야. 쳇.

"……봐봐. 내 말대로지? 그쪽에서 생각하던 것 같은 게 아니야. 이 녀석은 나를 질투할 지경인걸."

그야 질투하지! 기르 씨는 기르 씨는 내 생명의 은인이자 파파이자 내가 너무너무 좋아하는 사람인걸. 일에 관련된 것 말고는 비밀 같은 건 없었을 정도로 기르 씨는 나에게 뭐든 이야기해 줬는데 남자 간의 이야기? 소외감이 느껴져서 서운한걸. 자꾸 잊게 되지만 리히토는 나이가 나이인 만큼 그런 구석도 있을 테니 그렇다고 쳐도. 지금도 여전히 대화 내용이 궁금하지만, 리히토의 말에 조금 쑥쓰러운 듯 고개를 돌리는 기르 씨라는 레어한 모습을 봤으니 용서하겠습니다. 나는 단순한 어린이……!

"하아, 진짜 싫다……. 메구 너 너무 사랑받는 거 아니야?"

진심으로 진저리가 난다는 듯 리히토가 소파에 털썩 앉았다. 어? 혹시 리히토가 피곤해진 원인이 나야? 왜?!

"왜 리히토가 피곤한 거야? 그야 오르투스 사람들은 좀 과보호하는 경향이 있지만……."

"어, 됐어. 네게 물어본 내 잘못이지."

정말로 이해할 수 없어서 물어봤는데 리히토에게선 무성의한 대답이 돌아왔다. 날 포기하다니! 부루퉁해져서 뺨을 부풀리자 검지에 찔려서 푹 하는 웃긴 소리가 났다. 좀! 괜히 더 화가 난 나를 리히토가 재미있다는 듯 킬킬 웃으면서 쳐다봤다. 자꾸 놀린다니까! 그리고 로니가 내 머리를 토닥토닥 쓰다듬어서 달래주는 것까지 세트다. 정말 로니는 늘 다정해.

"메구는, 그대로면, 돼. 리히토, 고생했어. 한탄이라면, 내가 들을게."

자연스러운 동작으로 우리 사이에 앉은 로니는 우리의 얼굴을 번갈아 바라보며 그렇게 말해 주었다. 굉장한 수습력이다. 이런 말을 들으니 나도 얌전히 알았다고 할 수밖에 없었다. 게다가 조금도 싫지 않았다.

"로, 로니이이이이이이이!!"

아무래도 리히토도 그 말에 구원받은 모양이다. 와락 끌어안고는 오열이라도 할 듯한 기세였다. 그런 리히토의 등을 로니가 부드럽게 토닥토닥 두드렸다. 포용력이 바다와도 같구나. 나는 이해하지 못했지만, 같은 남자라 사정을 이해한 건가? 대단한데. ……응, 역시 남자는 이해하기 힘들다.

"자, 리히토도 돌아왔으니까 응접실에서 일정을 정리하자. 기르난디오도 괜찮지?"

일단락되자 케이 씨가 가볍게 손뼉을 쳐서 준비를 진행시켰다. 타이밍을 가늠하고 있었던 모양이다. 분위기를 파악하는 능력이 굉장하다. 기르 씨도 고개를 작게 끄덕이자 우리 다섯명은 응접실로 향했다. 큭, 2층으로 이동해야 하는 건가. 상당히 걸을 수 있게 되었다고는 하지만 계단은 좀 힘든데. 그래도 오늘은 아직 체력에 여유가 있으니까, 내 힘으로 힘내보자. 걱정하며 손을 내밀어 준 기르 씨에게도 위험해지면 부탁한다고만 하고 포옹을 사양했다. 기르 씨의 눈에는 이미 위험해 보일지도 모르지만, 지금은 부디 마음을 독하게 먹고 지켜봐 주세요. 로니는 물론이고 리히토도 딱히 어렵지 않게 계단을 올라갔다. 하아, 체력 차가아아아. 아니, 좌절할 일이 아니지. 나도 내 몸에 맞춰서 회복하고 있다. 조급해하지 말고 가야지. 허억, 허억.

"고생했어."

"네, 네헤에……."

시간은 꽤 걸렸지만, 가까스로 혼자 계단을 다 올라왔다. 기다리게 해서 죄송합니다 여러분. 불평도 하지 않고 오히려 힘내라며 응원해준 덕분에 달성할 수 있었어! 감사합니다, 감사합니다, 또 감사합니다. 하지만 이젠 한계다. 기르 씨도 그걸 알아차린 건지 당연하다는 듯 나를 품속에 안아 들었다. 하아, 끝내주는 안정감. 그대로 응접실에 들어간 뒤 의자에 살며시 앉혀주었다. 리히토와 로니, 기르 씨도 의자에 앉자 케이 씨가 수납 마도구에서 차와 가볍게 먹을 수 있는 과자를 테이블 위에 꺼내놓았다. 익숙한 동작이 역시 케이 씨다.

"사실 사흘 뒤에 출발하기로 정해졌어. 마음대로 정해서 미안해. 조금이라도 빨리 저쪽에 알리고 싶었거든."

차를 다 나눠준 뒤 본인도 의자에 앉은 후 케이 씨가 미안하다는 듯 그렇게 말했다. 일단 사우라 씨와 루드 선생님과도 상담하고 정했다고 한다. 그 멤버가 검토해서 정한 결과라면 나한테도 불만은 없습니다! 오히려 다방면으로 고려해서 손을 써 준 게 감사할 뿐이다. 리히토, 로니와 함께 나는 고개를 거듭 붕붕 끄덕였다. 셋이서 똑같이 그러자 케이 씨가 쿡쿡 웃었다.

"너희를 계속 관찰했는데, 정말 착한 아이들이구나. 그 점도 미안해. 외부에서 오르투스에 처음 온 사람은 나이 불문 이래저래 조사하는 규칙이 있거든. 말하자면 세례라는 거지. ……기분 상했어?"

테이블에 턱을 괴고 온화하게 눈을 휘면서 리히토와 로니에게 물어보는 케이 씨. 세례……. 맞아, 내가 여기에 왔을 때도 거쳤던가. 물론 세례를 받았다는 걸 나는 전혀 몰랐지만. 솔직히 지금 다시 떠올려 봐도 언제 어떻게 조사한 건지 알 수 없을 정도다. 지금보다 더 어렸던 나도 세례를 거쳤으니 두 사람을 조사하지 않을 리가 없지. 두 사람도 지금 처음 그 사실을 알았다는 듯 눈이 휘둥그레진 걸 보면 전혀 눈치채지 못했던 모양이다. 그때는 레키한테 눈치채지 못하다니 둔하단 말을 들었지만 나만 그런 게 아니었구나. 안심했다.

"아니, 그렇지 않아요. 애초에 조사했다는 것도 눈치 못 챘고. 하지만 생각해 보면 그쪽에서 우리를 조사하는 것도 당연하다고 해야 하나, 경계해도 이상하진 않죠. 신원이 확실한 로니와 달리 나는 특히."

리히토는 생각하면서 자신의 의견을 확실하게 전달했다. 놀라기는 했지만 불쾌하진 않았다는 걸까. 그건 어느 의미로, 리히토에게 찔리는 게 없다는 걸 증명하기도 한다. 조사를 받아도 문제 될 게 없다는 소리니까. 하지만 자신이 놓인 처지를 객관적으로 살피고 오르투스의 의도를 이해할 수 있었다는 건 대단하다. 여기가 일본이었다면 리히토는 아직 중학생이잖아. 한참 어린 아이인데. 그런데 이렇게까지 달관했다니. ……고생했기 때문에 그런 거겠지. 그걸 생각하면 뭐라 말할 수 없는 기분이 든다.

"나도, 몰랐어. 조사한 것도, 신경 안 써. 생각해 보면, 광산에서도, 마찬가지였으니까."

로니도 신경 쓰는 기색은 없었다. 광산에서도 이런 세례 같은 걸 거치는구나. 마대륙이라는 지역 특성상 한 조직이나 집단에서 이러한 관습은 의외로 일반적인 건지도 모른다. 광산은 특히 전이 마법진을 지킨다는 목적도 있고.

"그렇게 말해주니 고마워."

케이 씨는 부드럽게 웃은 후 조용히 컵을 들고 우아하게 차를 마셨다. 한 폭의 그림이다.

"그래서, 우리는 합격이라고 보면 되나요?"

케이 씨가 컵을 내려놓을 때까지 기다린 리히토가 그렇게 물었다. 아주 조금 긴장한 것처럼 보이는 것도 어쩔 수 없지. 일단 여기는 특급 길드고, 마대륙에서도 굴지의 실적을 지닌 조직이니까. 그런 긴장을 풀기 위해서인지 리히토도 케이 씨를 따라 차를 입으로 가져갔다.

"으음, 그래. 만약 탈락이었다면 지금쯤 너희 두 사람은 여기서 잠들었을 거야. 차에 아무것도 안 들어 있잖아?"

"컥, 콜록, 콜록……! 아니, 그런 소릴, 이 타이밍에 하기가, 있어요……?!"

콜록거리는 리히토를 보고 로니도 얼굴 근육이 꿈틀거렸다. 로니도 이미 반 이상 마셨으니까. 그런 두 사람을 생글생글 웃으면서 쳐다보는 케이 씨는 역시 방심할 수 없는 사람이다. 차를 뿜지 않을 절묘한 타이밍에 말했으니. 소소한 장난이겠지만, 리히토와 로니는 케이 씨를 경계해야 한다는 걸 익혔겠지. 이것도 어느 의미로 세례라고 할 수 있을지도 모르겠다. 하하…….

"자, 본론으로 돌아가서. 응? 저런. 과자에도 아무것도 안 넣었으니까, 사양하지 말고 먹어. 알았지?"

가볍게 손뼉을 친 케이 씨가 여전한 미소로 대화를 재개했다. 무릎 위에 손을 올려놓고 미동도 하지 않게 된 두 사람을 보며 케이 씨는 웃으며 과자를 권했지만……. 두 사람은 서로를 쳐다보며 난처해하는 표정을 지었다. 무리도 아니다. 어쩔 수 없지, 여기선 내가 팔을 걷어붙이자. 난감해하는 두 사람 앞으로 손을 쑥 뻗고는 버터 냄새가 나는 심플한 쿠키를 입에 쏙 집어넣었다. 바삭하고 맛있어! '앗!' 하고 놀라는 두 사람에게 웃어주면서 맛있다고 어필. 두 사람은 서로 얼굴을 마주 보며 쓴웃음을 짓더니 그제야 쿠키에 손을 뻗었다. 뺨이 살짝 풀어져 있다. 입에 맞았나 보다. 다행이야!

"미안해. 너무 놀렸네. 메구도 고마워."

미안하다고 말하면서 쿡쿡 웃는 케이 씨는 역시 쉽지 않은 사람이다. 여기에 악의가 섞여 있다면 한층 무시무시해지리라는 건 상상하기 어렵지 않다. 정말로, 오르투스 사람들은 아무도 적으로 돌리면 안 된다니까. 이번 일도 상대가 인간 대륙의 조직이니까 피해가 최소한으로 줄어들었을 뿐이라는 걸 가슴에 똑똑히 새겨야지. 오히려 상대 쪽에 부상자가 거의 없다는 게 기적이야……. 아, 마음의 상처는 깊겠지만. 먼 산을 쳐다보고 있었더니 케이 씨가 바로 설명을 시작했다. 원정을 떠나는 날부터 대략적인 흐름을 이야기해 준다고 했다. 오, 제대로 들어야지.

"먼저 당연하겠지만, 처음엔 광산으로 갈 거야. 거기서 로나우드를 드디어 아버지에게 반환. 오르투스로서 의뢰를 완수해야만 하니까."

그 후 어떻게 할지는 원하는 대로 하라며 케이 씨가 눈웃음 지으며 로니에게 말했다. 그렇구나. 우선 약속했던 걸 지켜야만 하니까 로니를 아버지에게 돌려준다는 형식이 필요하단 뜻이지. 한 번 제대로 약속을 지킴으로써 그제야 오르투스의 의뢰도 끝난다. 말하자면 마침표란 거지! 그렇게 한 뒤에야 비로소 로니는 같이 가고 싶다는 이야기를 할 수 있게 된다. 자신도 인간 대륙에 가서 사건을 끝까지 지켜보고 싶다고. 로니에게는 그럴 권리가 있지만, 이건 직접 말해야만 한다. 첫 번째 난관이구나. 내가 다 가슴이 콩닥거린다.

"무사히 인간 대륙으로 넘어가면 다음은 곧장 중앙 수도에 갈 거야. 코르티가라는 이름의 나라였던가? 인간 대륙에서 가장 큰 나라라던데."

그렇구나. 중앙 수도로 직행……. 결국 우리가 한 번도 들른 적이 없었던 장소다. 목적지를 속이기 위해 중앙 수도에 간다고 흘리고 다녔을 뿐, 사실은 광산으로 가고 있었으니까. 어쩐지 긴장되네. 지금은 황제님을 비롯한 왕성 사람들이 우리에게 나쁜 짓을 하려는 사람이 아니라는 걸 알지만, 오해였다고는 해도 적대시하며 내내 도망쳐 다녔으니까. 그래서 굉장히 번거롭게 한 셈이고. 호, 혼나고 그러려나. 조마조마하다.

"거기에, 라비가 있나요……?"

리히토가 조심스럽게 끼어들었다. 아마 그렇겠지. 라비 씨는 조직의 중심인물이기도 했으니까 엄중하게 감시하고 있지 않을까. 그렇다면 가장 경비가 엄중한 중앙 수도에 있다고 생각하는 게 자연스럽다. 게다가 우리는 라비 씨를 만나러 가는 게 목적이나 마찬가지이며 그걸 저쪽에서도 알고 있을 테니까.

"그래. 제대로 대화할 수 있게 해준다고 들었어. 철창 너머가 되겠지만."

철창이라……. 당연한 일이긴 하지만, 지금부터 미리 마음의 준비를 해둬야겠다. 울지 않도록. 라비 씨와는 제대로 대화하고 싶으니까. 울면 그것만으로도 면회 시간이 끝날 거야. 주먹을 꽉 쥐자 리히토도 무언가를 견디듯 입을 꾹 다물었다. 그 옆에서는 로니도 나와 마찬가지로 주먹을 쥐고 있었다가 시선을 알아차린 건지 나와 눈이 마주쳤다. 서로 고개를 한 번 끄덕인 뒤 동시에 리히토에게 시선을 주었다. 우리의 마음은 같다. 리히토를 절대 혼자 두지 않는다. 면회할 때는 우리 둘이 리히토의 버팀목이 되어주자. 말로 하지 않아도 로니가 같은 생각을 한다는 걸 알 수 있었다.

"원정 일정은 여유롭게 잡았으니까 자유시간도 있어. 모처럼 가는 거니까 중앙 수도를 관광하는 것도 좋겠지."

우리 세 사람 사이에 어딘가 긴장감이 감도는 걸 알아차린 모양인지 케이 씨가 일부러 밝은 목소리로 제안했다. 아무래도 마음이 무거워지지. 이건 피할 수 없는 일이다. 그렇다고 해서 계속 거기에 매달려 고민하다가 마음이 다치면 이쪽이 힘들어진다. 그러니 기분전환은 필요하다고 말해주는 거다. 그 배려가 정말 고마워! 모처럼 제안해 줬으니 나도 편승하자.

"수도라고 할 정도니까 분명 아주 큰 도시겠지? 울라 같은 곳일까?"

"막상, 울라도 별로, 구경, 못했지만. 사람은, 아주, 많았지."

아직 보지 못한 수도를 상상하며 이야기하자 로니도 맞춰 주었다. 맞아, 확실히 울라도 하룻밤 머물렀다고는 하지만 거의 통과하다시피 했지. 그곳에서 라이가 씨를 처음 만났던가…….

묘하게 인연이 있는 기사님이었다. 도시에서 나갈 때 눈이 마주치거나, 우리가 친 간이 텐트 코앞에서 야영하질 않나. 그때는 간담이 서늘했었는데. 다음 날 늦잠 잘 정도로 푹 곯아떨어졌지만. 앗, 그러고 보면 나 그 기사님에게서 손수건 받았었지! 문장이랑 빨간 선 세 줄이 수 놓인 아주 고급스러운 손수건. 그거 역시 돌려주는 게 좋을까? 아니면 준 걸까. 어느 쪽이든 라이가 씨와도 한 번 더 만나서 대화하고 싶다. 그때는 거짓말해서 미안하다거나, 다친 건 괜찮은지도 그렇고, 이래저래 물어보고 싶은 게 있으니까. 하지만 동쪽 왕성이라고 했으니까 중앙에는 없을지도 모르겠네. 그럼 성의 기사단 중 누군가에게 전언을 부탁하자. 음, 그게 좋겠다.

"외출한다고 해도 사람이 많으니까 혼자 떨어져 미아가 되지 않도록 조심해야지."

걱정 많은 기르 씨는 '흠' 하고 턱에 손을 대며 진지하게 생각해 주는 모양이었다. 관광보다 호위를 생각하는 점이 기르 씨답구나. 하지만 마대륙의 도시와 비교하면 인구수가 천지 차이긴했지. 나는 일본에서 살 때의 경험이 있으니까 그렇게까지 놀랄건 없지만 지금은 어린아이고 처음 가는 곳이니까 내 쪽에서도 조심해야겠다. 뭐, 기르 씨가 절대 손을 놓지 않을 것 같은 느낌도 든다만.

"인간이 만드는 상품은 수작업이 많다고 하니까, 판매하는 물건은 대부분 딱 하나밖에 없는 것이래. 선물로 뭔가 사 가는 것도 좋을 것 같아. 나도 기대되는걸."

한편 케이 씨는 눈을 빛내며 누구보다 기대하는 모습이었다. 어쩐지 귀엽다. 예쁜 물건이나 독특한 물건에 환장하니까. 이렇게 진심으로 신난 사람이 옆에 있으면 나도 즐거워진다. 긴장도 적절하게 풀려서 더 좋다.

"케이…… 너도 호위잖아."

"그렇게 섭섭한 소리 하지 마, 기르난디오. 당연히 임무도 잘 수행하지."

기가 막힌다는 듯 지적하는 기르 씨를 상대로도 저런 식이다. 실제로 케이 씨는 일 처리도 완벽하게 할 것 같다. 기르 씨도 그걸 아니까 그 이상은 말하지 않는 거겠지. 후후, 이 두 사람의 관계도 동경하게 된다니까. 편안한 동료라는 느낌!

그 후 원정에 필요한 주의사항을 귀에 딱지가 앉을 지경으로 들었다. 특히 중요한 부분은 셋이서 입을 모아 복창하게 시키기도 했다. 너무 철저하잖아……. 그게 끝나자 소지품 체크. 이게 끝나면 오늘은 해산이라고 했지만, 아마 제일 오래 걸리는 것 같다. 설마 이렇게까지 시간을 잡아먹을 줄은 생각지도 못했어. 도구를 들고 설명하는 케이 씨가 아무도 끼어들 틈도 주지 않고 착착 준비를 진행하고 있는데도 아직 끝이 안 났다. 이것도 도다 과한 게 아니냐는 생각이 들 만큼 물건이 많은 게 원인이다. 내 수납 팔찌에 숙숙 들어가는 짐을 보며 리히토와 로니가 질색하고 있잖아…… 물론 나도 질린다. 인간 대륙으로 유괴당하기 전보다 훨씬 짐이 늘어났고, 품질도 좋아졌으니까. 대체 전부 얼마나 들어갔을까. ……아니, 생각하면 패배다. 출세해서 갚을 수 있을지조차 불안한 지경인데요. 아니, 도저히 무리야!

"아, 아무리 그래도, 많은 거, 아닐까?"

"이 정도로 뭘."

"맞아, 메구. 지금 수납한 건 사우라디테와 루드비크, 그 외에도 많은 사람이 메구에게 주라면서 나에게 맡긴 짐인걸? 아직 최소한도로만 보충했을 뿐이니까."

내가 용기를 내서 던진 한마디는 허망하게 기각당했다. 어? 설마 아직 남았어? 과보호의 극치다. 나는 끼어드는 걸 포기했다. 리히토와 로니는 이미 이 상황을 받아들인 건지 테이블에 놓인 과자를 먹기 시작했다. 해탈한 것처럼 보이는 건 내 착각일까. 마음은 뼈저리게 이해하지만. 여기 사람들을 보다 보면 상식이 뭔지 의심스러워지니까. 나도 지금 손댈 수 있는 게 없는 것 같으니 두 사람 곁으로 가서 앉았다.

"……처음 만났을 때 메구가 그 모양이었던 이유를 아주 잘 알겠어."

"응, 그렇게 돼도, 어쩔 수 없지."

아하, 아무 생각 없이 마도구를 꺼내고 사용하고 했던가. 그런 적도 있었죠. 이해해 줘서 기쁘기도 하고 슬프기도 하고. 복잡한 기분이다.

　모든 짐을 수납하고 나자 이미 해가 저물기 시작한 시각이었다. 어쩐지 정신적으로 지쳤어. 오늘도 푹 잘 수 있겠다!

5 드워프 부자

사흘 뒤. 예정대로 인간 대륙으로 원정하러 가는 날이 되었습니다. 그날은 해가 완전히 뜨기 전에 출발하기로 해서 아주 이른 시각에 일어났다. 어젯밤에 일찍 잤는데도 아직 좀 졸린 건 비밀이다.

"그럼 슬슬 갈까. 기르난디오, 잘 부탁해."

"그래."

이른 아침인데도 사람들이 배웅하러 나와 주었다. 리히토와 로니는 여기에 돌아올지 말지 아직 정해지지 않았으니까. 이미 친해진 뒤라서 작별하게 될지도 모른다는 게 아쉽기도 하고, 그 사건이 일어났던 곳에 간다는 게 걱정되는 마음에 배웅하러 나온 거겠지. 다들 참 다정한 사람들이라서 자랑스러워!

우리는 홀에 있는 사람들에게 다녀오겠다고 인사한 뒤 밖으로 나왔다. 그러자 그곳에는 너무나도 익숙한 바구니가! 하지만 내 기억보다 조금 큼직한 느낌이다.

"전원 한꺼번에 광산까지 나를 거다. 타."

단체 황새 택배다! 케이 씨는 '이거 타 보고 싶었어'라며 기뻐했다. 기르 씨는 표정이 미묘해졌지만. 참고로 이 바구니는 역시 전부터 쓰던 바구니보다 크다고 했다. 나와 리히토와 로니를 데려올 때 바구니가 작다고 느껴서 큼직한 바구니를 만들어 달라고 했다나. 아돌 씨도 탔으니 상당히 비좁았다고 한다. 그때는 의식을 잃은 상태라 몰랐는데. 조금이라도 쾌적하게 이동하게 해주려고 배려하는 점이 역시 기르 씨다. 나도 슬슬 바구니를 졸업하고 그림자독수리 모드인 기르 씨의 등에 타는 훈련 정도는 하고 싶지만, 아무래도 지금은 재활훈련도 덜 끝난 비실이 상태니까. 리히토도 무리시킬 순 없으니 지금은 얌전히 바구니를 타고 가겠습니다. 아아, 깃털이 폭신폭신한 기르 씨를 직접 타고 나는 꿈이 멀어지는구나. 언젠가 반드시 태워 달라고 해야지……!

아무튼 마음을 다잡자. 이렇게 들떠있을 수는 없으니까. 먼저 로니가 드워프 족장님을 설득한다는 미션이 있고, 그게 끝나면 다음은……. **죄인**을 만나서 대화해야 하니까. 솔직히 아직 마음 정리가 다 됐다고는 할 수 없다. 하지만 직접 만나서 대화하지 않는 한 아마 아무리 시간을 들여도 정리되지 않겠지. 어떤 표정으로 어떤 이야기를 해야 할지 모르지만, 그래도 라비 씨가 어떤 상태라고 해도 제대로 보고, 받아들이고, 판단해야만 한다. 괜찮아. 분명 견딜 수 있다. 함께 간다면 서로를 잡아줄 수 있다. 뺨을 찹찹 때려서 기합을 재충전한 뒤 우리는 바구니에 탔다. 안전 확인을 마치자 기르 씨가 날개를 펼쳐 단숨에 날아올랐다.

하늘 여행은 변함없이 쾌적했다. 기르 씨는 너무 빠르지도 느리지도 않은 절묘한 속도로 날면서, 우리가 바구니 밖 바람이나 기온에 영향을 받지 않도록 마법으로 보호해 주고 있다. 완벽해. 안전하고 안심할 수 있는 그림자독수리표 황새 택배입니다.

『으음, 하늘 여행도 좋은데. 다음에 또 기르난디오에게 부탁할까.』

하얀 꽃빛뱀 모습인 케이 씨가 텔레파시로 그런 소릴 하며 눈을 가늘게 휘었다. 인간형으로 바구니에 타도 어느 정도 여유가 있지만, 전원 다리를 쭉 뻗지는 못하게 된다. 그걸 고려한 케이 씨가 자발적으로 마물형이 되었다. 케이 씨도 배려할 줄 아는 사람이니까. 심지어 케이 씨는 마물형이 될 때 어느 정도 크기를 바꿀 수 있는 건지 지금은 내 어깨에도 올라탈 수 있을 만큼 작다. 아니, 진짜로 올라탄 상태지만. 음, 가까이서 봐도 역시 예쁘고 귀여워. 특히 군데군데 흩어져있는 꽃 같은 붉은색 비늘이. 옛날에는 뱀을 무서워했지만 케이 씨라고 생각하면 전혀 무섭지 않다. 오히려 목 주변이 서늘해서 기분 좋다.

"새삼스럽지만 정말 마대륙이구나……. 마물형으로 변신하는 두 사람을 보고 이제야 실감한 느낌."

리히토의 그 기분, 나도 알지. 길드 안에 있으면 다들 인간형이니까 인간과 같이 있다는 감각으로 위화감이 없다. 뭐, 머리카락과 눈동자 색 같은 건 다르다 보니 딱 봤을 때 컬러풀하고 마법도 아무렇지도 않게 사용하고 있지만. 그래도 역시 판타지한 마물형을 보면 실감도가 확 달라진다.

"마을에 가면 또 신기한 느낌이 들지도 몰라. 짐승 귀가 달렸거나 꼬리가 있거나 비늘이 덮인 반마형이 대부분이거든."

"그래? 마을에도 가 보고 싶었는데."

눈을 반짝반짝 빛내며 흥미진진해하는 리히토를 보고 쿡쿡 웃음이 흘렀다. 나도 처음 마을에 갔을 때 반마형 사람들이 평범하게 생활하는 걸 보고 마찬가지로 눈을 빛냈었던 것 같아 당시를 불현듯 떠올렸다. 그러니 리히토도 눈앞에서 그 광경을 보면 더 흥분하겠지. ……하지만 돌아온 뒤에 가 보면 되지 않냐는 말은 삼켰다. 내 안에서는 리히토가 앞으로도 오르투스에서 같이 지내게 되지 않을까 생각하고 있긴 하지만……. 결국 리히토에게서는 아직 확실한 대답을 듣지 못했으니까. 그냥 내 희망사항일 뿐. 리히토도 저렇게 말한다는 건 아마 아직 결정을 못내렸기 때문이 아닐까. 이대로 마대륙에서 살지, 라비 씨가 있는 인간 대륙으로 돌아갈지. 답을 아직 못 찾은 거다. 그러니까 내 쪽에서 재촉하는 듯한 발언은 피하고 싶었다. 물론 같이 있지 못하게 되면 아쉽지! '빨리 오르투스에 오고 싶다고 말하란 말이야!' 같은 생각도 한다. 그게 강요라는 걸 잘 아니까 여기 있어도 괜찮다고 선택지를 넓혀주는 게 한계다. 그것밖에 길이 없다고 여기지 않도록. 그래서 만약 리히토가 오르투스에 오는 걸 원할 때를 위해 아빠와는 꼭 대화했으면 좋겠다.

다만 라비 씨가 어떻게 될지 아직 정해지지 않았다. 아마 그게 리히토가 아직 망설이는 이유일 테지. 이대로 처형당할지, 살아서 속죄할지……. 라비 씨의 향방에 따라 리히토의 선택도 달라질 것 같다. 그게 속죄의 길이라면 리히토는 라비 씨 주변에서 지내는 걸 선택할지도 모른다. 늘 같이 있지는 못해도, 가끔은 만나러 갈 수 있는 거리에 있고 싶다고 생각해도 이상하지 않다. 왜냐하면 라비 씨는 리히토의 양부모 같은 거니까. 나에게 기르 씨와 같은 포지션. 만약 기르 씨가 라비 씨처럼 된다면……. 잠깐 상상해 봤지만 나는 견딜 수 없을 것 같다. 하지만 리히토는 그걸 꾹 참고 버티고 있다. 앞으로도 계속 버텨야만 한다. 그리고 그런 리히토의 버팀목이 되고 싶으니까 나는 오르투스에 와 주길 강하게 바란다. 이기심이라는 건 알지만. 그래도 선택하는 건 리히토다. ……하아. 나 계속 비슷한 생각만 하고 있구나. 결국 선택을 기다릴 수밖에 없으니까 생각해 봤자 소용없는데. 나는 바구니 가장자리에 손을 올리고 멍하니 바깥 풍경을 바라보며 몇 번째인지 모를 한숨을 쉬었다.

『곧 광산에 도착한다. 준비 됐어?』

기르 씨의 텔레파시를 듣고 퍼뜩 정신을 차렸다. 아무래도 꾸벅꾸벅 졸았던 모양이다. 완전히 잠든 건 아니야! 조금 졸았던 것뿐이지! 뭐, 뭐어, 말을 걸 때까지 눈치채지 못했으니 잠깐은 잤을지도 모르지만. 어, 어쩔 수 없잖아. 하늘 여행이 워낙 아늑해서 깜빡 졸음이 오는걸! 한창 고민하고 있었는데 나도 참.

『괜찮아. 메구도 지금 깼어.』

앗, 케이 씨! 그 소린 안 해도 돼! 딱히 푹 잠들었던 것도 아닌걸. 살짝 까무룩했을 뿐인걸. 허둥지둥 두 손을 휘젓자 리히토와 로니도 쿡쿡 웃으면서 덧붙였다.

"되게 기분 좋다는 듯이 꾸벅거리더라."

"응. 아직, 졸려?"

진짜! 다들 그런 소리나 하고! 말하지 않으면 기르 씨에게 안

들켰는데. 로니에게 '이제 안 졸려!'라고 반론한 직후 기르 씨에게서 텔레파시가 돌아왔다

『졸려? 메구. 그럼 도착한 뒤에 내가…….』

"괘, 괜찮아! 이제 깼습니다!"

안고 가겠다거나 더 자도 된다는 소리가 나올 것 같은 분위기라 부리나케 부정했다. 휴, 위험해라. 아무리 그래도 분위기 파악은 할 줄 알거든? 지금부터 로니의 싸움이 시작되는데 태평하게 잘 수는 없잖아! 그래, 이건 싸움이다. 로니의 아버지와 싸우는 게 아니라, 자신의 뜻을 전한다는 자기자신과의 싸움. 내가 있든 없든 결과는 달라지지 않을 테고 아무런 힘도 되지 못한다는 건 알지만, 그래도 제대로 지켜보고 싶다.

이야기로 들어본 한 로니의 아버지는 완고하고 어느 의미로는 아주 과보호하는 사람이었다. 그 사람에게 로니는 소중한 외동아들이자 광산 족장의 후계자니까. 하지만 로니는 조금 특이한 드워프였다. 그리고 아마 그런 로니와 제대로 마주 보지 않고 그저 차기 드워프 족장으로서만 교육했겠지. 하이엘프의 전족장 셰르멜호른, 즉 내 할아버지만큼은 아니지만 오래된 전통이나 그런 규칙 같은 걸 지키려는 마음이 강한 게 아닐까? 하지만 아들을 사랑하는 마음도 있을 것이다. 그런 게 아니라면 전에 광산을 지나가려 할 때 중상이었던 로니를 보고 그렇게 화내지 않을 테니까. 그러니 분명 로니가 이대로 광산에서 평생을 마치는 걸 원하지 않는다는 것도 눈치챘겠지. 특이한 기질이라는 건 알고 있고, 부모로서 자식을 사랑하는 마음도 갖고 있으니 모를

리가 없다. 다만 상대하지 않을 뿐. 하지만 그건 제대로 속내를 전하지 않았던 로니에게도 책임이 있다. 그리고 이건 추측에 불과하지만……. 로니의 아버지는 어떻게 대응해야 하는지 모르는 게 아닐까? 자신은 족장으로서, 광산 드워프로서의 삶밖에 모르니까. 밖에 나가 원하는 대로 살아도 된다고 생각했어도 아무것도 모르는 만큼 로니를 보내주는 건 불안이 클 것이다. 복잡한 부모의 마음에 서투름이 추가되어 이 관계가 꼬여버린 거다.

그렇다면 어떻게 해야 하는가. 뻔하다. 이런 문제를 해결하는 건 언제나 대화다. 로니에게서도 자신의 마음을 제대로 말한 적이 없다고 들었으니까. 아버지 쪽의 이야기도 들은 적이 없다고 했던 걸 보면 이 부자는 압도적으로 대화가 부족하다.

"크흠. 나보다는 로니지. 로니, 마음의 준비 괜찮아?"

얼결에 놀림거리가 되었지만, 정신을 다잡고 그렇게 물어보자 로니가 피식 웃었다.

"응, 괜찮아. 메구의 자는 얼굴을 봐서인지, 긴장도, 다 풀렸으니까."

순식간에 유턴! 긴장감 없는 얼굴이라 다행이다 그래! 큭, 로니도 공격력이 좋아졌잖아. 굳이 따지라면 놀림당하는 나를 위로해 주는 게 로니였는데. 당했다는 느낌이 강렬하다. 축 고개를 떨구자 걱정하는 목소리가 들렸다.

"미안해, 싫었어? 메구 덕분이라고, 하고 싶었는데."

하지만 이렇게 머리를 쓰다듬으며 달래주는 것도 역시 로니다. 으윽, 친절해! 사랑해! 무심코 '안 싫어' 하고 로니를 껴안았다. 나도 참 쉬운 어린이다. 자각은 있습니다. 하지만 뭐 어때!

『으음. 레키나 리히토보다 로나우드가 제일 오빠답구나.』

오빠라. 레키는 확실히 오르투스에서 나이 차가 가장 덜 나지만, 오빠라기보다는 친구라는 느낌이지. 인간으로 환산해도 로니보다 연상인데도. 리히토도 마음이 잘 맞는 친구라는 느낌. 아니, 두 사람에게 나는 친구라고 부를 수 없는, 여동생 같은 존재라고 여길지도 모르지만 나는 그렇게 생각한다. 리히토는 아마 일본인이라는 공통점에서 어딘가 죽이 잘 맞으니까 그런 식으로 생각하는 건지도 모른다. 그렇게 따지면 확실히 로니는 오빠다. 다정하고 힘도 세고, 말 그대로 이상적인 오빠. 응? 쥬마 오빠? 오빠라고 부르고 있기는 하지만 그쪽은 또 '쥬마 오빠'라는 별개의 카테고리다. 무슨 소릴 하는 거냐고 생각할지도 모르지만, 쥬마 오빠는 쥬마 오빠다. 그래서 개인적으로 오빠라고 느끼는 건 현재 로니 뿐이라는 걸 깨달았다.

"에헤헤, 로니는 오빠!"

"응, 메구는, 귀여운 동생."

매달린 나를 제대로 받아주며 자상하게 머리를 쓰다듬는 로니. 기쁘다는 듯 수줍게 웃는 게 어쩐지 귀여워 보였다. 따뜻한 세계야!

"오빠니까, 열심히 하는 모습을, 동생에게, 보여줘야겠지?"

로니는 결심한 듯 그렇게 말했다. 그 얼굴에는 이미 망설임이 사라져서, 왠지 무척 든든해 보였다.

"응! 응원할게!"

"나도 응원할게. 힘내, 로니."

아이들 셋이서 오손도손 연대하고 있을 때 기르 씨가 도착한다고 알려주었다. 이렇게 광산을 제대로 보는 건 처음이구나. 저쪽에서 돌아올 때는 의식이 없었으니까. 그렇게나 열심히 향하던 광산이 눈앞에 있다고 생각하니 감개무량하다. 마대륙쪽 광산이지만. 점점 가까워지는 광산을 보고 있었더니 조금씩 고도가 내려가는 걸 느꼈다. 속도를 제어하기 위해서인지 나선형으로 돌면서 아래로 내려가는 모양이었다. 착지한 장소는 울퉁불퉁한 바위산 내에서도 넓게 트인 장소였는데, 인공적으로 다듬었다는 걸 알 수 있었다. 조금 떨어진 곳에 산을 깎아서 만든 커다란 구멍이 뚫려있는데 저기가 광산 입구인 거겠지. 멀리서 보면 잘 안 보이지만 드워프족 문지기로 추정되는 사람이 두 명서 있는 것 같고.

"이쪽 입구에 오는 건, 오랜만이야."

바구니에서 내렸을 때 로니가 작게 중얼거렸다. 로니는 최근 수십 년 동안 계속 인간 대륙 쪽 광산에 있었다고 했던가. 내 눈에야 마대륙 쪽도 인간 대륙 쪽도 똑같은 광산일 뿐 별 차이를 모르겠지만, 드워프에게는 차이가 확실히 알 수 있다 보다.

모두 다 내리고 바구니도 치우자 인간형으로 돌아온 기르 씨, 케이 씨와 함께 입구로 향했다. 처음에는 경계하는 자세를 취하고 있던 입구의 드워프들이 우리가 가까워지자 누가 온 건지 알아본 듯 어깨에서 힘을 빼는 게 보였다.

"로나우드 님! 무사하시군요!"

두 사람 중 한 명이 로니에게 달려왔다. 우와, 로나우드 님이래. 역시 족장 아들이구나. 로니보다 조금 키가 크고 체격이 좋은 수염 아저씨가 기뻐하며 맞아 주었다. 다른 한 명도 키가 비슷하니 역시 드워프는 종족 특성상 키가 별로 크지 않은 종족인 건지도. 그래도 성인 여성만큼은 크지만.

"님은 떼 달라고, 했는데……."

"무슨 말씀이십니까! 로나우드 님은 로나우드 님이죠! 저희 드워프 일동이 얼마나 걱정했는지……! 아아, 정말 무사하셔서 다행입니다!"

"정말이지……. 하지만, 그래. 걱정 끼쳐서, 미안."

로니는 어딘가 민망한 듯 대답했다. 아하, 로니는 높으신 분으로 대접받는 걸 불편해하는구나. 하지만 광산 드워프들에게는 미래의 족장인 데다 계속 행방불명이었던 것도 있으니 저런 태도로 나오는 것도 이해한다. 로니도 그 점을 헤아린 건지 그 이상은 지적하지 않고 대신 우리를 간단히 소개해 주었다. 문지기들은 그 소개를 받아 우리를 한 명 한 명 확인한 뒤 가볍게 고개를 끄덕이고 입을 열었다.

"이야기는 들었다. 로나우드 님께 다친 곳은 없는 모양이군. 고생 많았다. 아, 어디 안 좋은 곳은 없으십니까? 로나우드 님."

처음에는 팔짱을 끼고 코웃음을 치며 이야기했는데, 로니에게 물어볼 때는 확 태도를 바꾸는 문지기. 대단한 태세 전환이다. 너무 노골적이라서 오히려 감탄이 나올 지경이다.

"몸은, 괜찮아. 게다가, 아주, 잘 대해 줬어. 그러니까, 그런 태도는, 안 좋아. 동족으로서, 부끄러워. 정중하게, 안내해 줘."

하지만 로니 본인은 그 태도가 마음에 안 들었던 모양이다. 웬일로 못마땅해하며 문지기에게 반박했다. 그 모습이 너무 훌륭해서 감동해 버렸다. 너무 어른스럽게 타이르는걸.

"앗, 넵! ……미안하, 실례했습니다. 오르투스 여러분. 크흠. 그, 그럼. 로나우드 님의 무사를 확인했으니 안내하, 해드리겠습니다. 족장님은 인간 대륙 쪽에 계십니다."

로니가 시킨 대로 우리에게도 존댓말을 쓰기 시작한 문지기. 말은 참 잘 듣지만 굉장히 어색했다. 아마 족장님이나 로니 말고는 이런 말투를 쓰지 않았겠지. 익숙하지 않다는 게 적나라하게 전해지는걸. 외부인이라는 이유만으로 존댓말을 쓰지 못하게 된다는 것도 신기하지만. 아니, 그렇게 힘들면 안 해도 괜찮은데! 하지만 로니는 만족스러워 보이니 굳이 말하지는 말자.

문지기 드워프 중 한 명의 안내를 받으며 우리는 안쪽으로 향했다. 우와, 캄캄해. 군데군데 횃불이 있지만 조명이 그게 전부라 안쪽이 어떻게 되어있는지 전혀 보이지 않는다. 그래, 로니가 밤눈이 밝을 만도 하구나. 하지만 나는 어둠에 눈이 적응할 때까지 시간이 걸리므로 자연스럽게 걷는 속도가 느려졌다. 길은 정비된 것 같지만 내 몸 상태가 아직 완전히 회복된 건 아니니 조심해서 걸어야지. 옆에서 걷는 기르 씨의 옷을 꽉 붙잡자 기르 씨가 그 손을 부드럽게 풀더니 그대로 손을 잡아 주었다. 오오, 끝내주는 안심감. 이로써 만에 하나라도 넘어질 걱정이 사라진 덕분에 나는 평소 같은 속도로 걷기 시작했다. 기르 씨가 손을 잡아주었는걸. 든든하다.

　하지만 광산 내부는 상당히 복잡하구나. 마치 미로 동굴 같다. 말 그대로 이게 내가 상상했던 던전! 내가 이 세계에서 처음 눈을 떴던 장소, 즉 기르 씨가 날 주워준 그 장소는 '이게 던전이야?'라는 생각이 들 만큼 흔한 풍경이었으니까. 동굴 안인 데도 파란 하늘이 보였는걸. 갑자기 커다란 문이 있는 등 신기한 현상은 던전답다고 할 수 있으려나. 더 자라서 강해지면 언젠가 그 던전에도 한 번 가 보고 싶다. 나는 아직 이 세계에 대해 모르는 것도 많으니까. 뭐, 그게 언제가 될지는 모르지만. 그런 생각을 하며 걸어서 그런가 점점 방향감각이 마비되는 느낌이 들었다. 원래 길을 잘 헤매는 편이긴 하지만 이건 난이도 너무 높은 거 아니야? 구불구불 꺾기도 하고 완만한 커브도 있어서 산 정상 쪽으로 향하는 건지 아래로 향하는 건지도 알 수 없다. 이건 다들 헤맨다. 무조건 헤맨다. 슬쩍 기르 씨에게 물어보자 '나도 헤멜 정도니 안심해'라고 했으니 말이야. 어? 그 정도면 클리어 불가능 아니야? 심지어 기르 씨 왈, 지나갈 때마다 길이 바뀐다고 한다. 대체 뭔데?! 광산은 참 무시무시하구나.

　"로니는 길 알아?"

　"응, 알아. 막연히 이쪽 방향이라는 게."

　우와, 대단해라. 그 뭐냐, 종족 특성 같은 건지도 모르겠네. 내가 하이 엘프 마을에 갔을 때 다른 사람에겐 보이지 않는 입구가 잘만 보였던 것처럼, 드워프라면 이 광산에서 헤매지 않는다거나 하는 게 있는 거겠지. 그렇다면 기르 씨조차 목적지에 도착하지 못한다는 것도 이해가 간다.

　이렇게 걷기를 체감 30분 정도? 체력이 왕창 떨어진 상태인 나는 중간부터 기르 씨의 품에 안겨 갔지만. 면목 없어라. 하지만 무리하지 않는다고 약속했으니까 얌전히 어리광 부렸습니다. 리히토도 아직 전 같지 않아서 그런가, 중간부터 숨을 헐떡였다. 다들 걱정하며 말을 걸었지만 리히토는 끝까지 직접 걸었다. 로니에게 업히는 것도, 기르 씨가 옆구리에 끼는 것도, 케이 씨가 들쳐메는 것도 마음속의 무언가가 꺾여버릴 것 같아서 싫다나. 깡다구의 승리다. 그렇게 도착한 곳은 무거운 분위기가 감도는 문 앞. 딱 봐도 중요해 보이는 문이다. 철인가? 확실히 이 안에 귀한 것이 있다는 게 전해진다. 그리고 이 광산에서 귀한 것이라면 틀림없이 전이 마법진. 참고로 드워프 말고 다른 종족이 이 문을 열려고 하면 입구로 돌아가게 된다고 했다. 흉악해라. 이렇게까지 엄중하게 관리되고 있으니 드워프의 허가 없이 절대 못 지나갈 만도 하네. ……여길 노예상과 죄가 없는 노예들이 몇 번이나 지나갔다는 거지? 하지만 당연히 그건 드워프들 잘못이 아니다. 범죄자인 정식 노예와 유괴된 무고한 노예를 겉으로는 구별할 수 없으니까. 드워프들은 규칙을 따라 제대로 거래한 후 전이 마법진을 사용하게 해줬을 뿐이다. 그 규칙에 비밀 엄수라는 항목이 있어도 이상하지 않고. 그렇기 때문에 속이 답답하긴 하지만.

　"내가 마력을 주입하지."

　문이 열리고 뭐라 말할 수 없는 기분으로 방 안에 들어가자 바로 그 전이 마법진이 보였다. 윽, 그때 일이 떠오르네. 내가 부르르 떤 것을 느낀 건지 바로 기르 씨가 나를 안은 팔에 힘을 주며 마력 공급 역할을 자청했다.

"어?! 혼자서?! 하, 하지만 상당한 마력이 들어갈 텐데……."

놀라서 소리친 리히토. 우리 세 사람은 전이 마법진에 마력을 주입하는 게 얼마나 힘든지 잘 알고 있으니까. 그야 그때 같은 정신적 부담은 없지만 그 마법진보다 훨씬 큰 걸 보면 어마어마한 양의 마력을 소모할 게 한눈에 보인다.

"대단한 양도 아니니 문제 없다. 게다가 지난번에도 내가 주입했고."

하지만 기르 씨는 표정 하나 바꾸지 않고 선뜻 그렇게 대답했다. 그래, 우리를 데리고 마대륙에 올 때도 기르 씨의 마력으로 전이했지. 리히토와 로니는 그대 완전히 의식을 잃어서 모르는구나. 나는 그때 알았기 때문에 새삼 놀라진 않았다.

"컥. 대단한 양이 아니라니……. 마력 보유량이 얼마나 많은 거야?"

"광산 드워프가, 몇 명이나 붙어서, 사흘에 한 번밖에, 못 쓰는데."

다만 리히토와 로니가 놀라는 것도 이해한다. 그럼. 이해하고 말고……! 여유가 없었던 그때는 거기까지 생각하지 못했지만, 새삼 비교해 보면 얼마나 대단한지 잘 알 수 있었다. 그렇잖아? 우리가 잡혔을 때 마력을 주입한 마법진은 가장 마력이 많은 듯한 리히토조차 여섯 번이 한계였다. 나도 기를 쓰고 다섯 번 주입했을 정도. 그런데 여기 마법진은 그보다 수십 배 정도의 크기니까 필요 마력도 당연히 수십 배 정도. 그 시점에서 이미 우리의 한계를 가볍게 넘어버리는데 대단한 양이 아니라는 발언. 두 사람이 멍하니 중얼거리는 것도 자연스럽다. 나도 먼 산을 쳐다봤고.

"마왕이라면 벌레가 피를 빤 정도겠지. 메구도 장래엔 지금 마왕에 필적하는 마력량을 지니게 된다. 나 정도는 쉽게 뛰어넘을 거야."

그런 중얼거림에 대답하듯 돌아온 기르 씨의 대답에는 셋 다 순간 말문이 막혀버렸다. 그, 그 정도야?! 내가 언젠가 기르 씨나 아버지만 한 마력을 갖게 된다고?! 감당하지 못하는 미래밖에 안 보이는데요……. 상상도 잘 가지 않아서 무심코 내 몸을 껴안았다.

"내가 그 마력을 제대로 제어할 수 있을까……."

너무 커다란 힘은 파란을 부른다. 좋은 일이 아니라고! 실제로 그게 원인이 되어 마왕인 아버지는 과거에 폭주했잖아. ……어라? 그거 나도 언젠가 폭주한단 소리 아니야? 원래도 어느 정도 힘이 있던 아버지조차 제어하지 못했잖아? 나는 혈통적으로도 마력량이 많아지는 건 확실한데, 지금조차 이 나이치고는 상당히 많다고 하지만 비실이인걸. ……윽, 마음이 무거워진다. 별로 생각하고 싶지 않아.

"……그건 그때 생각하면 돼."

"기르 씨……."

내 불안이 전해진 건지 기르 씨가 그렇게 말하며 등을 토닥여 주었다. 덕분에 조금 침착해졌지만……. 그건 즉, 지금은 대책을 찾지 못했단 소리잖아. 아직 조급해할 필요는 없는 문제지만, 이 불안은 그렇게 쉽게 사라져 주지 않을 모양이다. 생각하니까 우울해지네. 하지만 내 문제니까, 머릿속 한구석에선 기억해 놔야지. 피해 갈 수 없는 문제라면 대책을 세우면 그만이니까. 나에게는 의지할 수 있는 사람들이 많이 있고. 힘내자!

"다들 마법진 위에 올라왔어, 기르난디오."

"음, 그래. 마력을 주입한다."

케이 씨가 분위기를 바꾸듯 밝은 어조로 알렸다. 고마워라. 그래! 불안해하고 있을 때가 아니지! 지금은 로니 문제가 제일 중요해! 우리가 기르 씨를 향해 고개를 끄덕이자 기르 씨도 고개를 한 번 끄덕인 뒤 마력을 주입하기 시작했다. 천천히 마법진이 빛나는 걸 보자 그때의 괴로웠던 기억이 되살아났다. 괜찮아. 지금은 나를 단단히 안아주는 팔이 있으니까. 공포와 오랜만에 느끼는 부유감을 견디기 위해 나는 무심코 눈을 꾹 감았다. 얼마 지나지 않아 빛이 사그라드는 걸 느끼고, 변함없이 그곳에서 느껴지는 기르 씨의 존재에 가슴을 쓸어내렸다. 응, 괜찮았어. 진정하자, 심장아. 작게 심호흡을 반복하며 천천히 눈을 뜨자 조금 전과 그리 다르지 않은 풍경이 보였다. 다만 확실하게 다른 점이 하나. 아까는 없었던 사람이 마법진 밖에 서 있었다.

"로나우드."

"……아버지."

아무래도 족장님이 직접 마중 나온 모양이었다. 로니와 같은 적갈색 머리카락에 체격이 좋고 위엄이 느껴지는 드워프. 눈동자 색도 같았다. 혈연이란 느낌. 다만 로니가 훨씬 선이 가늘고 섬세한 생김새다. 내가 두 사람을 말없이 지켜보자 기르 씨가 몇 걸음 앞으로 나와 입을 열었다.

"드워프 족장 로드리고. 늦어졌지만 약속대로 건강한 모습의 아들을 데려왔다."

이로써 임무 완료인 걸까. 로드리고 족장님은 기르 씨를 힐긋 본 뒤 작게 고개를 끄덕였다.

"흥, 오래 기다리게 했군. 하지만 약속은 약속이지. 마지막으로 전이 마법진을 쓸 때는 또 말해라. 밖으로 가는 길은 다른 녀석에게 물어봐. ……가자, 로나우드."

딱 그 말만 툭 던지고는 휙 발걸음을 돌려 광산 안쪽으로 향하려는 로드리고 씨. 헉, 빨라! 너무 성급하다고! 그때였다.

"자, 잠깐, 아버지……!"

로니가 용기를 쥐어짜 아버지를 불렀다. 그 목소리에 로드리고 씨의 발이 멈췄지만, 뒤를 돌아보지는 않았다. 침묵이 흐르는 가운데 로니는 몇 번이나 입을 열었다가 멈추고, 무언가 말을 하려다 멈추기를 반복했다. 화, 화이팅! 나는 마음속으로 로니에게 응원을 보냈다. 화이팅, 화이팅……!

"나는……. 나는, 이 사람들과, 가고 싶어."

몇십 초 후, 로니가 가까스로 밀어내듯 말했다. 우리는 그저 조용히 군침을 삼키며 지켜보았다.

"나는, 광산에서, 나가고 싶어. 세상을, 보고 싶어. 그게 내, 꿈, 이니까……!"

희미하게 떨리는 목소리. 하지만 또렷하게 들리는 목소리로 로니는 말을 이었다. 일단 말이 나오자 그다음부터는 계속해서 쏟아진다는 느낌이었다. 세상을 보는 게 로니의 꿈이라. 로니에게는 이 광산이라는 세상이 너무 좁은 거구나.

"나는, 족장의, 아들이니까……. 차기 족장이니까, 그런 식으로 생각하는 게, 안 좋다는 건, 알아. 드워프인데, 좀 이상하다는 것도, 동족들이, 드워프답지 않다고 하는 것도, 알아."

동족들이 어떻게 생각하는지도 눈치채고 있었구나. 그야 그런가. 본인도 신경 쓰고 있었을 정도니까. 분명 더 어린 시절에는 로니도 주변 사람들에게 꿈을 이야기한 적이 있었겠지. 그때마다 무슨 소릴 하는 거냐는 말을 계속 들었던 건지도 모른다. 어릴 때 그런 말을 들으면 마음이 꺾여도 이상하지 않다. 점점 진심을 말하는 게 무서워졌을지도. 실제로 저 말을 하는데 이렇게나 용기를 쥐어짜고 있으니까. 하지만 인간 대륙에 끌려가는 사건을 겪고 세상을 둘러보고 싶다는 마음에 다시 불이 붙은 건지도 모른다. 고통스러운 경험이긴 했지만, 나나 리히토와 마찬가지로 로니도 이번 여행에 많은 것을 생각하며 성장했다. 분명 더는 주저하지 않는다. 제대로 전할 수 있다. 로니는 한 번 시선을 아래로 내렸다가 다시 고개를 들었다. 그 눈동자는 강하게 빛나고 있었다.

"하지만, 나는, 나에게 거짓말을 하면서, 살고 싶지 않아. 나는, 나답게 살고 싶어! 아버지의, 아들로서……!"

아들로서. 로니는 자신이 특이한 사고방식을 지녔다는 걸 알면서도 드워프로서, 로드리고 씨의 아들로서 당당하고자 한다. 그래, 아무것도 부끄러운 일이 아니고 이상하지도 않다. 로드리고 씨는 여전히 돌아보려 하지 않지만……. 그래도 로니의 말은 확실하게 닿았다. 그래서 가만히 기다렸다. 그래도 아무런 대답이 없자 로니는 필사적으로 다음 말을 찾는 모양이었다. 그때, 그런 로니를 무시하며 로드리고 씨가 무자비한 말을 던졌다.

"……흥. 너는 이제 족장의 아들이 아니다."

"어……."

돌아보지도 않고 그렇게 말한 로드리고 씨는 그대로 걷기 시작했다. 충격을 받은 로니는 그 자리에서 굳어 버렸다. 너무하잖아……! 로니의 마음은 전해지지 않은 거야? 마음대로 하라고 밀어내는 거야? 이렇게 진지하게 마주 보려고 했던 만큼 로니와 아버지의 관계가 망가지지 않길 바랐는데. 그야 로드리고 씨에게는 받아들일 수 없는 주장일지도 모르지만, 부모니까 조금이라도 이해해 주었으면 했는데……. 나도 덩달아 침통해질 뻔했을 때, 로드리고 씨가 다음 말을 이었다.

"하지만 네 아버지는 나다. ……매년 잊지 말고 귀성해."

"!"

어? 그, 그건 즉……? 그 말의 의미가 천천히 이해되면서 기쁨이 치밀어 올랐다. 마, 말이 너무 부족하다고요 로드리고 씨!

뭐야 정말! 솔직하지 못하긴! 엄청 걱정했잖아! 즉 로니가 밖으로 나가는 걸 인정했단 거지? 너는 족장의 아들이 아니라는 건 로니는 족장과는 상관이 없다고 하고 싶었던 거고. 하지만 자기 아들이라는 건 변하지 않는다는, 그런 뜻이지? 대놓고 말해 주지 않았으니 어쩌면 아닐 수도 있지만, 그래도 그렇게 받아들일 거니까!

"고, 고마워……! 아버지!"

로니도 나처럼 받아들인 모양이었다. 떠나가는 로드리고 씨의 등에 대고 살짝 웃으면서 소리쳤다. 하지만 당연히 로드리고 씨는 무반응. 손을 슬쩍 들어서 대답한다거나, 응? 그런 건 없는 거야?! 으윽, 너무 딱딱해. 하지만 이제 안 속는다. 분명 속으로는 쓸쓸하다거나, 하지만 응원하고 싶다거나, 그런 복잡한 심경인 거지? 틀림없다. 확실하다. 로드리고 씨가 어떤 사람인지 알 것 같아!

"그럼, 가자. 여기서부터는, 내가, 안내할게."

"이제 괜찮아?"

"응. 괜찮아. 이래 봬도, 부자니까. 알아."

로니는 그 자리에서 조금도 움직이지 않고 아버지의 모습이 안 보이게 될 때까지 배웅한 뒤 이쪽을 돌아보며 그렇게 말했다. 일단 물어보기는 했지만 이제 괜찮으리라는 건 그 얼굴만 봐도 바로 알 수 있었다. 그래, 이심전심 같은 걸까. 로니가 저렇게 말한다면 그런 거겠지. 우리는 로니를 따뜻하게 맞이했다.

"……그럼 잘 부탁한다. 로나우드."

기르 씨가 로니의 어깨를 가볍게 두드리자 로니는 맡겨달라며 웃었다. 그 후엔 그대로 선두에 서서 걷기 시작했다. 어쩐지 발걸음도 가벼워 보였다. 하아, 다행이다. 부자 관계가 망가지지도 않았고, 로니는 자신의 길을 한 걸음 내딛게 되었으니까! 그나저나 처음에는 엄청 조마조마했네. 완고한 사람이라고 들었으니 '절대 용서 못 해!' 하면서 다투게 될지도 모른다고 생각했으니까. 어쩔 수 없는 게, 드워프는 우리 엘프와 마찬가지로 애초에 출생율이 너무 낮은 종족이다. 그런 가운데 기적적으로 족장의 아들로 태어난 로니는 차기 족장으로서 기대받으며 자랐을 것이다. 그러니까 로드리고 씨는 지금 상당히 과감한 결단을 내린 거겠지. ……어쩌면 로드리고 씨는 이렇게 되리라는 걸 어렴풋하게 깨닫고 있었을지도 모른다. 사실은 로니가 직접 말을 꺼내길 기다렸던 걸까? 조금 편의주의적인 상상일지도 모르지만. 뭐 됐어. 문제가 하나 해결됐다. 나는 앞으로 로니가 이룰 꿈을 응원하고 싶다. 간신히 족장이 되어야만 한다는 사슬에서 해방되었는걸. 앞으로는 자유롭게, 자신이 하고 싶은 일을 했으면 좋겠다. 이건 진심이다. 틀림없이. 하지만, 하지만 말이지? ……차기 마왕으로서 벗어날 수 없는 운명이 기다리는 내 마음에는 무언가 작은 게 따끔 하고 박힌 느낌이 들었다.

6 왕성에서 이룬 재회

로니의 안내로 광산을 걸으며 우리는 기르 씨에게서 간단한 근황 보고를 들었다. 기르 씨라기보다는 아빠에게서란 느낌인가. 이 대륙에 오자 기르 씨의 능력으로 연락이 쉬워진 모양이다. 즉 현재진행형으로 아빠 쪽의 근황 보고를 듣는 상황입니다. 들어보니 지금은 체포한 라비 씨 및 조직 사람들은 다들 중앙 왕성에 있다고 한다. 우리가 오는 게 늦다고 처형당하지 않아서 다행이다. 그 소식에 안도하며 가슴을 쓸어내렸다. 우리가 광산 출구가 도착한 타이밍에 마침 그림자새 통신이 끝났다. 여기서부터는 또 기르 씨의 황새 택배로 가는 모양이다. 어? 이 대륙에서? 인간들이 보면 난리가 나지 않을까?

"황제의 허락은 받았다. 게다가 마왕의 마물형에 비하면 별것 아니지."

그, 그러고 보면 아버지네가 우리를 찾아냈을 때 용 모습으로 날아왔던가. 그때는 통지가 구석구석 닿을 시간적 여유가 없었다 보니 대륙 각지에서 큰 소란이 일어났다고 한다. 그 모습으로 나는 걸 보면 마대륙에서조차 무슨 일이냐고 소란이 일어날 테니까 당연한 결과지. 사람이 많은 도시에서는 특히나 수습이 안 될 지경이었다나. 그럴 만도 해! 이 사실을 알고 죄책감을 느낀 아버지는 소란을 잠재우기 위해 용 모습으로 날아오른 뒤 그 자리에서 인간형으로 돌아가 직접 인간들에게 설명했다고 한다.

그 황당하리만치 잘생긴 얼굴과 마왕의 아우라 비슷한 것 덕분에 공포의 대상에서 '용은 엄청난 미모의 마왕이었다'라는 소문으로 덮어쓰기 성공. 전부 아빠의 작전이었다고 하는데……. 솔직히 아버지의 미모와 사람들의 소문을 이용한 건 좋은 방법이었다. 불평하는 아버지의 모습에 눈에 선하지만! 뭐, 덕분에 이제 와서 기르 씨의 마물형이 난다고 해도 그렇게까지 큰일이 나진 않는다고 한다. 그로부터 이미 며칠이나 지났고, 국민들에게 통지도 끝났다고 하니 걱정 없이 한 번 더 하늘 여행! 다 함께 바구니에 탑승했으니 출발합니다. 케이 씨는 또 꽃빛뱀의 모습으로 내 어깨에 스르륵 올라왔다.

『자도 괜찮아, 메구.』

배려 감사합니다! 간파당해 부끄러워하면서도 아직 완전히 회복되지 않은 나는 그 말을 순순히 받아들이기로 했다. 체력은 회복할 수 있을 때 회복해 놔야지! 그럼 안녕히 주무세요. 쿨.

"메구, 슬슬 도착하나 봐."

"으허……?"

짧지만 푹 잠들었던 듯한 나는 리히토의 목소리에 눈을 떴다. 바구니 안에 있으면 신기할 정도로 잠이 잘 온단 말이야. 기르 씨의 황새 택배가 적절한 흔들림과 탁월한 승차감을 갖췄기 때문이겠지.

"메구, 머리 헝클어졌어."

"우으. 고마워, 로니."

하품하면서 눈을 쓱쓱 비비자 로니가 세심하게 돌봐 주었다. 역시 오빠다.

『아, 그렇지. 이 머리장식을 메구에게 주려고 했었는데.』

어깨 위에서 슥 고개를 든 케이 씨가 그렇게 말하며 어디선가 귀여운 머리장식을 꺼냈다. 마물형이다 보니 꼬리로 감듯이 들고 있다.

"와, 귀여워라! 바, 받아도 돼요……?"

『물론이지. 메구가 빨리 건강해지길 기원하면서 메구의 미소를 떠올리며 고른 거야.』

윽, 굉장한 작업 멘트! 내 심장을 관통! 얼굴에 열이 몰리는 걸 느끼며, 눈앞에 내밀어진 그 머리장식을 두 손으로 받았다.

"케, 케이 씨는 굉장한 선수구나……."

리히토가 살짝 전율했다. 이해해. 특히 일본인에게는 벽이 높지. 리히토의 반응에 쓴웃음을 지으면서 나비 모양 머리장식을 잘 살펴보았다. 날개 부분이 연한 보라색과 분홍색의 마블링 무늬인데 스테인드글라스처럼 반짝거렸다. 제법 커다란 머리핀이었다. 예쁘고 귀여워서 케이 씨의 센스에 감탄했다. 모처럼 받았으니 지금 써 볼까. 머리카락도 좀 길어졌으니까 반묶음을 해 보는 것도 괜찮을지도. 그 정도라면 혼자서도 할 수 있으니까! 그런고로 바로 머리카락을 만졌다.

"오, 오오. 뭐, 괘, 괜찮네?"

"응, 귀여워."

머리카락을 집자 엘프의 특징이라고도 할 수 있는 조금 뾰족

한 귀가 드러났다. 이제 엘프라는 걸 숨기지 않아도 되니까 괜찮겠지? 리히토와 로니도 칭찬해 줘서 내 기분은 하늘을 찌를듯 올라갔다.

『아주 귀여워, 메구! 마치 이 나비가 메구의 귀여움에 홀려서 날아온 것 같아.』

"케, 케이 씨! 칭찬이 과해! 부끄러우니까 그쯤에서 스톱!"

단 케이 씨의 칭찬은 한도를 몰랐다. 물론 너무 기쁘지만, 그 이상으로 부끄러워서 얼굴에서 불이 날 것 같다. 하지만 멈추지 않는 케이 씨는 그 후에도 나를 계속 칭찬했다. 뭐지. 벌칙 게임? 그리고 그대로 케이 씨가 제안하는 대로 하얀색 원피스로 갈아입게 되었다. 시폰 재질에다 바람에 하늘하늘 나부끼는 디자인이라 여행에는 적합하지 않은 옷이지만, 이번에는 많이 걸어 다닐 일이 없으니까 괜찮다며 밀어붙이는 바람에 넘어가고 말았다. 그건 괜찮다. 갈아입는 것 자체는 전혀 상관없지만, 케이 씨가 또다시 요정 같다고 마구 칭찬하는 바람에 또 얼굴이 빨개졌다. 이 무한루프 뭔데! 어째서 이렇게 된 거야! 그런 식으로 내가 고통스러워하는 사이에 간신히 목적지에 도착한 모양이었다. 하아, 드디어 이 수치 플레이에서 해방되는구나. 그렇게 안심한 것도 잠시, 인간형으로 돌아온 기르 씨가 나를 빤히 바라본 뒤 추가 공격을 날렸다.

"귀엽다기보다는……. 예쁘군. 성숙해 보여."

"흐걱?!"

진지한 얼굴로 이렇게 나오다니! 미남의 플러팅 멘트! 심지어

기습! 괴성을 지르는 것만으로도 벅찼습니다. 하지만 굳어버린 내 어깨에서 스르륵 지면으로 내려온 케이 씨는 바로 인간형으로 돌아가 소리 내어 웃었다.

"아하하! 빨리 보고 싶었구나, 기르난디오. 내려가는 속도가 빠르더라니."

진짜! 웃을 일이 아니야! 리히토랑 로니도 이제 그만 이쪽을 봐 달라고. 갈아입은 뒤부터 얼굴이 빨개져서 힐끔거리다가 금방 고개를 돌려버리는걸. 웃음을 참을 바에야 차라리 대놓고 웃던가……. 훌쩍.

정신적으로 상당히 피곤하지만, 덕분에 긴장은 적절히 풀린 느낌이다. 그래도 지금부터가 중요하니 수도에 도착할 때까지 마음을 다잡아 놔야지. 수도와는 조금 떨어진 공터에 내렸으니 거기서부터는 도보다. 아무리 그래도 도시 한복판에 내릴 수는 없었으니까.

"……알고는 있었지만, 메구는 눈에 띄는구나."

"응. 이렇게, 눈에 띌 줄이야."

리히토와 로니가 빛나는 무언가를 보는 것처럼 눈을 가늘게 뜨고 나를 쳐다봤다. 하, 하지마. 알고 있거든. 하지만 이게 내 본래의 모습이고, 찔리는 것도 없고 도망 중인 것도 아니니까 감추는 것도 좀 아닌 느낌. 그래도 이 사람 저 사람이 빤히 쳐다보는 건 역시 민망하구나. 아무래도 불안해져서 기르 씨와 맞잡은 손에 꽉 힘이 들어갔다.

"으음. 기르난디오, 나도 그럭저럭 눈에 띄지만 역시 메구는 유난히 튀지? 아무래도 메구에게 시선이 집중돼. 귀여우니까 어쩔 수 없지만……. 무례한 시선을 계속 받게 하고 싶진 않지?"

움츠르든 나를 한 번 쳐다본 케이 씨가 생글생글 웃으며 기르 씨에게 말했다. 역시 머리카락 색 정도는 바꾸는 게 나을까. 그런 생각을 하고 있을 때 기르 씨가 일절 망설임 없이 후드와 마스크를 벗었다. 덕분에 그 미모가 만천하에 공개! 어? 무슨 일이야?! 밖에서는 절대 안 벗는데!

"……조금은 이 얼굴도 메구에게 도움이 될까."

그러더니 기르 씨는 물 흐르듯 자연스럽게 나를 안아 들었다. 나는 조금, 아니 상당히 당황했다. 기르 씨는 잘생기기 짝이 없는 자신의 얼굴을 안 좋아한다. 심하게 주목을 받는 게 싫어서 밖에 나갈 때는 후드와 마스크를 절대 벗지 않았는데. 그런데 지금은 망설이지도, 표정 한 번 바꾸지 않고 그 훌륭한 미모를 드러내고 있다. 호, 혹시 나에게만 시선이 쏠리니까 주목을 분산시키려고……? 자, 자만인가? 하지만 기르 씨의 말도 그렇고 아무래도 맞는 것 같은데. 그럼 내가 곤란해한다는 이유만으로 싫어하는 일도 불사했다는 거야? 얼굴을 드러내자마자 주변이 일제히 술렁거린 걸 보면 확실하게 기르 씨가 주목받고 있는데? 괜찮아……?!

"으음, 시원스럽네, 기르난디오. 놀랐어. 하지만 메구를 안고 있으니까 더욱 주목받진 않을까?"

"이렇게 하는 쪽이 불온한 시선도 알아차릴 수 있고 지키기도 쉽다."

확실히 여기가 가장 안전한 장소라고 할 수 있다. 기르 씨라면 따로 지켜야 할 대상이 있는 지금 같은 상황에서도 나를 안은 채 지키면서 싸울 수 있다. 케이 씨라는 든든한 동료도 있고. 마법을 쓰기 힘들긴 해도 두 사람은 물리적으로도 아주 강하니까 전혀 걱정할 게 없다. 여차하면 날아서 도망칠 수도 있고. 기르 씨에게 불편함을 감수하게 만들어서 정말 면목이 없지만, 솔직히 엄청 안심이 된다.

"기르 씨……. 고마워."

"신경 쓰지 마. 널 불안하게 하진 않을게."

그렇게나 불안으로 가득했던 인간 대륙. 그게 기르 씨와 케이 씨가 있다는 것만으로도 전혀 달라졌다. 무지막지 든든해! 변함없이 오가는 사람들에게서 내내 주목받고 있지만, 이미 그런 건 신경 쓰이지 않게 되었다.

수도 안에 들어가기 위해 검문소 같은 곳으로 향하던 도중 리히토가 웬일로 약한 소리를 했다.

"왠지 몸이 나른한 느낌인데……. 역시 회복이 덜 된 건가?"

엇! 어디 안 좋은 거야? 걱정이 되어 리히토에게 시선을 던지자 가장 먼저 케이 씨가 움직여 리히토의 이마에 손을 대고 몇 가지 질문을 던졌다.

"으음, 열은 없는 것 같은데. 리히토, 언제부터 상태가 안 좋아졌어?"

"으음, 이 대륙으로 전이한 뒤, 쯤인가?"

"어디 아픈 곳은?"

"아니, 그런 건 없는 것 같은데. 왠지 모르게 몸이 무겁다고 해야 하나……."

그 외에도 음식을 먹고 상태가 안 좋아진 적이 있었냐, 상처가 났던 장소는 지금 어떤 상태냐 등을 물어보는 케이 씨. 그리고는 '흠' 하고 턱에 손을 대고 고개를 한 번 끄덕이더니 걱정하지 않아도 된다며 리히토의 머리에 툭 손을 올렸다.

"응, 역시 틀림없어. 리히토는 아직 마소 농도 차이에 익숙하지 않아서 그래. 이쪽에서 마대륙으로 가는 거라면 몸에 좋지만, 반대는 조금 나른해지는 것 같으니까. 리히토는 마대륙에 처음 갔었지? 환경이 너무 잘 맞아서 이쪽의 희박한 마소에 몸이 순응하지 못한 거야."

"어? 하지만 나는 계속 이쪽에서 살았는데."

케이의 설명에 리히토가 놀라서 대답했다. 확실히 지금까지는 아무렇지도 않았는데? 하지만 케이 씨의 말로는, 이 마소 농도 차이를 경험했는지 아닌지가 요점이라고 한다. 그러고 보면 나도 처음 이 대륙에 왔을 때는 굉장히 힘들었는데 이번에는 그렇게까지 큰 영향이 없구나. 몸이 좀 무거워진 정도다.

"리히토는 어리니까 금방 적응할 거야. 게다가 한번 적응하면 다음부터는 몸이 알아서 순응하게 되어 있다고 들은 적 있어."

대체로 다들 한번 경험하면 익숙해진다고 한다. 그렇구나. 그래서 나도 이 감각은 오랜만인데 하는 정도에서 끝난 거야. 로니는 광산 내부만이긴 해도 우리보다 양 대륙을 많이 오갔으니까 익숙한 거겠지. 어라? 그럼 사실 케이 씨도 힘든 건가? 인간 대륙에 온 적이 있다는 이야기는 못 들었는데…… 빤히 상태를 관찰해봐도 태연해 보이니까 케이 씨에게는 크게 거슬리는 일이 아닌 건지도 모르겠다. 아니면 힘들어도 겉으로 드러내지 않을 뿐일지도. 어쨌거나 대단하다. 너무 무리하지 않았으면 하지만, 그런 것쯤은 오르투스에서 많은 의뢰를 수행해 온 케이 씨가 더 잘 알 테니까 역시 정말로 괜찮은 거겠지. 끄으응. 내가 저런 경지에 이르려면 앞으로 한참 걸릴 것 같다. 우선 리히토는 몸이 익숙해지는 걸 기다릴 수밖에 없다고 하니, 걷기 힘들면 케이 씨가 업기로 했다. 리히토는 아무래도 자존심이 방해하는 건지 어떻게든 견디겠다고 거절했지만, 쿡쿡 웃는 케이 씨는 전부 간파한 모양이다. 그래서인 걸까, 더욱 오기가 솟은 리히토는 검문소에 도착할 때까지 조금도 약한 소릴 하지 않았다. 정말 단순하긴……!

"마대륙에서 온 손님이시죠. 이야기는 들었습니다. 들어가십시오."

검문소에서는 문지기가 그렇게 말한 뒤 바로 들여보내 주었다. 심지어 여기는 일반적으로 사용하는 입구가 아니라 높으신 분들이 사용하는 특별한 입구라고 한다. 어쩐지 황송해졌지만, 생각해보니 나는 마왕의 딸이니까 당연하다면 당연하다. 으음, 적응 안 되네. 마대륙 사람들은 마왕을 공경하긴 해도 다들 털털하니까.

"와, 떠들썩해!"

문지기가 들여보낸 문으로 들어온 순간 이 도시가 번화한 곳이라는 게 한눈에 보였다. 상인이 큰 소리로 홍보하고 통행인은 즐겁게 떠드는 분위기. 활기찬 마을이 첫인상이었다.

"중앙 수도는 나도 처음 왔는데, 시골과는 완전히 다르네."

리히토도 흥미로운 듯 주위를 두리번거렸다. 로니는 딱히 별말은 없었지만, 눈이 반짝거렸다. 이쪽도 참 단순하구나. 나도 남 말할 처지가 아니지만!

"괜찮으시다면 돌아가는 길에라도 관광해 보세요. 맛있는 요리를 파는 가게나 신기한 공예품을 파는 가게 등 즐길 거리가 많을 겁니다."

문지기가 그렇게 말하며 생글생글 손을 흔들어 주었기에 나도 마주 웃으면서 손을 흔들었다. 어라, 얼굴이 빨개졌네. 우리가 눈을 빛내면서 자기가 사는 도시를 보는 게 기뻤던 건지도 모르겠다. 이 도시의 장점을 자랑스럽게 알려줬고!

"……메구, 너무 쉽게 웃으면서 손을 흔들지 마."

"어? 하지만 친절하게 알려 줬는데……."

"아하하, 소용없어, 기르난디오. 순수한 게 메구의 장점이잖아? 우리가 조심하면 되지."

어째서인지 기르 씨가 한숨을 쉬었다. 왜지? 아니, 잘 생각해 보면 확실히 실실 웃고 다니다간 좋지 않은 사람이 노릴지도 모르겠네. 저 녀석은 유괴하기 쉬울 것 같다면서. 즉 호구란 소리다. 일본에 살던 때는 마음에도 없이 웃고 다니곤 했으니 조건 반사로 영업 스마일이 나가버린다. 무슨 일이 일어나도 웃는 얼굴로 얼버무리는 게 습관이 된 거다. 여기는 일본과는 다르니까 조심해야 한다는 건 알지만. 이미 붙은 습관이 무시무시하다.

"남을 그렇게 쉽게 믿지 마, 메구. 특히 인간은 더 조심해야 하는 거 알지? 질리지도 않긴."

"하, 하지만 문지기님은 친절하게 대해 줬는데……! 그렇게 쉽게 의심할 순 없어."

리히토도 한숨을 쉬었다. 이쯤 되면 성격 같은 거라 좀처럼 바꿀 수 없단 말이지. 잘 속는다는 자각은 있습니다. 하지만 일단 나한테도 이유는 있다고!

"예를 들어 그게 위선이라고 해도 친절하게 대해 줘서 기쁘다는 내 기분은 진짜인걸. 속았다는 걸 알면 그때 화내면 되지."

무엇보다 뭐든 일단 의심부터 하는 건 슬프고 지치잖아. 조심성 없이 되는대로 행동한다고 한다면 맞는 말이긴 한데, 속은 거라면 그때 가서 대처하면 된다. 무언가 큰 결단을 내려야만 하는 것도 아닌 이상 무슨 일이 일어났을 때 대응하면 되기 마련이다.

"……그게 네 장점이겠지만, 영 불안불안하단 말이야……. 보호자는 걱정이 끊이지 않겠어."

리히토가 동정한다면서 보호자의 얼굴을 올려다보았다. 둘 다 그저 쓴웃음을 짓고 있다. 앗, 부정은 안 하는구나. 두 사람이 나를 어떻게 생각하는지 알겠다. 어째 죄송합니다. 힝.

"하지만, 그래서 사람들은, 메구를 좋아해. 사람들이, 도와주고. 나도, 도와줄게."

"으윽, 로니! 고마워, 사랑해!"

그 타이밍에 편을 들어준 사람은 내 마음의 오빠였다. 역시 로니! 반쯤 울상으로 로니에게 사랑을 외치자 세 사람에게서 불만 어린 시선이 날아왔다. 명장면을 로니에게 빼앗겼기 때문인 걸까. 말수가 적은 사람일수록 스포트라이트를 가져가 버리곤 하지. 기르 씨도 평소엔 그렇고.

"으음, 메구. 돌아갈 때는 나와 데이트하자."

분했던 건지 케이 씨가 나를 올려다보며 그렇게 제안했다. 아주 매력적인데! 처음 온 장소라고 해도 케이 씨는 좋은 곳을 잘 찾아낼 것 같고!

"……둘만 가게 둘 순 없다. 호위하지."

"호위 대상엔 나와 로니도 포함되어있지 않던가."

"응. 그럼 어쩔 수 없지. 나도, 갈게."

뭐야, 결국 다 같이 가게 되겠네. 케이 씨가 '에이' 하고 불평하면서도 기쁘다는 듯 눈꼬리를 접었다. 어쩐지 무척 행복하네. 소소한 대화가 즐거워서 나는 무심코 소리 내어 웃었다. 거기에 전염되듯 다들 같이 웃었다.

자 그럼! 즐거운 분위기도 여기까지. 우리는 황제님이 있다는 성문 앞에 도착했다. ……여기에 라비 씨가 있는 거지. 꿀꺽 침을 삼켰다. 그러자 기르 씨의 그림자에서 그림자새가 푸드득 튀어나왔다. 그림자새는 기르 씨의 어깨에 앉더니 슥 사라졌다.

"황제가 그대로 들어와도 된다고 말한 모양이다. 두목의 전언

이야."

"하, 하지만 성안을 우리끼리만 돌아다녀도 될까?"

그대로 들어와도 된다고 하지만……. 한눈에 봐도 장엄한 분위기인 이 성안을 외부인들끼리 돌아다니는 건 문제가 되지 않을까. 그 정도는 나도 신경 쓰거든? 황제님이 그렇게 하라면 따를 수밖에 없지만. 서, 설마 아빠가 그렇게 말하게 몰아간 건 아니지? 우호적인 관계를 구축한 거 맞지? 어쩐지 걱정된다.

"안내가 있든 호위가 있든 우리에게는 의미가 없어서 그래, 메구. 마력을 사용하면 어디 있는지 금방 알 수 있고, 진심을 발휘하지 않아도 이 나라 정도는 함락시킬 수 있으니까."

하지만 진실은 내가 생각했던 것보다 훨씬 무시무시했다. 농담이라도 하듯 던진 케이 씨의 발언에 문을 열어주던 위병의 몸이 움찔 굳었다. 그, 그 말이 맞긴 할 테고 이해도 가지만, 불쌍하니까 그렇게 대놓고 말하지 말아줘!

"두목이라면 황제가 굳이 안내자를 수배해 주겠다는 걸 거절했을 거야. 우리도 그게 마음이 편하니까 다행이지만."

아하, 그렇구나. 아빠라면 '너희가 있으면 오히려 시간 낭비야' 같은 소릴 태연하게 할 것 같다. 설령 그게 진짜라고 해도 딸로서는 아빠가 무신경해서 죄송하다고 몹시 사과하고 싶지만. 그래도 그런 식으로 몸 둘 바를 몰라 하는 건 나와 리히토 뿐이었다. 우리는 일본인의 기질이 진하게 남아있기 때문이겠지. 아빠도 일본인인데 말이야.

그렇게 됐으니 이 일로 이 이상 뭐라 말해봤자 무의미하다. 이미 장소를 아는 듯한 기르 씨를 따라 우리는 성안을 걸어갔다. 더불어 지금은 내 다리로 걷고 있지! 성안에서도 안겨서 가는 건 아무래도 민망했거든. 그렇게 도착한 곳은 여러 개의 방 중 하나. 이 안에 아빠와 아버지가 있다고 기르 씨가 가르쳐 주었다. 전에 만난 건 다쳤을 때였지. 오랜만에 만나는 거니까, 가슴이 두근거린다.

"메구!"

기르 씨가 가볍게 노크한 순간 안에서 문이 열리더니 아빠가 튀어나왔다. 잠깐, 위, 위험하잖아!

"우리는 무시구나."

"……마음은 이해한다."

쓴웃음을 짓는 케이 씨와 기르 씨를 뒤로 아빠는 그 기세 그대로 나를 번쩍 안아 들더니 열렬하게 끌어안았다. 주변은 보이지도 않는 듯한 그 모습에 어안이 벙벙했지만, 걱정 끼쳤으니까. 나도 너무 만나고 싶었으니까 그대로 꼬옥 마주 안았다.

"이제 많이 건강해졌어. 걱정 끼쳐서 미안해."

"그런 건 됐어. 아아, 정말……. 전에도 말했지만 바로 찾아주지 못해서 미안해. 힘들었지? 아팠지? 그 아픔을 내가 대신해 줄 수 있었다면!"

껴안는 힘이 강해졌다. 숨 막힌다고! 하지만 기쁘니까 말리지 않았다. 나도 아빠를 만나고 싶었는걸. 그래서 당분간 그렇게 마주 안고 있다가 불현듯 깨달았다. 마왕님이 자기도 하고 싶다는 듯 이쪽을 보고 있어……! 마, 맞아! 아버지도 엄청 걱정했잖아! 물론 아버지도 만나고 싶었어! 따라서 나는 아빠의 팔을 가볍게 때려서 일단 내려달라고 했다. 내 의도를 눈치챈 아빠는 싫어했지만 순순히 내려주었다. 바닥에 내려온 뒤 종종종 아버지에게 달려가서 두 팔을 쭉! 안아주세요!

"아버지도! 보고 싶었어!"

"윽! 메, 메구!!"

눈물을 글썽거리는 수준을 넘어서 아예 오열하는 마왕 아버지. 눈물샘 진짜 약하다니까. 하지만 역시나 기뻐서, 아버지가 나를 안아 들자마자 나도 목에 팔을 감았다. 기르 씨나 아빠와는 다르게 조심조심 나를 마주 안아준 아버지의 모습이 서툴러서, 그게 또 애틋했다.

"나는 행복해. 사랑하는 사람들이 이렇게나 걱정해 줬는걸."

"그래, 나도 행복하구나. 메구. 딸이 이렇게나 순수한 마음을 지녔으니까."

작게 본심을 흘리자 아버지도 그 말에 대답하며 나를 안는 팔에 살짝 힘을 주었다. 걱정 끼친 건 미안하지만, 그런 사람이 있다는 것만으로도 역시 행복하다고 느낀단 말이지. 잠시 재회를 기뻐한 후 우리는 차분하게 대화하기 위해 방 중앙에 놓인 소파에 앉았다.

"아슈, 너……."

"참아라. 그대들은 평소 길드에서 함께 지내고 있으니. 그렇지? 메구."

그리고 나는 아버지의 무릎 위에 앉았다. 우연히 마지막에 포옹한 사람이 아버지라 그렇게 된 것뿐이지만, 설마 나를 두고 쟁탈전이 시작될 줄은 몰랐는데. 현실에서 '나 때문에 싸우지 마!'가 실현될 줄이야……. 그래, 이거 되게 오묘한 기분이구나.

"으음, 됐으니까 진행해 줄래? 메구가 두목의 무릎에 앉든 마왕의 무릎에 앉든 기르난디오의 무릎에 앉든 안전도에 차이는 없으니까."

이러쿵저러쿵 시끄러운 아빠와 아버지의 언쟁을 듣고 인내심이 끊어진 케이 씨가 말다툼을 싹둑 잘라냈다. 나이스 플레이다. 맞아맞아, 이대로는 끝이 없다고!

"……어쩐지 메구가 전이되었을 때 이 사람들이 얼마나 시끄러웠을지 상상하니까 무서워지는데."

"으음? 알고 싶어? 리히토."

"듣고 싶기도 하고 안 듣고 싶기도 하고……."

리히토의 중얼거림을 듣고 씩 웃는 케이 씨. 참고로 그 일은 나는 안 듣기로 했다. 안 듣는다면 안 들을 거야!

"그럼 먼저 너희가 가장 궁금해할 부분부터 이야기할까."

드디어 아빠가 본론으로 들어갔기에 우리는 등을 똑바로 폈다. 여기서부터는 분명 무겁고 괴로운 이야기가 될 것이다. 잘 들어야지.

"모험가 라비, 본명 세라비스를 비롯한 조직원들은 지금 이 성의 지하 감옥에 수감되어 있어."

본명 세라비스라. 사무적으로 전달하는 그 설명에 나도 리히토도 로니도 어깨를 움찔했다. 그러고 보면 그때 고든이 라비 씨를 그렇게 불렀었지. 라비는 가명이었구나. 하지만 라비가 더 잘 어울리는데……. 자연스럽게 표정이 어두워졌다.

"감시병이나 심문관의 이야기로 녀석들은 다들 저항할 마음이 일절 없다고 해. 본인들도 그렇게 말하기도 하지만……."

아빠는 거기서 말을 끊고 기르 씨에게 힐끔 시선을 던졌다. 그것만으로도 아빠가 무슨 말을 하고 싶은지 알아차렸다.

"한눈에 봐도 저항할 수 있는 상태가 아니야. 녀석들 대부분 머리가 새하얗게 질렸어. 그때의 일을 물어보려고 하면 거의 아무도 대답하지 못해. 어지간히 무서운 체험을 한 모양이던데. 기르?"

역시 그렇구나. 그로부터 꽤 시간이 지났는데도 여전히 사라지지 않는 공포가 새겨진 거야. 자업자득이고 동정심도 전혀 안 들지만, 그렇게까지 심한 트라우마라니 상상도 가지 않으니까 바닥이 보이지 않는 무시무시함을 느꼈다.

"……미안하다. 적에겐 힘 조절을 하지 못했어."

"아니야. 팔다리를 붙여놓고 잡은 것만으로도 충분히 잘했어. 나나 아슈였다면 그렇겐 안 됐을 테니까."

"음, 이성적이었다. 기르."

그런 대화를 듣고 나도 당시를 떠올렸다. 그때는 순식간에 여러 명의 사람이 같은 증상을 보였지. 기절하거나 패닉에 빠지는 건 이해한다. 하지만 공포에 질려 머리가 하얘진다는 게 정말로 실재하나? 극도의 스트레스가 원인이 되어 머리가 탈색되기도 한다는 이야기는 들어본 적이 있지만, 순식간에 색이 바뀐다는 건 못 들어본 것 같은데. 마력이 영향을 준 건지도 모른다. 기르 씨가 힘 조절을 못한 채 살기가 담긴 마력을 방출……. 생각만으로도 무섭다. 뭐, 실제 원인이 뭔지는 모르지만, 상상도 못할 정도의 공포를 줬다는 것만은 확실하다.

"그나마 증상이 가벼운 녀석들에게서 단편적인 이야기를 듣고 간신히 조직의 전모가 보이기 시작했어. 목적 같은 것도 대충 예상대로였고."

그 목적이란 내가 추측한 것과 거의 같았다. 우리를 이용해 마대륙에서 마력을 지닌 아이들을 납치한 뒤 팔아서 돈을 번다. 상당히 조잡한 계획이었지만, 결과적으로 반 이상 잘 풀렸다는 건 국가의 실책이라며 황제님이 사과했다고 한다. 참고로 납치되었던 마대륙의 아이들은 이미 부모에게 돌려보냈다는 보고를 받았다고 했다. 특급 길드 '스텔라'에 협력을 요청해서 마대륙에 보낸 뒤는 전부 그쪽에 맡겼다고. 스텔라는 마대륙에서 제일 큰 조직이기도 하고 제대로 된 의뢰라면 반드시 수행해서 신용도 최고인 길드라나. 한번 보고 싶은 길드다.

그 외의 조직원들은 아직 전국에 흩어져 있다고 한다. 이 조직은 머리를 잡아도 누군가가 대신 머리가 된다는 시스템이었던 모양이니, 새 보스를 추대해서 다시 행동을 개시하기 전에 잡으려고 움직이고 있다. 이번에는 고든이 보스고, 라비 씨가 2인자라는 포지션이었다나. 그래서 거의 괴멸시켰다고는 해도, 내버려 두면 또 조직이 커지면서 비합법 인신매매도 사라지지 않을 것이라는 게 아빠의 이야기였다.

"우리도 이 대륙 사람들도 마음을 정해야 한다. 여태까지 존재하던 노예제도는 먼 옛날의 유배 풍습을 그대로 계승했지. 마대륙과 인간 대륙 사이에서 맺은 약속은 상당히 복잡하니까. 그걸 핑계로 지금 시대에 맞는 시스템을 구축하지 않았던 업보가 돌아온 게다. 이제는 제도를 바꿔야 할 때. 지금 나는 황제와 그런 이야기를 추진하고 있다."

"인간 쪽에서는 왕래를 아예 없애버리자는 의견도 나오는 모양이야."

옛날부터 이어진 풍습. 즉 노예란 원래 그런 것이라며 상세한 규칙을 정하지 않은 채 지금도 이어오고 있었다는 걸까. 그래서 골치 아프고 문제가 된 거야. 노예가 광산을 통과할 때 범죄 노예가 맞는지 아닌지 확인할 방법이 없었다는 것도 큰 문제였지만……. 그래도 왕래를 아예 없애버리는 건 극단적이지 않나. 그게 가장 간편한 해결책이긴 할 테고, 광산 드워프만 예외로 둔다면 물류가 멈추진 않을 테고. 하지만 그렇게 되면 다음엔 양 대륙의 근황을 알 방법이 사라지지 않나? 지금은 괜찮아도 몇백 년이나 지난 뒤에 이 약속이 이상한 방향으로 왜곡되어서 서로를 무서워하게 된다거나, 판타지 소설이나 게임에서는 종종 나오잖아? '모른다'라는 것은 공포로 바뀌어 버리는 법이니까. 이건 마대륙 쪽 사람들에게도 상관없는 일이 아니다. 시대의 변화를 몇 번이나 보게 될 만큼 오래 살기 때문에 더욱 신경 쓰인다. 하지만 아직 어린아이인 내가 말해 봤자 설득력이 없겠지. 혼자 끙끙 고민하고 있었더니 나만 그렇게 생각하는 게 아니라는 걸 알았다. 아무래도 아빠도 같은 의견이었던 모양이다. 역시 우리 아빠야! 생각이 통해!

"나도 범죄 노예 폐지는 찬성하는 쪽이야. 그 대신 반대로 유능한 인재를 기간 한정으로 유학 보내는 게 어떨까 하는데."

유학 제도! 그거 좋은데! 그렇게 하면 우연히 인간 대륙에서 태어난 마력 보유자나, 별로 없었으면 좋겠지만 아빠나 리히토처럼 전이된 사람들을 보호할 수 있을 거야! 마법을 공부하고 그걸 살려서 인간 대륙에서 일하는 거지. 오오, 좋은데! 마대륙 쪽에서는 인간의 생활이나 제조업을 공부하러 가는 것도 좋고. 지금은 인간과의 교류를 전부 마왕성에서 관리하고 있었으니까, 관련 인재를 늘릴 수도 있다. 마왕의 업무도 부담이 줄어들지 않을까. 게다가 이 세계가 얼마나 넓은지 알 수 있다는 게 가장 큰 장점일지도 모른다. 다양한 나라에 가서 많은 문화를 겪어보면 새로운 세계가 열릴지도. 마법을 거의 쓰지 못하는 생활이라는 것도 좋은 경험이 될 것 같고!

"당연히 범죄 노예 폐지도 당장 할 수 있는 건 아니고, 유학에 관한 상세한 규칙 같은 건 바닥부터 만들어야 하니까 할 일은 산더미처럼 많지."

"흠. 배움을 위해 간다는 아이디어 말인가. 서로 문화를 도입할 수 있으니 실로 유익하군. 노예보다 훨씬 좋다."

유학 자격을 얻으려면 시험이 필요하다거나, 증표가 있으면 광산 드워프들이 구별할 수 있게 된다거나, 언제부터 도입한다거나……. 아빠와 아버지가 차례차례 아이디어를 턱턱 던졌다.

그걸 듣기만 해도 정해야 할 일이 엄청 많다는 걸 알 수 있었다. 아버지는 이 제도가 아주 마음에 든 건지, 진지하게 아빠의 이야기에 귀를 기울이고 있다. 오오, 진짜 마왕님이다!

"이런, 그만 정신없이 이야기해 버렸네. 이건 황제와도 같이 상의하기로 하고. 아무튼 본론으로 돌아가자. 너희들."

짝 손뼉을 친 아빠가 화제를 전환하고는, 무릎에 팔을 올리고 상반신을 앞으로 내밀더니 자상한 눈빛으로 우리에게 말했다.

"슬슬 지하 감옥으로 만나러 갈까? 리히토, 네 은인을."

염려하듯 '마음의 준비는 됐어?' 하고 물어보는 아빠에게 우리 세 사람은 서로 눈을 맞춘 뒤 나란히 고개를 끄덕였다.

제2장 ◆ 각자 미래를 향해

1 지하 감옥에서

아빠를 선두에 세우고 우리는 지금 지하 감옥으로 이어지는 계단을 내려가고 있다. 어쩐지 으슬으슬한 건 해가 들지 않아서 그런 걸까. 아니, 그것만은 아니겠지……. 무거운 분위기가 한층 더 그렇게 느끼게 하는 건지도 모른다. 계단을 다 내려가자 지하 감옥의 간수가 일어나 통로에 달린 철창을 열어 주었다. 이 안쪽에 죄수들이 수감된 감옥이 있다고 한다. 지금은 거의 조직원으로 가득하고 라비 씨는 가장 안쪽에 있다고 했다. 간수 중 한 명이 앞으로 나와 이쪽으로 오라며 몸짓했다. 아무래도 안내를 하려는 모양이다. 윽, 여기로 들어가는 건가. 괜찮아, 괜찮아. 혼자가 아니니까! 나 말고는 다들 딱히 신경 쓰이지 않는 건지 성큼성큼 앞으로 걸어갔다. 뒤처지지 않도록 나도 조심조심 발을 들여놓았다.

"흭……."

"메구, 괜찮아?"

지하 감옥 통로는 좌우에 감옥이 있으니 수감된 사람들이 잘 보인다. 심지어 본 적 있는 얼굴들이 가득하다. 조직원들은 기르 씨의 살기를 받아 머리카락이 하얗게 세거나 눈에 생기가 없다 보니 더욱 분위기가 무서워서……. 나도 모르게 작게 비명을 흘리는 바람에 기르 씨에게 걱정을 끼쳤다. 흐어엉, 무서워! 하지만 그런 소릴 하고 있을 때가 아니다. 그래서 기르 씨에게는 허세를 부려봤다.

"괘, 괜찮아!"

"······너무 무리하진 마."

내가 괜찮은 척한다는 것쯤은 간파했겠지. 기르 씨는 내 손을 조금 더 세게 잡았다. 든든해라. 그것만으로도 마음이 차분해지니까 기르 씨의 손은 마법의 손이다. 헤헤헤.

"으, 으아아아아아아아아악?!"

"괴물! 괴물이이이이이이이!!"

침착해진 것도 잠시, 감옥 안에서 어마어마한 비명이 울려 퍼졌다. 조직원들이 기르 씨를 보고 공황 상태에 빠진 모양이었다. 당연히 쫄보인 나는 깜짝 놀라서 이번에는 기르 씨에게 찰싹 달라붙었다. 히이이익! 하지만 이 사람들의 심리를 이해하지 못하는 건 아니다. 그로부터 한 달 정도 지나서 간신히 진정되었는데 이렇게 공포의 원흉이라고도 할 수 있는 기르 씨를 다시 보게 되었으니까. 아마 트라우마가 자극된 거겠지. 그렇지만 그 비명에 이쪽의 공포가 자극된다고. 눈에 핏발이 선 것도 무섭고. 몸이 부르르 떨리는 것도 어쩔 수 없다.

"쯧, 귀에 거슬리는군. 조금 닥치고 있을 순 없나······?"

작게 중얼거리는 아버지. 언성을 높인 것도 아닌데 신기하게도 그 말에 등이 차게 식었다. 아마 중얼거린 직후 한순간 위압감을 뿌린 거겠지. 어떻게 알았냐고? 갑자기 지하 감옥이 단숨에 조용해지더니 사람들이 풀썩풀썩 쓰러지는 소리가 들렸기 때문입니다. 이건 이거대로 공포 영화인데요?! 아버지, 뭐 하는 거야!

"음, 조용해졌군. 가장 깊은 곳에는 영향이 가지 않았겠지. 어서 가자."

당사자인 아버지는 만족스러운 듯 팔짱을 끼고 고개를 주억거렸다. 확실히 조용해지긴 했다. 하지만 아버지는 치명적인 실수를 저질렀다. 그걸 깨닫지 못한 모양이다. 아아, 아빠의 관자놀이에 핏줄이 섰잖아. 이거 벼락이 떨어지겠구나. 나는 슬쩍 귀를 틀어막았다.

"조절해 줘서 고맙다고 할 줄 알았냐, 이 멍청한 자식아! 덕분에 간수도 리히토도 로니도 기절했잖아!"

나와 아빠는 원래 위압감이 통하지 않으니까 문제없다. 기르 씨나 케이 씨는 실력자라서 버텼다. 하지만! 다른 사람은 그렇지 않았다! 아버지는 그걸 완전히 깜빡한 거겠지. 아빠가 로니를, 케이 씨가 리히토를 부축해서 망정이지, 간수는 그 자리에 쓰러지고 말았다. 어, 어째 죄송합니다.

"……………미안하다."

지적을 받고 간신히 알아차린 건지 아버지는 겸연쩍은 얼굴로 순순히 사과했다. 그리고 바로 손을 가볍게 흔들어 마법으로 쓰러진 간수를 살며시 벽에 기대 앉혀주었다. 어깨를 축 늘어트린 아버지의 등 뒤에서 애수가 감돌았다. 저, 저런…….

"하아, 나 원. 뭐, 메구가 무서워했으니 조용하게 한 것까지는 좋았는데. 조금 더 제어하도록 해 봐."

"마력과 달리 마왕의 위압감은 좀……."

한층 더 침울해져서 등을 웅크리는 아버지를 보고 있었더니 어쩐지 불쌍해졌다. 의도는 좋았으니까. 도움을 받은 건 사실이니 고맙기도 해. 히, 힘내! 그렇게 말하며 어깨에 손을 올리고 아버지를 격려하는 사이에 케이 씨가 기절에서 깨는 마법을 사용해 리히토와 로니도 바로 눈을 떴다. 휴. 그걸 알아차린 아버지는 바람처럼 빠르게 이동하더니 두 사람에게 절절히 사과했다. 무슨 일이 일어난 건지도 몰랐던 두 사람은 오히려 몸 둘 바를 몰라 했다. 아버지도 참, 열심히 한다는 마음은 전해지지만 자꾸 헛발질을 한단 말이지. 그런 팔자를 타고났다고밖엔 못 하겠다. 저기 아빠, 모르는 척하지 말고 도와줘!

작은 해프닝이 있었지만, 그 후에는 아무런 문제도 없이 갈 수 있었다. 범죄자는 다들 감옥에 갇혀있으니까 문제가 일어나는 게 이례적인 거지만. 그래도 간수의 말로는 보통 심심함을 주체하지 못한 범죄자들이 조롱이나 욕을 뱉거나 공포에 질려 갑자기 비명을 지르는 등 제법 정신적으로 타격이 온다나. 하지만 지금은 다들 기절했으니 아주 조용하다. '마왕님의 위압감 덕분입니다'라면서 감사 인사까지 들었는데, 이 사람도 위압감의 피해자잖아……? 그래도 괜찮은 건가요. 오히려 죄송하다고 사과하고 싶은데 참 좋은 사람이다. 하지만 확실히 지하 감옥은 지금 아주 조용하다. 우리가 가끔 대화하는 소리와 발소리밖에 들리지 않는다. 아직 분위기가 무섭지만 상당히 편해졌으니 이러니저러니 해도 아버지에게는 고맙다.

한동안은 조곤조곤 대화가 오갔지만 안쪽과 가까워질수록 말수가 줄어들더니 마침내 다들 조용히 걷기 시작했다. 오직 발소리만 내며 우리는 마침내 가장 안쪽에 도착했다. 변함없이 어둑한 그 장소는 어쩐지 지금까지보다도 무거운 공기가 흐르는 것 같은 느낌이 들었다. 여기는 가장 죄가 무거운 범죄자가 수감되는 장소라고 들었기 때문일까. 듣고 보니 여기에 잡힌 사람들은 지금까지와는 다르게 감옥 안에서도 손목, 발목이 사슬로 묶여서 앞서 본 수감자들보다 행동이 제한된 것 같았다. 자연스럽게 긴장감이 퍼졌다. 작게 심호흡하고 안쪽으로 시선을 던지자, 그곳에는 다섯 개의 감옥이 간격을 벌리고 떨어져 있으며 가장 왼쪽 감옥에 라비 씨가 무릎을 껴안고 웅크리고 있는 게 보였다. 그 모습을 본 순간 가슴이 술렁거리며 고통스러워졌다. 하지만 살아있는 걸 내 눈으로 확인해서 안심하기도 했다. 조금, 야위었나.

"라비……?"

"……왔어?"

조용히 말을 건 리히토의 목소리에 라비 씨가 천천히 고개를 들었다. 안색이 나쁘다. 라비 씨도 목숨이 위태로울 만큼 크게 다쳤으니까. 그 자리에서 응급처치는 했지만 오르투스의 치료를 받진 않았으니까 우리보다 회복이 느렸겠지. 아마 흉터 같은 것도 그대로 남아있을 거야……. 같이 목욕했을 때 봤던, 흉터투성이였던 라비 씨의 몸을 떠올리고 얼굴이 일그러졌다. 하다못해 상처에 세균이 들어가 병에 걸리진 않았다면 좋겠는데. 걱정이다.

"이야기는 들었지만 정말로 무사히 돌아간 모양이네. 하하, 메구 머리색은 좀 낯설다. 나한테는 너무 눈부셔."

라비 씨는 천천히 우리를 둘러본 뒤 어딘가 안도한 듯 그렇게 말했다. 그리고 눈을 가늘게 뜨고는 사라질 것 같은 목소리로 눈부시다고 했다. 그 모습이 너무나 약해 보여서 눈물이 나려는 걸 가까스로 참았다. 하지만 우리 뒤에 서 있는 기르 씨를 봐도 반응이 없으니 라비 씨는 그때 이미 의식을 잃었던 건지도 모른다. 아니면 그때 그 자리에 없었거나. 아무튼 살기를 쐬진 않았던 모양이다. 그것만큼은 다행이다. 저 사람들처럼 라비 씨가 패닉에 빠진다면 아무리 나라고 해도 좌절했을지도 모르니까.

"뭐, 내가 다행이라고 말할 권리는 없겠지만……. 그래도 다행이야."

그렇게 말하며 라비 씨는 자조하는 미소를 지었다. 더없이 침착한 그 모습에 뭐라 말할 수 없는 감정이 휘몰아쳤다. 변함없이 라비 씨의 진심이 보이지 않는다. 우리를 도망 보낼 때 참회하듯 소리친 그때는 훨씬 더 진심이 보였는걸. 다행이라는 말은 진심이긴 할 거다. 하지만 고개를 들었을 때도, 우리를 둘러보았을 때조차 한 번도 눈을 마주치지 않는다. 아마 아무와도 마주치지 않았을 거다. 꼬박꼬박 대화해 주고 있긴 하지만 무난한 대답으로 얼버무리고 있다고 해야 하나, 파고드는 걸 두려워하고 있다고 해야 하나, 그런 분위기가 느껴졌다. 이런 상태의 라비 씨에게 제대로 물어볼 수 있을까?

"저기, 라비는 앞으로, ……어떻게 되는 거야?"

리히토가 누구에게랄 것 없이 툭 중얼거렸다. 그걸 누구에게 물어봐야 하는지 모르니까. 나도 궁금하다. 잠시 침묵이 흘렀다. 그러자 여태까지 한 걸음 물러난 위치에서 지켜보고 있던 아빠가 리히토의 질문에 대답해 주었다.

"……일단 너희의 의견을 최대한 들어주겠다고 해. 특히 메구의 의견을. 메구는 마왕의 딸이야. 그래서 그렇게 협상할 수 있었던 셈이거든. 마음대로 정해서 미안하다. 하지만 이게 최선이었다고 봐."

"내가……?"

아빠의 말로는, 인간 대륙과 마대륙 사이엔 먼 옛날에 맺은 약속이 있고 그걸 오랫동안 계속 지켜왔다고 한다. 하지만 그게 이번에 인간 쪽에서 금기를 깼다. 마대륙에서 아이들을 유괴한다는 금기. 범죄조직이 저지른 일이기는 하나 금기는 금기. 당연히 아무런 벌 없이 넘어갈 수 없다며 교섭에 끌어 왔다고 했다. 즉 그걸 넘어가 주는 대신 피해자이자 마대륙의 차기 마왕인 내 의견을 최대한 반영하기로 했다고. 각 대륙에서 일어난 문제에 간섭하는 것도 금기이니까 이건 상당히 아슬아슬한 선이었다고 한다. 아빠는 이번 일은 마대륙 쪽에서 피해를 본 거라 인간 대륙에서 사건이 일어났어도 협상의 여지가 있었다고 여유롭게 말했지만. 그건 괜찮다. 그건 괜찮은데…….

"지, 짐이 무거워……."

한 줄로 요약하면 이거다. 너무 중대한 역할을 짊어지게 되는 바람에 나는 지금 덜덜 떨고 있습니다. 이런 어린아이에게 무슨 책임을 지게 하려는 거야!

"그렇겠지. 그래서 결정을 전부 맡기지는 않은 거야. 어디까지나 메구의 의견을 고려해서 처우를 정한다는 거지."

그러니 우선은 너무 깊게 생각하지 말고 내가 어떻게 하고 싶은지 말해 보라며 아빠가 머리를 쓰다듬었다. 확실히 결정권을 갖는 것보다는 훨씬 낫고, 가타부타 없이 처형되는 것보다 천번 만번 낫다. 하지만 책임이 막대하다는 건 변하지 않는다. 내 한마디에 한 인간의 인생이 크게 바뀌게 되는 거잖아? 경우에 따라서는 목숨까지도……. 무서워서 떨리는 건 당연한 거지?! 하지만 여기서 내가 아무 말도 하지 않겠다고 해버리면 그건 그거대로 역시 처형이 떨어질 것이다. 그것만큼은 피하고 싶다. 그래서 내가 발언할 수밖에 없다. 나는 배에 힘을 꽉 주고 아빠에게 물었다.

"라비 씨랑 잠깐 대화해도 돼? 리히토도, 로니도 같이……."

딱히 나 혼자서 고민하고 정할 필요는 없다. 당사자는 나 혼자가 아니다. 리히토와 로니도 있으니까. 특히 리히토의 의견을 존중하고 싶다. 이 중에서 가장 라비 씨와 깊게 엮여있고, 가장 마음이 아픈 건 다름 아닌 리히토니까. 두 사람의 생각을 듣고 상담해서 정한다고 해도 그게 내 의사라고 주장하면 문제없는 거지? 내가 두 사람에게 눈짓하자 둘 다 고개를 크게 끄덕였다.

"……그래. 철창에 너무 가까이 가지 않는다면."

아빠의 허락을 받은 나는 리히토, 로니와 함께 라비 씨의 감옥

으로 다가갔다. 손을 뻗으면 철창에 닿을 정도의 거리다. 약속
했으니까 만지진 않을 거지만. 그 후 앉아있는 라비 씨에 맞춰
서 쪼그려 앉았다. 내려다보고 싶지 않았으니까. 게다가 제대로
눈을 마주 보고 대화하고 싶었다. 제발 이쪽을 보라고 기도하는
마음으로.

"라비 씨, 사실 이런 걸 물어도 괜찮은 건지 모르겠지만…….
그래도 물어볼게. 라비 씨는 어떻게 하고 싶어?"

범죄자에게 할 질문은 아니라고 본다. 안다. 하지만 나는 먼
저 라비 씨의 마음을 알고 싶었다. 전부 다 체념한 듯한 그 눈이
나 태도를 보자 왠지 무서워졌기 때문이다. 나는 라비 씨의 마
음을 헤아리고 싶다. 하다못해 이대로 처형당하고 싶다고 생각
하는 건지, 살고 싶다고 생각하는 건지를 알고 싶었다. 만약 죽
고 싶다고 한다면 나는 상당한 충격을 받을 것이다. 그래도 제
대로 들어두고 싶었다.

"후후, 바보구나 메구. 그런 건 죄인에게 물어볼 게 아니야."

라비 씨의 대답은 예상대로였다. 난감한 아이라는 듯 코웃음
을 치긴 했지만 얼버무리지 마. 이쪽을 봐. 내가 묻고 싶은 건
그런 무난한 대답이 아니야.

"알아. 하지만 알고 싶어. 또 후회하고 싶지 않으니까."

"후회?"

계속 마음에 걸렸던 것이 있다. 아마 리히토와 로니도 마찬가
지겠지. 그건 더 일찍 라비 씨의 이야기를 들었어야 했다는 것
이다. 몇 번이나 그렇게 생각하며 속상해했는지. 이제 와선 늦

었다고 생각할지도 모르지만, 여기서 듣지 않는다면 평생 후회한다.

"라비 씨의 속내를 한 번도 묻지 않았어. 진짜 마음을. 그걸 계속 후회했어. 그러니까 다시는 같은 후회를 하고 싶지 않아. 앞으로 어떻게 된다고 해도 어떻게든 지금! 라비 씨의 진심을 알고 싶어!"

다시는 그런 기분을 맛보고 싶지 않다. 라비 씨를 뚫어지게 응시하자 라비 씨는 시선을 내리며 고개를 숙이고는 입을 다물어 버렸다. 역시 눈을 마주치려 하지 않는다. 도저히 진심을 끌어낼 수 없는 걸까. 그런 생각이 들기 시작했을 때 서 있던 리히토가 내 옆에 슥 주저앉았다.

"라비, 나도 알고 싶어. 죄를 갚고 갱생하고 싶다는 생각은, 없어? 아니면 그냥 이대로……, 생을 끝내고 싶다거나, 그런 거야……?"

리히토가 고통스러운 듯 그렇게 말했다. 하지만 내가 어영부영 덮고 건드리지 않았던 부분을 제대로, 똑바로 입에 내어 물어 보았다. 답을 듣는 게 무서운 것 같기도 하고 알고 싶은 것 같기도 한 복잡한 기분이다. 리히토도 굉장히 용기를 쥐어짜서 물어봤겠지. 무서웠겠지. 그래도 듣고 싶으니까 물어본 거다. 하지만 라비 씨는 괴로운 듯 얼굴을 일그러트릴 뿐이다. 불안에 짓눌릴 것 같은 그때 내 반대쪽 옆에 로니가 무릎을 꿇고 살며시 등에 손을 얹었다. ……고마워, 로니. 셋이 함께 받아들이자. 우리는 라비 씨가 입을 여는 걸 기다렸다. 시간이 지나고, 라비

씨가 마침내 천천히 말하기 시작했다.

"하아, 그렇게 쳐다보면 못 당하겠네. 알았어. 제대로 말할게.
……하지만 솔직히 모르겠어. 내가 어떻게 하고 싶은지, 어떤
생각을 하는지."

라비 씨는 사슬에 묶인 채 주먹을 꽉 움켜쥐었다. 절그럭거리
는 사슬 소리에 몸이 희미하게 떨렸다. 저 소리는 싫다. 로니가
내 등을 다시 쓰다듬어 주었다. 괜찮다고 토닥이는 듯한 그 손
의 온기에 편안해졌다. 무척 든든하다.

"다만 나쁜 짓을 했다거나, 절대 용서받지 못하는 일을 했다
거나……. 그건 잘 알아. 내가 납치한 사람들이나 팔아치운 무
고한 사람들을 생각하면 가슴이 찢어질 것 같아."

그건 귀를 기울이지 않으면 알아들을 수 없을 만큼 작은 호소
였다. 하지만 우리 세 사람의 마음에는 이보다 더할 수 없을 만
큼 깊게 박혔다. 알고 있으니까. 라비 씨가 어마어마한 죄책감
을 느끼고 있는 것 같다는 게. 자신이 저지른 죄의 무게를 깊이
이해하고 있다는 게.

"아하하, 나 같은 죄인이 그런 소릴 해봤자 설득력이고 뭐고
없겠지만!"

라비 씨는 밝게 웃으며 얼버무렸지만, 틀림없이 조금 전에 한
말이 더 진심이다. 그렇다는 확신이 있었기에 나도 리히토도 로
니도, 라비 씨의 농담에 웃지 않았다. 그런 우리를 보고 라비 씨
는 민망한 듯 시선을 피했다. 우리가 어떻게 받아들였는지 알아
차린 거겠지. 작고 긴 한숨을 뱉은 뒤 라비 씨는 체념한 듯 마저

말했다. 언제부터인가 이게 이상하다는 걸 어렴풋하게 깨닫기 시작했지만, 거기에서 빠져나갈 수 없었다. 도저히 고든을 배신할 수 없었다. 담담하게 이야기한 그 내용은 목소리 톤과는 반대로 무척이나 무거웠다. 그렇구나……. 라비 씨에게 고든은 무척 소중한 사람인 거야. 악당이라는 건 라비 씨도 알고 있었지만, 생명의 은인을 쉽게 배신하지 못했던 거구나. 나쁜 일이라는 걸 알면서도 라비 씨는 고든 씨를 우선한 거야.

"나에게 고든을 막을 힘은 없어. 있어도 조직은 막지 못해. 그렇다면 조금이라도 피해를 줄이고 싶었어. 변명이지만."

라비 씨는 힘없이 말했다. 하지만 확실히 라비 씨가 아니었다면 잡힌 사람들은 더 심한 일을 겪었을지도 모른다. 라비 씨이기 때문에 납치된 사람들은 최소한의 피해로 끝났다. 그, 그야 납치한 시점에서 범죄지만……! 그래도 이렇게 괴로워했다는 걸 알면 옹호하고 싶어지기도 한다고!

"그, 그렇다면! 라비 씨, 제대로 속죄해 줘. 그렇게 하면 분명 다시……."

"안 돼! 그래선 안 된다고!"

내 말을 가로막고 라비 씨가 크게 소리쳤다. 갑작스러운 외침에 하던 말이 쏙 들어갔다. 좌우에서 리히토와 로니도 당황한 게 느껴졌다.

"어……, 아니야. 미안해, 메구. 나는 용서받고 싶지 않아."

"용서받고 싶지, 않다고……? 뭐야 그게."

언성을 높였다가 움찔한 라비 씨는 바로 정신을 차리고 그렇게 말했다. 지금 용서받고 싶지 않다고 했지? 당황하는 우리의 심정을 리히토가 대변해 의아한 표정으로 되물었다. 속죄하고 싶지 않다는 말과는 왠지 뉘앙스가 다른 느낌이 들었다. 라비 씨가 대답했다.

"내 죄는 속죄했다고, 처형당한다고 죗값을 치를 수 있는 게 아니야. 앞으로 내가 어떤 짓을 하든 용서받을 수 없는 죄를 저질렀어."

용서받아선 안 된다. 용서받으려고 하는 것 자체가 뻔뻔하다. ……라비 씨는 구역질이 난다는 듯 그렇게 말했다. 그 모습은 스스로를 혐오하는 것처럼 보였다.

"고든은, 그 녀석은 어느 의미로 행복할지도 몰라. 아무것도 모르니까. 죄를 저질렀다는 인식도, 잡혀서 무섭다는 감정조차 없어. 그냥 잡혔으니까 이번에는 자기 **차례**가 왔다고 생각할걸. 그래서 처형이든 속죄든 시키는 대로 불평 한마디 없이 순순히 따를 거야."

평생 혹독한 환경에서 노역하게 되든, 죽든, 다 그런 거라며 받아들인다. 그게 세상의 섭리. 고든에게는 그런 인식이 뿌리 박혀 있다고 한다. 대체 어떤 환경에서 자라면 그렇게 망가지는 걸까. 아니, 고든이 보기엔 우리가 이상해 보일지도 모른다. 당연하다는 건 사람의 숫자만큼 존재하고, 보통 생각하는 당연함이란 다수의 의견일 뿐이니까.

그렇게 생각했더니 무서워서 소름이 돋았다. 나는 무의식중에 고든은 뼛속까지 악당이라고 믿었는데 그게 아니었다. 그런 차원이 아니다. 고든은 세상을 전혀 모른다. 고든의 세상은 계속 바뀌지 않았으니까. 하지만 라비 씨는 알아버렸다. 밖으로 나와 다양한 사람을 만나면서 알고 말았다. 라비 씨도 계속 몰랐다면 고든과 똑같았을지도 모른다. 죄의 무게를……. 앎으로써 사람은 이렇게나 괴로워하게 된다.

하지만 고든도 아무것도 모르지는 않겠지. 내내 폐쇄적인 세계에 있었다고 하지만, 외부의 영향이 조금은 있었을 것이다. 고든 옆에는 세상을 안 라비 씨가 있었으니까. ……그래, 고든도 무언가가 이상하다는 위화감 정도는 느끼지 않았을까. 하지만 그걸 깊게 고찰하지 않았다. 생각하는 걸 거부했을 거라는, 그런 느낌이 든다.

"나도 죽으라고 하며 받아들일 거고, 고통스러워하면서 살라고 하면 그렇게 할 거야. 속죄하라면 하고. ……나는 어떤 처분에도 따를 거야."

그렇게 말한 뒤 라비 씨는 입을 다물었다. 그 후엔 무슨 말을 해도 조금 전에 한 말이 전부라는 것처럼 고개를 돌리고 들리지 않는 척 무시했다.

딱 하나, 리히토가 마지막으로 한 질문에는━━━.

"우리를……. 소중한 존재라고, 그렇게 생각했었지?"

아주 조금 입이 움직인 것처럼 보였지만 아무런 소리도 들리지 않았고, 어두워서 잘 보이지 않았다. 이 이상은 여기에 있어도 소용없을 거라는 어른들의 권유에 우리는 가슴에 뭐라 말할 수 없는 답답함을 남기고 그 자리를 뒤로했다.

결국 끝까지 라비 씨와 눈이 마주치진 않았다.

밖으로 가기 전, 간수가 고든도 보고 가겠냐고 물었다. 아까 라비 씨의 이야기에도 나오기도 했고 이번 사건의 주범이기도 하다……. 조금 망설였지만 우리 세 사람은 서로를 마주 보고 고개를 끄덕인 뒤 잠깐 확인만이라도 하자며 들르기로 했다. 그 결정을 간수에게 전달하자 가장 오른쪽 끝에 있는 감옥이라고 가르쳐 주었다. 라비 씨의 감옥과는 같은 열이긴 해도 조금 구석진 위치라서 가까이 가지 않으면 그의 모습을 확인하지 못하는 모양이었다. 움찔거리면서 간수를 따라가 문제의 감옥 앞에 섰다. ……있다. 발소리를 알아차린 건지 고개를 숙이고 있던 고든이 천천히 얼굴을 들었다. 곧바로 그 눈을 크게 부릅뜨고는 덜덜 떨기 시작하는 고든. 아, 그렇구나. 살기에 당한 다른 사람들과 마찬가지로 고든도 기르 씨를 보자 이성을 잃어버린 거야.

"힉, 히익, 히이이이이이이익!!"

조금 갈라진 그 비명은 엄청 큰 소리는 아니었다. 하지만 비명을 지르며 머리카락을 쥐어뜯고 바닥을 구르는 모습이 무서웠다. 안색이 나빠진 우리 세 사람을 보자 어른들이 바로 그 자리에서 떼어놓았지만, 멀리서 비명이 계속 들리는 만큼 무시무시했다. 나는 한심하게도 서 있지 못하고 그 자리에 주저앉아 버렸다. 방금전에 본 고든의 모습에 충격을 받은 것도 있지만 그것만이 아니다. 고든을 본 순간 그때의 공포와 고통이 단숨에 되살아나서 몸이 떨리는 걸 멈출 수가 없었다. 플래시백이라는 건가. 스스로는 괜찮다고 생각했다 보니 이런 증상이 나올 줄은 예상하지 못해서 깜짝 놀랐다. 이게 트라우마구나……! 설마 직접 체험하게 되다니. 그렇게 객관적으로 분석하며 심호흡을 반복했다. 걱정한 아버지가 바로 안아 올린 덕분에 바로 침착해졌다. 이런 점은 부모답단 말이지. 평소에는 체통 없는 마왕님이지만.

"저기, 고마워, 아버지. 이제 괜찮……, 아버지?"

토닥토닥 등을 토닥여준 아버지에게 인사하려고 올려다봤다가 입은 웃고 있는데 눈이 웃지 않는 아름다운 얼굴을 코앞에서 목격하고 말았다. 히익.

"음, 그러냐. 메구가 진정되었다니 다행이구나. 그럼 이 죄는 어떻게 치르게 할까……?"

"아, 안 해도 돼! 안 해도 되니까 진정해!"

맞다. 이 사람은 답이 없을 만큼 과보호였지! 누가 아버지 좀 말려봐! 간절함을 담아 주변을 둘러보았지만 기르 씨나 아빠, 그리고 케이 씨마저 지하 감옥을 무너트릴 듯한 아우라를 뿌리고 있었다. 히익! 리히토와 로니에게 시선을 줘 봐도 고개를 붕붕 젓기만 하고. 아아 진짜. 브레이크가 나밖에 없는 거냐! 큰일이다. 나는 기합을 실어 아버지의 옷을 꼭꼭 잡아당겼다. 위치상 멱살을 잡는 꼴이 되어버린 건 용서해 주십쇼. 그런 것까지 신경 쓸 여유는 없었는걸. 지금은 한시라도 빨리 이 상황을 수습해야 해! 우선 여기 있으면 안 돼! 아버지의 두 뺨을 두 손으로 잡은 뒤 나를 향해 틀었다. 놀란 듯 이쪽을 바라본 아버지를 향해 이만 가자고 눈물로 호소했다.

"크헉……! 딸이, 귀엽, 도다……!"

각혈이라도 하는 것처럼 신음하며 비틀거리는 아버지. 어, 어어어……. 여기서 딸사랑병이 발병한 거야? 아버지의 이건 이쯤 되면 지병이니 어쩔 수 없지만 나는 매번 기분이 오묘해져……. 뭐, 덕분에 다른 사람들도 정신을 차렸고 지하 감옥 파괴는 회피한 것 같으니까 잘된 걸로 치자. 그나저나 언제까지 비틀거리려는 걸까. 나를 안은 팔만큼은 힘을 빼지 않는 점에서 대단하긴 한데.

"야, 아슈. 메구 떨어트리면 죽는다? 나 참, 코앞에서 날아온 눈빛 공격에 당해버린 거냐."

"으음, 심지어 눈물까지. 완패지. 기르난디오, 메구를 회수하는 게 낫지 않을까?"

케이 씨의 말에 기르 씨에게 홀랑 회수당한 나. 뭐, 뭐 됐어. 간신히 다들 움직이게 되었으니까 빨리 철수하자. 하지만 지하 감옥 파괴 미수 사건 덕분에 조금 전 트라우마의 공포가 날아가 버렸다. 고맙다고 인사했더니 다들 표정이 오묘해졌다. 왜지?

그 후 나는 지하 감옥에서 나올 때까지 기르 씨의 품에 안겨서 가기로 했다. 어차피 체력이 딸려서 계단을 올라가던 도중 뻗어버릴 것 같은 느낌이 드니까. 여기선 순순히 어리광 부리기로 하고 몸을 맡겼다. 그나저나 고든은 그때보다 훨씬 늙어 보이던데. 한순간밖에 못 봤지만 그래도 알 수 있는 변화였다. 상당히 야위어서 마치 다른 사람 같았는데, 그게 또 무서워서……. 그래도 한눈에 고든이라는 건 알아봤지만. ……불쌍하다. 그래, 불쌍한 모습이었다. 동정이나 그런 건 아니고. 그냥, 슬픈 사람이라는 느낌. 그런 고든의 모습을 봐도 당연히 속이 시원하진 않았다. 굳이 따지자면 답답함이 커진 것 같다. 라비 씨의 그 이야기를 들은 뒤라서 더욱 그런 걸까. 세상에는 어떻게 할 수 없는 일이 있다는 걸 뼈저리게 느꼈다. 걱정해도, 한탄해도, 화내도, 도저히 바꿀 수 없는 것이 세상에는 많이 있다. 부조리하다. 신에게 빌고 싶어지기도 한다. 이건 어느 세상에서든 통하는 공통점 아닐까. 두 개의 세상에서 살아본 경험이 있으니까 실감한다. 하지만. 그래도 이런 슬픈 운명이 다시는 태어나지 않길 바라는 걸 그만둘 수는 없었다.

지하 감옥에서 나온 뒤엔 처음 도착했던 방으로 돌아왔다. 아빠가 우리를 배려해서, 아이들 셋이서만 잠시 대화하는 게 어떻냐고 제안해 주었다. 그래봤자 같은 방에 있긴 하지만. 테이블을 앞에 두고 앉은 어른들과 조금 떨어진 위치에 수납 팔찌에서 푹신한 돗자리를 꺼내 바닥에 앉은 어린이조가 머리를 맞댔다. 의자나 소파에 앉는 것보다 가까이 붙을 수 있어서 대화하기 편하거든. 매너는 생각하지 않는 방향으로 부탁드립니다.

"리히토, 물어보고 싶은 건 다 물어봤어……?"

가장 먼저 내가 말문을 뗐다. 어딘가 소화불량이라고 해야 하나, 결국 라비 씨의 본심이 무엇인지는 알지 못했으니까. 그렇게 생각해서 물어봤지만 리히토는 가볍게 고개를 끄덕였다. 어?

리히토는 알았어?

"정확하겐 그 이상은 물어봐도 소용없을 거라는 느낌이었지. 라비의 마음도 대충은 알았고……. 대화하길 잘했어."

역시 오랫동안 같이 생활했었기 때문인 걸까. 통하는 게 있는 거겠지. 나는 '그렇구나' 하고 중얼거렸다.

"라비는, 사는 것에, 집착하지 않는, 느낌이었어."

그러자 이번에는 로니가 그런 말을 했다. 그렇다. 라비 씨는 죽고 싶다고도 살고 싶다고도 하지 않았다. 그건 어찌 보면, 죽어도 상관없다고 말하는 셈이지. 어떻게든 살고 싶은 거라면 그런 말은 안 할 테니까. 그게 무척 슬프다.

"그래. 어쩌면 죽고 싶은 마음이 더 큰 게 아닐까. 하지만 죽음은 도망치는 거라고도 생각하는 거지. 그래서 그렇게 말한 거야. 아마도."

그래. 듣고 보니 그게 제일 맞는 것 같다. 사실은 죽어서 편해지고 싶은 거야. 라비 씨의 과거는 모르지만, 분명 오랫동안 고통스러웠겠지. 거기서 해방되고 싶어 해도 이상하지 않다. 하지만 죄를 저지른 자신에게 걸맞은 벌이 죽음이라는 생각은 없는 거야. 거기까지 냉정하게 생각할 수 있구나……. 가슴이 뻐근해졌다.

"라비 씨를 위해서는, 처형, 해야 할까……?"

고개를 숙이고 작게 말하자, 리히토와 로니가 번갈아 머리를 쓰다듬어 주었다. 천천히 고개를 들자 난처한 듯 웃는 두 사람과 눈이 마주쳤다.

"누군가를 심판할 때 그 사람을 생각하는 건 아니지 않아?"

리히토의 말에 흠칫했다. 나는 지금 상대방을 심판하는 입장이다. 무의식중에 그 입장에 교만해진 게 아니었을까. 확실히 내 한마디로 라비 씨나 조직원들의 인생이 정해진다. 하지만 심판자인 내가 '그 사람을 위해서'라는 생각으로 답을 내리는 건 완전히 자만이다. 내가 아무리 그 사람을 위해 생각해서 정했다고 해도 그건 내 이기심을 강요하는 행위일 뿐이다. 그게 진정으로 그 사람을 위한 일인지는 그 사람만이 정할 수 있는 일이니까.

"우리는 라비의 말을 들었어. 잡힌 다른 조직원들도 봤고. 느낀 바도 생각한 바도 많이 있지. 하지만 그걸 전부 받아들이고, 소화해서 답을 내리자고."

리히토의 말이 가슴속에 서서히 퍼져나간다. 리히토는 대단하구나. 이번 일의 가장 큰 피해자인데도 냉정하게 판단할 수 있고. 로니가 내 어깨에 툭 손을 올렸다. 그쪽을 보자 반대쪽 손은 리히토의 어깨 위에 놓여 있었다.

"같이, 짊어지자. 이번 사건의, 고통스러운 경험도, 무거운 결단도. 혼자가, 아니야."

무척 든든한 말이었다. 응, 그래. 이제 결정을 망설이지 않는다. 후회하지 않는다. 우리는 고개를 마주 끄덕인 뒤 바로 결론을 내렸다.

2 사건의 마무리

답이 나왔으면 보고할 차례다. 내가 계속 눈을 뜨지 않는 바람에 상당히 기다리게 했으니까. 빨리 알려주는 게 제일 좋지. 황제님에게도 폐를 끼쳤습니다……. 아마 조만간 우리도 황제님을 만나게 될 것이다. 그때 사과 한마디 정도는 하는 게 나을까. 하지만 입장상 직접 대화를 나누는 건 불가능하려나? 할 수 있을 것 같으면 하고, 아님 말아야지.

"아빠, 우리 정했어."

"어? 벌써?"

셋이서 어른들에게 가자 아빠가 놀라서 눈을 동그랗게 떴다. 내용이 내용인 만큼 더 갈등하거나 고민하며 시간이 들 줄 알았다고 했다. 지금 우리가 여기에 온 것도 조금 더 시간을 달라고 할 줄 알았다나. 뭐, 확실히 중대한 문제니까 이렇게 금방 정하면 놀랄 만도 하다. 하지만 우리는 이제 망설이지 않는다. 우리를 보고 그 각오를 알아차린 건지 아빠는 피식 웃고는 우리의 머리를 한 명씩 토닥토닥 쓰다듬어 주었다.

"아직 어린데 이런 걸 정하게 해서 미안하다. 하지만 셋 다 눈빛이 아주 좋아. 든든한걸."

든든해? 에헤헤, 왠지 간지러워라. 아빠라기보다는 오르투스의 두목에게서 그런 말을 들은 기분이 들어 자신감도 솟아났다. 그 후 우리에게 눈높이를 맞추듯 무릎에 손을 짚고 살짝 몸을 숙인 아빠가 진지한 눈빛으로 '들려줘'라고 물었다.

"조직 사람들이 한 일은 분명 절대로 용서받을 수 없는 짓이
지만⋯⋯, 우리는 다들 살았으면 좋겠어."

내 말을 들은 아빠는 놀라지도 않고 '그렇구나'라고만 대답했
다. 의자에 앉아 이쪽을 쳐다보던 다른 어른들도 막연히 그렇게
대답할 줄 알았다는 양 따뜻한 눈빛으로 우리를 지켜보고 있다.

"물론 죄를 사해 달라는 건 아니야. 녀석들이 한 짓을 용서할
마음은 없어. 그냥 목숨은⋯⋯. 무겁다고 생각하니까."

나에 이어 리히토가 자신의 마음을 솔직하게 전했다. 누구보
다 원통했고 누구보다 상처받았을 리히토의 말. 화났고, 원망도
한다. 하지만 살길 바란다. 살아서 속죄하라는 마음도 당연히
있지만, 단순히 그렇게 쉽게 죽길 바라지 않는 거다.

"이기적, 일지도 몰라. 하지만 우리는, 메구가, 간접적으로라
도, 누군가의 죽음에, 엮이는 건, 싫으니까."

"어⋯⋯?"

이어지는 로니의 말에는 놀라서 두 사람을 휙 쳐다봤다. 내 시
선을 받은 두 사람은 민망한 표정이었다. 날 위해서이기도 했던
거야? 그건 처음 알았다. 두 사람은 그런 식으로 생각해 주고
있었구나⋯⋯.

"만약 처형되면 결정권이 거의 메구에게 있는 이상, 그, 이렇
게 말하는 건 좀 아니지만 네가 죽인 셈이 되는 거잖아? 실제로
는 그렇지 않다는 걸 다들 알고 있다고 해도 분명 뒷맛이 더러
울 테고 네가 평생 그 일로 고통스러워하지 않을까."

"응. 그건, 절대 안 돼. 아무리, 같이 짊어진다고 해도, 대표자는, 메구가 되니까."

그런 것까지 신경 쓰고 있었던 거야? 내가 괴롭지 않도록? 어안이 벙벙해져서 두 사람을 쳐다보자 어른들에게서도 감탄한 목소리가 날아왔다.

"나의 딸을 첫 번째로 생각해 주다니, 상당히 장래성이 보이는 아이들이로구나."

"오오, 호감도 폭등인데?"

"으음, 아주 멋있었어. 얘들아."

기르 씨는 아무 말도 하지 않았지만 동의하듯 작게 고개를 끄덕였다. 조금, 아니 많이 민망합니다. 리히토와 로니도 부끄러운 듯 입을 움찔거리는 걸 보면 꽤 쑥스러운 모양이다. 정말로 우리 보호자들은 칭찬이 너무 능숙하다니까. 그렇구나, 나를 위해서…… . 확실히 대표자는 나일지도 모르지만, 평생 괴로워한다는 건 두 사람도 마찬가지지. 나도 두 사람이 평생 그 죄책감을 짊어지게 되는 건 싫다. 두 사람이 꼭 행복해지길 바라는걸. 그것과 같은 마음인 거지? 두 사람이 나와 같은 생각이라면 정말 고맙다.

"아무도, 죽길 바라지 않는 건, 진짜야. 하지만, 우리도 중요하다는 게, 본심이고."

"맞아. 솔직히 피해자라는 것만으로도 힘들었는데 이 이상은 사양하고 싶잖아."

'그런 생각으로 정하는 건 역시 문제가 될까?' 하고 리히토가 아빠를 쳐다봤다. 시선을 받은 아빠는 '그럴 리 없잖냐'라고 말하며 리히토의 목에 팔을 감아 조르면서 머리카락을 마구 헝클어트렸다. 리히토는 '으아아!' 하며 조금 아파하면서도 어쩐지 조금 기쁜 것처럼 보였다. 그 나이다운 반응은 오랜만에 보는구나. 나도 기쁘다.

"큭큭. 너희들은 역시 씩씩해. 그럼 그렇게 하는 거지? 메구도, 리히토도, 로니도."

목을 울리며 웃은 아빠는 마지막으로 확인했다. 나는 두 사람과 눈짓하며 고개를 끄덕인 뒤 그렇게 해달라고 대답했다. 그후 내 입으로 확실하게 결론을 늘어놓았다.

"라비 씨도 고든도 다른 사람도 전부 다. 먼저 다친 걸 잘 치료하고, 제대로 식사하고, 사람다운 환경에서 푹 자서 건강을 되찾아야 해. 그 후에 국가의 감시를 받으며 나라를 위해 계속 일하는 거야. 속죄를 하라기보다는 죄에 대해 제대로 생각할 수 있도록."

중죄인치고는 상당히 무른 결단으로 보일 것이다. 우리 말고 다른 피해자는 그걸로는 분노가 사그라들지 않는다고 할지도 모른다. 하지만 조직원들은 당사자이기 때문에 납치해서 판 노예의 행방을 더 쉽게 찾아낼 것이다. 아빠에게서 앞으로는 노예제도를 철폐해 갈 방침이라고 들었으니, 그것을 위해 해야 할 일은 산더미처럼 많겠지. 철폐까지는 상당한 시간과 수고가 들어갈 테니까 노동력은 더욱 필요하다. 범죄자니까 보수도 필요 없고, 그 계획을 진행하는 측면에서는 장점투성이라고 본다.

게다가 결코 편한 일이 아니다. 팔린 피해자들은 물론이고 그 가족들도 이들을 원망하니까. 돌을 던져도, 욕을 퍼부어도 끊임없이 사과하면서 각 가정에 피해자를 데려가는 건 정신적으로도 상당히 가혹할걸. 인간다운 마음이 있다면 더욱더. 그런 경험을 거치면서 제대로 알길 바란다. 내 생각엔 모르는 채로, 불쌍한 채로 처형당하는 게 훨씬 온정적이다. 무엇을 한 건지 알고, 원망받고, 고통스러워하는 게 곧 벌이다. 그건 라비 씨에게는 가슴이 찢어질 정도로 큰 벌이 될 것이다.

하지만 필요한 일이다. 조직원들이 용서받는 일은 없다고 해도, 만에 하나라도 용서해 주는 사람이 있다고 해도 상대방의 마음을 '아는' 것은 앞으로 나아가기 위한 한 걸음이니까. 이대로 생을 끝내는 건 너무나 공허하다. 아무것도 얻지 못한다. 그렇다면 조금이라도 도움이 될 수 있는 방법을 선택하자. 이 결단으로 라비 씨가 우리를 원망하게 되더라도 우리는 라비 씨가 살길 바라고, 생을 마칠 때는 조금이라도 그 인생에 수긍하면서 떠나길 바란다.

"좋아. 어이, 아슈."

"음. 당장에라도 황제에게 가자꾸나."

어른들은 그 결론을 듣고 바로 행동을 개시했다. 지금부터 황제의 집무실에 가서 보고한다고 했다. 아빠와 마왕인 아버지만 다녀올 테니까 조금 쉬고 있으라는 말을 들은 우리. 어쩐지 드디어 어깨에서 힘을 뺄 수 있게 된 느낌이다. 아직 결정된 건 아니니까 황제님의 대답을 기다려야 하지만, 해야 할 일이 하나 정리된 덕분에 마음을 꽉 잡아주던 게 느슨해진 느낌. 방에 남은 우리는 케이 씨가 모처럼 생긴 쉬는 시간이라며 마련해 준 과자를 먹으며 다과 시간을 즐겼다.

다음 날, 아빠와 아버지가 피곤한 얼굴로 돌아왔다. 결론부터 말하자면 우리의 요청이 그대로 통과되었다고 한다. 황제님은 바로 수용했다나. 그, 그건 그거대로 대단하지만, 그럼 왜 저렇게 피곤해 보이는 거지. 고개를 갸웃거리는 우리에게 두 사람이 설명해 주었다.

"일부 유권자가 맹렬히 반대했거든. 아무리 황제가 즉결한 사항이라고 해도 그 녀석들의 의견을 무시할 수 없으니까. 진짜 귀찮게 한다니까……."

"음. 뭐 이해할 수 없는 주장도 아니었다. 중죄인을 처형하지 않는 것만이 아니라 평범한 의식주를 제공하라는 건 이 나라의 상식과는 동떨어진 결단인 모양이다. 설득에 시간이 걸렸지."

그렇구나. 확실히 그 주장도 이해한다. 비용은 세금으로 처리될 테니 국민들에게도 불만이 나올지 모른다. 하지만 결국 그걸 설득 해낸 걸 보면 이 두 사람도 대단하다. 대체 어떤 조건을 걸고 성공한 걸까. 궁금해하는 게 표정에 드러났던 건지 아빠가 나를 보며 '알고 싶어?' 하고 씩 웃었다. 알고 싶습니다!

『그들의 의식주 보장에 얼마나 큰 비용이 들어간다고 생각하는 겁니까?』

『뭐? 앞으로 노예제도 철폐를 위해 조사하는 데 들어가는 인원을 무상으로 부릴 수 있으니까 인건비가 상당히 절약되겠지. 더불어 조직의 인간이라면 매매 루트도 숙지하고 있을 테니 빨리 해결할 수 있다는 걸 고려해 봐. 나쁘지 않잖아?』

『가, 감시하는 것도 쉽지 않습니다! 모반을 일으키면…….』

『흠, 그건 불안하겠군. 그렇다면 마대륙에서 성능 좋은 마도구를 보낼 수 있도록 하마. 그 정도라면 무상으로 제공할 수 있다. 노예제도 철폐는 우리 마대륙 측에서도 싹을 뽑아야 하는 안건이니.』

아하. 잇달아 제기되는 인간 쪽의 주장을 하나씩 차근차근 논파한 거구나. 평소에는 대충대충 넘기고 성격도 급하고 주변에서 하는 말을 잘 듣지 않고 폭주하는 두 사람이지만 이럴 때는 역시 든든하네. 무심코 감탄했다.

"인간 측의 불만과 불안도 해소되었다면 안심이구나."

"어어, 그거 말인데……."

이로써 어떻게든 일단락될 것 같다고 안심했을 때, 아빠가 조금 겸연쩍은 듯 뺨을 긁적이며 말을 흐렸다. 뭐, 뭔데? 아직 더 있어? 내가 물어보자 전부 해결하기 위해서 나에게 협력해 달라고 했다. 할 수 있는 일이 있다면 당연히 협력할 테지만, 그런 식으로 뜸을 들이면 불안해지는데요? 본론을 재촉하자 아빠는 마지못해 마저 이야기해 주었다.

『그, 그래도 이런 처벌로는 본보기가 되지 않습니다! 이렇게 용서해 주면 앞으로 자신도 용서해 줄 거라고 착각하는 범죄자가 다발할지도 모릅니다!』

『다들 중범죄자를 처형하길 바랍니다! 폭동이 일어날 수 있습니다!』

　하나하나 따져가며 설명해 줬는데도 반대하던 사람 중 몇 명은 끝까지 수긍하지 않았다고 했다. 하지만 듣고 보면 그것도 문제긴 하네. 일단 인간은 수가 많다. 다양한 의견을 가진 사람이 있는 건 당연하고, 찬성파든 반대파든 모이면 상당한 인원이 된다. 불만을 품은 국민이 만에 하나라도 폭동을 일으킨다면 큰 혼란이 일어나겠지. 그리고 그 가능성이 없지는 않다. 아무리 설득해도 수긍하지 않는 사람은 어디에나 있기 마련이니까. 이 반대파 유권자들처럼. 그걸 해결하기 위해 아버지가 아이디어를 냈다.

　『그렇다면 전국에 나의 목소리와 영상을 보내지. 이번 사건은 특례임을 연설하마. 송출되지 않는 지방에는 호외라도 보내도록. 마왕이 직접 내린 특례임을 알면 아무도 불평하지 않을 터이고, 편승하는 자도 견제할 수 있지 않겠는가. 많은 국민이 보고 듣는다면 진위를 의심하지 않겠지.』

　그 말이 결정타가 되어 결론이 내려졌다고 한다. 어? 아버지가 직접 영상을 보내서 전국민을 향해 연설?! 으음, 하지만 효과적일지도. 애초에 마법이 낯선 이 대륙에서 갑자기 아무것도 없는 공간에 영상이 나온다면 확실하게 주목할 테니 화제성은 탁월할 것이다. 얼굴이 잘 알려진 기사단 단장님이나 황제도 같이 보이면 신빙성도 높아지고. 황제의 말로는 막을 수 없는 모반도 이곳 사람들에게는 미지의 땅인 마대륙의 마왕이라면 수긍할 수 있다. 최악의 경우 황제가 국민을 지키기 위해 협박당한다고 생각할지도 모르지만, 결과적으로 억제력이 된다면 문제는 없다. 마왕의 이미지 악화는 문제가 되겠지만. 적어도 국내의 폭동은 상당히 억누를 수 있을 테니 제법 좋은 아이디어였다.

"메구의 성장을 기록으로 남기고 싶어서 최근에 개발했지! 나는 메구를 쉽게 만날 수 없으니 말이다. 하다못해 영상으로 만날 수 있길 바라며 이번에도 촬영을 위해 지참해 왔다. 그것이 이런 곳에서 도움이 될 줄은 몰랐다만!"

"가져왔었냐고! 아니, 애초에 우리가 개발한 거잖아. 잘난 체하지 마, 아슈!"

본래의 사용 목적과는 다르다고 해도 준비성이 좋구나. 당연하게도 스크린은 없으니 대신 마법으로 빛의 막을 친다고 한다. 여러모로 말도 안 되는 힘이구나. 심지어 오르투스에서 개발했다니……. 틀림없이 아빠가 고안한 거겠지. 대체 무슨 짓을 하는 거야. 앞으로 카메라가 나를 찍어댈 게 확정되었잖아. 하지만 화상통화처럼 쓸 수 있다면 그것도 괜찮은데. 그렇게 말했더니 지금은 방범상 거기까지 기능을 만들지는 못했지만, 언젠가 개량도 진행할 거라고 했다. 기술자는 대단하구나. 하지만 이렇게까지 황당무계한 마도구며 마술이 턱턱 나오다 보면 내가 수납 팔찌에서 꺼내던 마도구쯤은 귀여운 수준으로 보인단 말이지. 그때를 겪으며 익숙해졌던 리히토와 로니도 입이 떡 벌어졌고. 미안해. 자중할 줄 모르는 사람들이라.

이렇게 그 외 자세한 사항은 어른들끼리 착착 진행하기를 며칠 뒤, 마침내 영상을 송출하는 날이 왔다. 우리는 알현실에 모여 있는데, 아버지와 황제님, 그리고 기사단 사람들을 지켜보고 있다. 어린이조는 이번에 처음으로 황제님을 만나는 셈인데 셋다 긴장해서 굳어 버렸다. 황제님은 내가 생각했던 것보다 훨씬 젊은 사람이라 의외였지만, 역시 뭔가 아우라가 다르다는 인상이다. 동시에 젊은 나이에 아빠와 아버지에게 휘둘리는 게 면목 없었다. 자기 대에서 이런 골치 아픈 사건이 일어나다니 불운한 것 같기도 하고 행운인 것 같기도 하고. 아차, 딴생각을 할 때가 아니지. 슬슬 촬영이 시작되는 모양이다. 긴장되네. 이걸 계기로 국민들의 울분이 마대륙으로 퍼지면 어떡하나 걱정도 되고.

『코르티가의 백성들이여. 나는 황제 루카스다. 국민들에게 범죄조직이 일으킨 사건 및 마대륙에서 방문한 손님 등 오랫동안 불안하게 만들었을 터. 이번 마도구를 통한 연설에도 놀랐을 것이다. 하지만 사건은 종식을 향하고 있다. 그 점을 모두에게 보고하고 싶다.』

긴장감이 감도는 가운데 마침내 연설이 시작되었다. 처음에는 황제님의 말씀. 처음부터 마왕이 등장하면 혼란을 부르니까. 영상을 튼다는 정보를 국내에 퍼트렸다고는 하나 실제로 본 지금은 분명 소란이 일어났겠지. 성안에 있으니까 직접 그 상황을 볼 수는 없지만. 아무리 미리 들었다고 해도 마법이 낯선 사람들에겐 '대체 어떻게 된 거야?' 하고 머릿속이 물음표로 가득할 테니까 국민들은 무척이나 놀랐을 것이다. 그러니 자국의 황제부터 이야기를 시작하는 게 최선책이었다고 본다.

그 후 황제님은 간단히 사건을 설명했다. 물론 상세한 내역은 숨겼다. 비합법 인신매매를 저지르는 조직이 있었고, 이번에는 마대륙의 아이들이 피해자가 되었다. 그중 한 명이 마왕의 딸이었다. 조직원은 대부분 체포하여 조직은 괴멸 상태에 빠졌다. 그 조직원들을 이렇게 처벌할 것이다. 그 순간 분명 술렁거렸겠지. 성안에 있는 내가 알 방법은 없지만 그 광경을 상상하고선 긴장하고 말았다. 그리고 황제님이 마대륙 측에서 벌을 정했다고 알린 뒤 설명을 마왕에게 맡기겠다고 하자 카메라가 아버지를 비췄다.

『나의 사랑하는 딸을 납치한 것은 물론, 마대륙의 아이를 노리는 금기를 저지른 것은 그대들 인간이다. 본래대로라면 총공격이라도 감행하였겠지. ……하나 우리는 물러나겠다. 중죄인에게 내리는 처우를 그대들이 유연하게 받아들여 준다면.』

우와, 엄청 마왕 같아! 그것도 흉악한 의미로! 쿠구구궁 하는 효과음이 들릴 것 같은 박력은 화면 너머로도 충분히 전해졌겠지. 마왕의 이미지가 한층 나쁜 방향으로 기운 느낌이 안 드는 것도 아니지만, 이거라면 어떻게든 되지 않을까. ······그것도 잠시. 어째서인지 그 뒤에는 평소처럼 얼굴값 못하는 마왕님이 등장하고 말았다. 무슨 소리냐고? 중죄인에게도 천사처럼 다정한 마음을 지닌 딸이 어쩌고저쩌고 하면서 딸 자랑을 주절주절 늘어놓는 모습을 저는 모릅니다, 못 들었습니다, 못 봤습니다. ······쪽팔려! 그만해, 아버지! 수치심에 바들거리고 있었더니 마침내 나도 카메라 앞으로 끌려갔다. 어억?!

"크흠, 미안하다 메구. 좀 협력해 달라고 했었지? 그 뭐냐. 이미지 완화를 위해서 한마디 좀 해 봐."

한마디?! 그, 그런 건 미리 말했어야지! 아니, 할 수 있는 일이라면 협력하겠다고 했지만 설명하는 게 너무 늦잖아?! 정말 그런 점은 무신경하다니까! 항의하고 싶은 마음은 굴뚝같지만 지금은 카메라 앞이다. 아버지가 단단히 붙잡고 있기도 하고. 큭, 도망칠 수는 없어! 나는 각오를 굳혔다. 이제는 아득히 먼 저편으로 사라질 것 같은 사축 시절의 기억을 필사적으로 떠올렸다. 회의 중에 난데없이 의견을 요구할 때의 그 느낌을 떠올려라······!

『그게, 안녕하세요······ 메구, 임미다. 저기, 처벌에 대해 생각하는 바가 있을찌도 모르지만······, 같은 비극을 반복하지 않기 위해서도 필요한 일이라고 생각합니다. 그러니까 이, 이해해 쥬시면, 조켔습니다!』

극도로 긴장한 나머지 발음이 개판이었다. 최근에는 거의 없어졌는데! 나는 실전에 약한 어린이······. 흑역사가 생성된 순간이었다. 흐어엉!

『부끄러운 듯 뺨을 붉히는 모습은 가련하고 작은 입에서 나오는 말은 자애로 가득하지. 나의 딸이 천사라는 건 이해했을 터. 하나 나도 그대들이 중범죄자에게 느끼는 감정을 참으라고 하는 것은 아니다.』

발음 실수에 부들부들 떠는 내 머리를 살며시 쓰다듬으며 아버지는 계속해서 연설했다. 딸 자랑은 사족이지만 그 후에 이어지는 말에는 동의했다.

『어딘가에서 녀석들을 보았을 때, 그 불신을 부딪친다고 해도 우리는 막을 수 없느니라.』

그렇다. 우리는 그들을 용서하라는 말은 한마디도 안 했다. 용서하라고 해서 용서할 수 있는 일이 아니라는 것쯤은 잘 알고 있다. 실제로 아버지도 오르투스의 사람들도 내가 겪은 일을 누구 한 명, 평생 용서하지 않겠지. 자만은 아니다. 그 정도로 나에게 애정을 쏟고 있다는 걸 알고, 나도 동료 중 누군가가 같은 일을 겪었다면 그렇게 생각할 테니까.

『그대들 한 명 한 명의 마음은 그 누구도 속박할 수 없는 것. 용서하지 못하는 것 또한 자유다.』

즉 이쪽은 그 결정을 인정해 주기만 한다면 괜찮다는 소리다. 물론 조직원들에게 폭력을 저지르는 건 최대한 참아 줬으면 하지만, 공격하고 싶어지는 감정은 이해하지 못할 게 아니니까. 그 후 아버지는 앞으로도 이 나라와는 양호한 관계를 구축하길 바란다면서 연설을 마쳤다. 제법 좋은 연설이었잖아. 아버지는

하면 할 줄 아는 사람이다.

그 후에는 다시 황제가 나와서 마무리를 짓고 연설이 모두 끝났는데……. 전국에 잘 송출되었을까? 그리고 전해졌을까? 조마조마한 마음으로 대기하고 있었더니 성 밖에 있던 병사들에게서 보고가 들어왔다. 혼란이 일어나지도 않고 대강 수긍한 모습이었다고 한다. 즉 대성공 아니야? 황제를 포함해 우리는 다들 안도의 숨을 내쉬었다. 우선 다행이다! 다만 내 흑역사 연설을 들었을 때 국민들이 다들 흐뭇해하는 얼굴로 정신없이 쳐다보았으며, '마대륙에는 진짜 천사가 있다'는 소문이 후세에까지 오래오래 전해지게 된다는 걸 이때의 나는 아직 몰랐다.

"오랫동안 사후 처리까지 함께해 주어서 면목이 없군. 하지만 큰 도움이 되었다. 감사하지."

연설도 마치고 아빠가 쓰는 방에서 쉬고 있었더니 놀랍게도 황제님이 직접 방에 찾아왔다. 이래도 되는 겁니까?! 하지만 아무래도 호위도 익숙해하는 걸 보면 이미 이게 일상다반사가 된 모양이었다. 아빠 일행은 이래저래 성의 상식을 틀어버린 느낌이 든다. 언젠가 대륙 전체의 상식마저 틀어버릴 것 같아서 딸은 걱정입니다.

"본래대로라면 당신들과는 더 일찍 작별할 예정이었는데 이렇게까지 신세를 질 줄이야. 이제는 이쪽에서 전부 어떻게든 하지. 다만 그 마도구까지 받아도 정말 괜찮은 건가?"

그 마도구란 바로 카메라로, 아버지가 양도하기로 한 모양이었다. 앞으로도 또 쓸 기회는 있을 법하지. 게다가 우리는 그 마도구를 또 입수할 수 있으니까. 돈이야 들지만, 개발자가 오르투스 소속이니까 입수 자체는 비교적 간단하다.

"상관없다. 그러니 앞으로 이쪽에 방문할 때는 환영하도록."

"그건 너무 당연한 일이라 보답이 되진 않는다만……. 이번에 우리가 받기만 해서 마음이 편치 않군. 그럼 그대들이 소개한 자라면 앞으로 이 대륙에 오게 되었을 때 최대한 편의를 제공하지. 우리가 지금 할 수 있는 일은 그 정도이니, 설령 몇 대 후가 된다 한들 이어가겠노라 약속하지."

"고마운 제안이로군. 우리는 장생하는 종족. 언젠가 누군가가 이 대륙으로 여행하는 일도 있을 터이니."

인간과 우리는 시간의 흐름이 다르다. 후대에까지 이어지는 약속이란 제대로 기록을 남기고 이해도 시키지 않으면 이번 노예제도처럼 꼬여버릴 수 있으니 까다로운 일이다. 하지만 들어보니 선대 황제님이 아빠에게 도움을 받았을 때 같은 약속을 한 덕분에 이번에도 일이 원활하게 돌아갔다고 한다. 지금 황제님이 그 약속을 제대로 이해하고 기억하고 있었기 때문이구나. 이렇게 약속을 지켰으니 신뢰도 간다. 아무리 그래도 몇 대가 더 지나가면 어렵겠지만, 2, 3대 정도는 확실하게 지켜지지 않을까? 뭐, 너무 오랫동안 방문하지 않는다면 그 기억이나 기록도 흐려지겠지만. 이것만큼은 세대가 바뀌는 이상 어쩔 수 없지. 그래도 황제님이 고마워한다는 건 잘 전해졌다. 앞으로 마왕성과 하는 거래도 마대륙 측에 이득이 발생하도록 조정해 준다고 하니 그걸로 충분하다며 대화가 정리된 모양이었다. 황제님과 아버지는 굳게 악수했다. 다음에는 마왕성에 오라는 아버지의 말에 황제님은 조금 기뻐하는 표정이었다. 정말 갈 수 있을지는 알 수 없지만, 그렇게 말해 준 것 자체가 기쁘다는 느낌이다. 왠지 그 모습만 보면 황제님도 나이에 맞는 청년으로 보이는데. 그래그래, 그런 표정을 지을 수 있다는 것도 중요하지! 이번 일을 계기로 이 나라와 마대륙은 상당히 가까워졌구나.

"으음. 그게 말이지, 내 개인적인 부탁이 하나 있는데."

이어서 황제님이 아빠에게 악수를 청하자 아빠는 머리를 긁적이며 그렇게 말했다. 개인적인 부탁? 뭐지. 황제님은 뭐든 말해 달라는 자세였지만 무모한 요구라면 어떻게 할 생각인 건지 내가 다 조마조마하다. 뒤에 서 있는 기사님이나 대신님인지 재상님인지는 모르지만 방 구석에서 대기하던 사람들도 당황했고. 좀, 우리에게 너무 마음을 열어버린 거 아닐까. 감사한 일이긴 한데 황제라는 지위를 지녔다면 조금 더 신경 써 줬으면 좋겠다. 황제님을 보필하는 사람들의 마음고생이 쉽게 상상이 가는구나. 하지만 아빠의 부탁은 우려했던 것만큼 무모한 요구는 아니었다.

"이 녀석, 리히토 말인데. 때때로 모험가 세라비스와 면회하게 해줘."

"어? 나? 그래도 돼……?"

생각지도 못한 타이밍에 이름이 나왔기 때문에 리히토는 놀랐다. 나도 놀랐다. 동시에 아빠의 배려가 참 고마웠다. 분명 이제 만날 일도 없다고 생각했을 테니까, 이건 정말로 고마운 부탁이다. 역시 아빠야!

"그래, 그 아이에게 그녀는 생명의 은인이라 했었지. 부모나 마찬가지라고. 리히토라고 했던가. 네가 원할 때 준비해 두마."

"가, 감사합니다……! 꼭 부탁드립니다!"

리히토는 뺨이 발그레해지더니 기뻐하며 허리를 접었다. 다행이다……! 정말 다행이다. 아빠에게도 거듭 고맙다고 인사하며 머리를 숙이는 리히토를 보고 있었더니 무언가가 북받쳐 올라왔다. 이 세계에서 생긴 리히토의 가족. 앞으로 죄를 갚으며 살아야 하는 라비 씨의 마음을 지탱하는 버팀목이 된다면 좋겠다.

"면회할 때는 아무래도 감시가 붙게 되겠지만, 최대한 같은 사람으로 수배하지. 아무래도 무슨 대화를 하는지 듣게 될 테니 말이다. 여러 사람이 듣게 하는 것보다 낫다고 보는데 어떻지?"

이어서 황제님이 턱에 손을 짚고 그런 배려까지 제안했다. 매번 다른 사람이 감시로 따라온다면 리히토와 라비 씨의 이야기가 여러 사람에게 알려지게 되겠지. 소소한 내용일 테고, 외부에 새어 나갈 일도 없을 테지만 안심감은 다를지도 모른다. 겸사겸사 그 감시자와도 얼굴을 익히고 신뢰 관계를 쌓게 된다면 좋겠다.

"유진 님, 누군가 아는 사람은 없나? 가능하다면 기사가 바람직하지만, 거기까진 따지지 않는다. 아는 사람이 있다면 그게 제일 좋다고 보는데……."

"기사라……. 딱히 아는 사람은 없는데. 내가 아는 사람이야

거의 마을 농민 정도니까 아무리 그래도 무리잖아. 주로 그 녀석들에게 짐이 너무 무겁겠지."

맞는 말이다. 마을 사람들에게는 마을에서 해야 하는 일이 있을 테고, 아무리 출세길이라고 해도 너무 갑작스럽잖아. 리히토가 왔을 때만 필요한 거니 무리한 일정은 아닐 테지만 조금 힘들단 말이지. 기사라. ……응? 맞아. 나한테 아는 사람이 있잖아. 그 사람은……!

"동쪽 기사단의 라이가 씨!"

"음? 라이가를 아는 건가. ……그래, 그러고 보면 그런 이야기를 들었지."

들어보니 전이하는 순간을 들킨 그때 상처를 치유해 준 이야기도 포함해서 보고받았다고 했다. 사전 정보와 머리카락 색이 달라서 황제님도 라이가 씨도 의아해했다나 어쨌다나. 으아아, 혼란스럽게 해서 죄송합니다.

"라이가라면 신뢰할 수 있고 입이 무겁지. 은인인 메구 님의 부탁이라면 흔쾌히 받아들여 줄 거다. 마침 지금은 이 성에 와 있고."

황제님조차 이름을 아는 기사님이었구나. 라이가 씨, 사실은 대단한 사람인 거야? 바로 문 옆에 있던 기사님에게 여기에 라이가를 불러오라고 지시를 내리는 황제님. 헉, 만날 수 있는 거야? 손수건 어떻게 할지 고민했었는데. 뜻밖의 타이밍에 기회가 찾아왔다. 두근거리는 마음으로 기다리고 있었더니 체감상 10분 뒤에 노크하는 소리가 들리며 라이가 씨의 방문 소식이 전해졌다. 황제님의 허가를 받아 문이 열리자, 방 앞에서 라이가 씨가 경례하고 있었다. 오, 오오, 기사다!

"들어와라. 아, 머리는 숙이지 말고. 이곳은 손님의 방이다. 이분들은 딱딱한 예법을 싫어하지. 너도 편하게 들어오도록."

"엇, 아니, 하지만……! 아, 아뇨. 알겠습니다."

그러고 보면 여기는 아빠가 빌린 객실이었지. 객실이라고 해도 고급스러움이 넘쳐나는 데다 황제님도 있다 보니 깜빡해 버렸다. 그리고 라이가 씨가 황제님을 대하는 태도. 저게 평범한 거지……. 새삼스럽지만 나 되게 무례했던 거 아니야?! 뭐, 이제 와서 굽신거려도 서로 난감할 테니 갑자기 태도를 바꿀 수도 없지만.

"갑자기 불러내서 미안하다, 라이가."

라이가 씨가 입실하자 황제님이 부탁하고 싶은 바를 설명했다. 한차례 사정을 들은 라이가 씨는 바로 받아들였다. 어? 그렇게 쉽게 오케이해도 돼? 거절하는 기색이 없었던 걸 넘어서 아예 생각조차 안 하고 즉답한 거 아니야? 놀라는 나를 황제님이 슥 손으로 가리키자 라이가 씨가 그제야 이쪽을 봤다. 눈이 마주친 것에 놀라서 눈을 깜빡이고 있었더니 가볍게 고개를 끄덕이는 황제님의 반응을 확인한 후 라이가 씨가 내 앞으로 와서 한쪽 무릎을 꿇었다. 이것도 되게 기사 같아……! 아니, 진짜 기사지만.

"이렇게 다시 만나서 다행이다. 네가…… 아니, 실례지. 당신이 설마 마왕님의 자녀셨을 줄이야. 여태까지 저지른 무례를 사과드립니다."

"으헉?! 아, 아아아뇨! 저, 저기! 평범하게! 평범하게 대해 주세요! 메구면 되니까요!"

너무나도 공손한 그 태도에, 내성이 없는 나는 극도로 난감해졌다. 애원하다시피 말했는데도 '하나……' 하며 망설이는 라이가 씨. 설마 계속 이 태도로 대하려는 건가. 식은땀이 흘렀다. 하지만 '딱딱한 예법은 싫어한다고 하셨죠'라며 황제님의 말을 떠올려 준 덕분에 간신히 태도가 조금 풀렸다. 사, 살았다.

"저, 그때는 도망쳐서 죄송합니다. 계속 사과하고 싶었어요."

모처럼 만났으니 나도 하고 싶은 말을 솔직하게 전했다. 우리를 위해 수색했었는데, 나는 들키지 않으려고 필사적으로 숨으며 그 친절을 눈치채지 못했으니까. 우리가 조사를 태만히 한 탓인걸. 제대로 사과하고 싶었다.

"천만의 말씀입니다! 사정이 사정이니 당신들은 하나도 잘못하지 않았습니다. 오히려 끝까지 도망친 그 실력에 감탄했죠."

그 후 라이가 씨는 자기야말로 상처를 치유해 줘서 고맙다고, 다시금 인사할 수 있어서 정말 기쁘다고 말해 주었다. 역시 굉장히 성실하고 자상한 사람이었다. 사과도 감사 인사도 나눴으니 이것으로 끝! ……이라는 건 아니었던 모양이다. 뭔가 자신이 할 수 있는 일은 없냐는 말을 듣고 말았다. 역시 그렇게 나오십니까! 계속 나한테 말만이 아니라 무언가 보답하고 싶다고 했었지. 예상한 반응이다. 따라서 나는 기다렸다는 양 라이가 씨에게 부탁했다.

"그 보답이 아까 황제님이 부탁한 일이거든요. 리히토는 제소중한 친구니까, 라비 씨를 만나러 갈 때 잘 대해 주셨으면 좋겠어요. 그리고 저나 로니가 쓴 편지를 라비 씨에게 건네주는 것도 눈감아 주셨으면 하는데요……."

"펴, 편지, 말입니까? 그건……."

분명 리히토를 부탁하는 것만으로는 일이니까 당연한 일이네 어쩌네 하면서 수긍하지 않을 테니까 선수를 쳤습니다. 아까 힐끔 확인했었거든. 보통 죄인에게 무언가를 주는 건 금지라고. 특히 라비 씨는 중죄인. 편지도 금지다. 하지만 그걸 어떻게 좀 해달라고 부탁하는 거다. 심지어 황제 앞에서 당당히.

"음? 왜 그러냐, 라이가. 나에게는 아무런 소리도 들리지 않는군."

"!"

황제님, 나이스! 허락해 줄 거라고는 예상했지만 어느 의미 도박이었단 말이지. 하아, 다행이다. 그런고로 이번에는 노골적으로 소곤소곤 귓속말 자세를 취하며 라이가 씨에게 말했다.

"편지는 주기 전에 내용을 확인해야 하죠? 그러니까 그것도 라이가 씨가 해주세요. 그리고…… 이 손수건은 저에게 주는 걸로! 그걸 보답으로 하는 건 어떠세요?"

놀란 듯 눈을 동그랗게 뜬 라이가 씨는 잠시 후 피식 웃었다. 그리고 '항복입니다'라며 작게 두 손을 들고 대답했다.

"당신께서 원하는 대로."

의도적으로 공손하게 내 손을 잡고는 살짝 위로 들어 올렸다.

그게 왠지 재미있어서 나도 쿡쿡 웃었다. 라이가 씨는 '그리고 그 손수건은 원래 드린 겁니다'라며 기쁘다는 얼굴로 웃었다.

3 앞으로 리히토는

라이가 씨와 대화를 마친 후 황제님 일행은 비교적 바로 방에서 나갔다. 이젠 느긋하게 지내면서 내일이 되면 마대륙으로 돌아간다고 한다. 이미 아버지들이 그렇게 하겠다고 말해두었다고 한다. 여담으로 성에 머무르는 동안 몇 번 정도 함께 저녁을 먹자는 권유를 받았는데 전부 거절했다나. 아빠가 딱딱한 장소에서 먹는 고급 식사는 성미에 안 맞으니까 싫다고 즉답했다고 한다. 여전히 돌려 말할 줄 모른다니까. 하지만 티타임은 몇 번 같이 즐겼다고 했으니 괜찮은 걸까? 만약 같은 인간 대륙 주민이었다면 불경하단 소리 들었을 법하지만 마대륙 사람이니까 문화 차이로 넘어간 모양이다. 애초에 이번에도, 그리고 아마 선대 황제 때도 실컷 빚을 졌으니 이 정도의 요구는 당연하다는 듯 들어주는 거겠지. 폭군처럼 구는 것도 아니고 억지를 부리는 것도 아니니까 오히려 상당히 양심적일지도. 마음 편하게 지내게 해달라는 요구라면 싸게 먹힌 거지. 옆에서 아빠의 태도를 보면 심장에 안 좋지만.

"아아! 드디어 오르투스에 돌아가는구나! 나 당분간 휴가 받을 거야. 반드시!"

"부럽기 그지없군, 유진. 나는 돌아간 뒤가 지옥이거늘. 잘도 일거리를 늘렸다는 크론의 비아냥이 들리는 것 같구나."

아빠와 아버지도 인간 대륙에서 할 수 있는 일은 전부 끝낸 모양이다. 당연히 아버지는 황제님과 계속 편지를 주고받는 모양이지만. 자주 회합을 열고 이후 대책을 논해야만 한다나. 노예제도 정비는 지금부터가 시작인 셈이니까. 나도 크론 씨가 그 얼음장 같은 무표정으로 던질 말을 쉽게 상상할 수 있었지만, 이건 무척 중요한 일이니까 관대하게 넘어가 줬으면 좋겠다. 아버지의 휴가는 멀어 보인다. ……최대한 편지 많이 써서 보내야겠다.

"메구. 크론이라니? 마왕성에서 일하는 사람이야?"

"맞아. 메이드복이 전투복이고 마왕님의 오른팔인 굉장한 미인. 무표정이지만 사실은 아주 자상해. 게다가 엄청 든든한 사람이야!"

'왜 메이드복이야?' 하고 고개를 갸웃거리면서도 리히토는 '그렇구나'라고 중얼거렸다. 마왕성이 어떤 곳인지 궁금한 걸까?

"으음. 그나저나 뭔가 부족한데."

잠시 쉬자면서 테이블에 티 세트를 꺼낸 케이 씨가 솜씨 좋게 사람들 앞에 컵을 내려놓았다. 정말 익숙하구나. 게다가 맛있다. 다들 자신이 받은 컵을 잡고 나자 케이 씨가 다소 불만이라는 듯 그런 소릴 했다.

"뭐냐, 케이. 너 전쟁이라도 할 생각이었어?"

"기분은 그랬었지. 하지만 당연하잖아? 다들 활활 불타는 눈으로 온갖 부탁을 해댔는걸."

아빠의 농담 같은 질문에 케이 씨가 가벼운 어조지만, 꽤나 진심이 담긴 대답을 해서 움찔하고 말았다. 오르투스식 농담이면 좋겠다. 절실히. 아아, 어째서인지 컵받침에 놓으려고 한 컵이 덜그럭덜그럭 시끄럽구나.

"무, 무슨 부탁이길래……."

"쉿! 리히토, 물어보면 안 돼. 아마 상상을 초월할 내용일 테니까……."

리히토가 경직된 미소로 중얼거리길래 재빨리 제지했다. 이 길드에 있으면 안 듣는 게 나은 일이 은근 많거든! 주로 내 정신 위생에 아주 중요해! 리히토는 내 말에 즉각 입을 다물었다. 분위기를 파악할 줄 아는 소년이다. 힐끔힐끔 살피던 로니도 슬그머니 시선을 돌리고 차를 마셨다. 로니도 위기관리 능력이 탁월하구나. 조마조마한 기분으로 철저히 듣기만 했었더니 화제가 다른 곳으로 넘어갔다. 살았다……!

"그나저나 성에서 날아가는 것만은 거부하다니……. 황제도 이상한 걸 신경 쓰는군."

"뭐 그렇지. 전에도 했으니까 신경 쓸 거 없지 않아?"

성에서 날아간다고? 전에도 했다고? 그거 우릴 구하러 왔을 때를 말하는 걸까. 어? 그런 짓을 한 거야?! 심지어 발코니에서 출발이라니……. 당연히 거부할 만도 하지! 아무리 마물형으로 날아다니는 걸 허락했다지만 아버지의 용 모습을 보면 기절하는 사람이 속출할 텐데! 눈으로 보기 어려울 만큼 높은 곳을 난다거나, 사람이 없는 장소를 골라서 이착륙하는 식으로 이쪽에서 조심해야 한다고. 황제님은 잘못 없다. 아니, 역시 아빠도 인간의 감성을 좀 잃어버린 거 아니야? 그야 몇백 년이나 마대륙에서 살다 보면 그렇게 되는 건지도 모르지만, 그 논리대로 간다면 나도 언젠가 저렇게 변한다는 걸까? 적응이란 정말로 무섭다. 조심하자.

"뭐, 우리 쪽 의견을 많이 수용해 주었으니까 도시 밖까지 걸어서 이동하는 것쯤은 상관없겠지."

아빠가 머리 뒤에서 깍지 끼며 아버지를 향해 말했다. 내 말이. 그 정도는 걸어도 문제없잖아. ……아니, 조금은 있다. 우리가 너무 눈에 띈다는 문제가. 성으로 올 때도 상당히 눈에 띄었으니까. 하지만 그걸 일부러 숨기지 않고 당당하게 걷다 보면 인간들도 익숙해질지도 모른다. 언제 익숙해질지는 모르지만, 언젠가 유학 제도가 완성되고 마대륙 사람들이 인간 대륙을 돌아다니게 되었을 때 큰 소란이 일어나거나 이상한 시선을 받는 걸 누그러트릴 수 있을지도 모르잖아. 작은 것부터 차근차근!

"그래, 두목. 돌아가는 길에는 데이트하고 싶었으니까 오히려 잘 됐어. 그렇지? 메구."

아, 그러고 보면 그런 이야기도 했었지! 내가 확 고개를 들자 아빠가 목소리를 쫙 깔고 '데이트?' 하며 물었다. 왜 그렇게 과잉반응하는 거야.

"……나는 호위라서 따라간다."

"우리도 호위받아야 하니까 따라가고."

"나도."

기르 씨, 리히토, 로니는 바로 지난번과 똑같은 주장을 꺼냈다. 정말로 다 같이 수도를 돌아볼 수 있게 되다니 기뻐라. 케이 씨도 그런 말을 들을 줄 알았던 건지 '어쩔 수 없지'라며 쓴웃음을 지은 후 내 귓가에 입을 가져갔다. 뭐지? 비밀 이야기?

"그럼 오르투스에 돌아간 뒤엔 둘이서만 데이트하자."

"흐윽……?!"

의미를 이해하자 얼굴이 슬금슬금 뜨거워지는 게 느껴졌다. 전생까지 포함해도 이렇게 스윗한 말을 들어본 적이 없었는데요! 그런 경험 전혀 없었다구요! 심지어 귓가에서 속삭이다니 반칙이잖아. 케이 씨 진짜 무서워. 너무 멋있어.

"야, 무슨 소릴 한 거야? 케이."

"꼬, 꽃빛뱀이여, 대답해라! 메구가 새빨개져서 당황하지 않았느냐!"

내 상태가 이상하다는 걸 한발 먼저 깨달은 팔불출 부모 둘이 케이 씨를 추궁했다. 아빠도 아버지도 과잉 반응 아니야? 특히 아빠는 케이 씨를 잘 알고 있으니까 대충 상상도 갔을 텐데. 하아, 얼굴 뜨거워라.

"두목과도 마왕과도 상관없잖아. 여자아이와 대화하는 것까지 일일이 참견하는 건 꼴사납다고."

한편 케이 씨는 그런 성가신 두 사람이 노려봐도 태연했다. 못 말리는 양반들이라는 듯 가볍게 받아치고 있다. 리히토가 작게 '대단해라' 하고 중얼거렸다. 응, 내가 봐도 대단해. 다양한 의미에서.

"……그때의 호위는?"

"들었어? 에이, 기르난디오까지 촌스럽게 굴지 마. ……그림자로 부탁할게."

"그래."

이쪽은 이쪽대로 계약을 맺고 있었다! 기르 씨도 기민하구나. 이 과보호는 언제까지 계속되려나. 고맙긴 하지만!

결국 기왕 다들 광산까지 가는 거니까 걸어 다닐 때도 다 함께 다니기기로 했다. 아빠도 아버지도 기르 씨가 얼굴을 가리지 않자 상당히 놀랐다. 날 위해서라는 이유를 듣고 바로 수긍했지만. 그런 젠틀맨 기르 씨는 그 존안을 아낌없이 드러내고 걷는 중이고, 케이 씨는 다른 사람과 눈이 마주칠 때마다 웃으면서 손을 흔들어 대서 오가는 사람들의 마음을 훔치며 걸었고, 아버지는 영상으로 공개되면서 인지도가 높아졌는데 당당하게 걷고 있고⋯⋯. 정말 아주 눈에 띄는 집단이다. 물론 나도 눈에 띈다는 건 이해하고 있지만, 이렇게까지 미형이 모여 있으면 누굴 봐야 할지 알 수 없어져서 누구 한 명만 유독 튀지도 않게 된다는 걸 알았다. 새로운 발견이다. 왠지 360도 돌아서 즐거워졌다. 기왕 이렇게 된 거 주변 시선은 신경 쓰지 말고 마음껏 군것질도 하면서 관광을 즐기도록 하겠습니다! 가게 사람들은 어딘가 긴장한 모습이었지만 다들 친절하게 다양한 서비스를 주었고, 숯불구이 닭꼬치도 맛있어서 행복하다! 오르투스 사람들에게 줄 선물로 만쥬 비슷한 과자도 샀다. 온천만쥬가 생각나서 이걸 선물로 하자고 아빠와도 의견이 맞았다. 그 정도로 맛있냐며 아버지도 마왕성에 가져갈 선물로 구입했다. 아아, 이런 식으로 일본의 묘한 습관 같은 게 마대륙에 퍼진 거구나.

그 후 우리는 약 한 시간 정도 관광을 만끽했다. 도시 밖으로 이어지는 외벽으로 향하며 나는 새삼스럽게 거리를 찬찬히 관찰했다. 왠지 신선하다. 마법이나 마도구가 당연하게 보급된 게 아니다 보니 온갖 일이 수작업으로 이뤄지고 있었다. 빨래, 청소는 물론이고 요리하려고 불을 피우는 것까지. 여행하는 동안엔 나도 보고 직접 체험하기도 했지만, 거의 간이 텐트의 마도구를 사용했기 때문에 사실은 그 고생을 별로 겪어보지 않았단 말이지. 강물은 차가워서 빨래나 설거지할 때 힘들어 보이고, 불을 피우는 것도 나한테는 아주 어려울 것이다. 하지만 이 수도에 사는 사람들, 아니, 이 대륙 사람들은 그걸 당연하다는 듯 수행하고 있다. 그게 무척 씩씩해 보인다는 생각과 동시에 나는 편리한 생활에 익숙해졌다는, 뭐라 말할 수 없는 기분이 들었다. 마법이나 도구가 나쁜 건 아니다. 절대로. 하지만 이런 작업도 할 수 있게 되어서 나쁠 건 없어 보인다. 뭐든 다 경험이니까! 오르투스에 돌아간 뒤 체력이 더 회복되면 실제로 해볼까. 그런 생각을 하는 사이에 성벽에 도착한 모양이었다. 들어올 때와 마찬가지로 일반용이 아닌 문을 사용했기 때문에 대기하는 일 없이 나가게 되었다. 마왕의 딸이라고는 해도 서민 감각이 빠지지 않은 나로서는 줄을 안 서고 지나가는 게 조금 죄책감을 자극하기도 했지만……. 뭐, 황제님의 조치라고 하니까 감사히 혜택을 받겠습니다.

문을 나가기 전에 한 번 돌아보고, 문을 나온 뒤에도 돌아보았

다. 왜냐고? 이 풍경을 기억해 두고 싶어서다. 내가 여기에 올
일은 이제 없다고는 못한다. 나는 오래 사니까. 인생에 무슨 일
이 일어날지 모른다는 걸 배웠으니 또 올 일이 있을지도 모른
다. 하지만 이 시대의 이 풍경은 지금밖에 볼 수 없다. 인간은
우리보다 단명한다. 그렇기에 문명 발전이나 생활 변화가 빠르
다. 다음에 올 때는 몇십 년, 몇백 년이 지났을지도 모르니까,
같은 풍경이라는 보장이 없다. 전생에서 배웠던 역사를 떠올리
면 그걸 잘 알 수 있었다.

"메구, 가자. 왜 그래?"

좀 오래 멍하니 있었던 건지 로니가 말을 걸어서 퍼뜩 앞을 돌
아봤다. 다들 이쪽을 보고 멈춰서 날 기다리고 있었다.

"별 거 아니야. 이 풍경을 잘 기억해 두려고. 미안해, 이제 괜
찮아. 가자!"

내가 그렇게 말하고 걷자 로니가 손을 내밀어 줘서 살며시 붙
잡았다. 그러자 반대쪽 손은 리히토가 잡아줬다. 우리는 서로를
쳐다보며 웃었다. 돌아가는 길이 이렇게나 평화로운 기분일 줄
은 몰랐다.

여기에 왔을 때 착륙했던 곳에 도착하자 기르 씨가 그림자에
서 올 때 탔던 커다란 바구니를 꺼냈다. 돌아가는 길은 인원이
늘었는데 어떻게 할 생각인 건지 물어보자 아무래도 아버지가
마물형이 되어 날아간다는 모양이다. 즉 하늘 여행은 기르 씨
팀과 아버지 팀으로 나뉜다는 소리구나. 내가 아무 생각 없이
바구니에 타려고 하자 옷자락이 꽉 붙들렸다. 그쪽을 돌아보자

무언가 할 말이 있는 듯한 아버지가 있었다. 어? 뭐지?

"메, 메구. 그, 나의 등에 타지 않겠는가……? 유진과 같이 타면 안전도 문제없을 터. 용의 등은 탑승감도 나쁘지 않다고 본다만……."

우물쭈물 그렇게 말하는 아버지는 어쩐지 귀여워 보였다. 하지만 아빠는 냉정하게 '징그러워' 하고 딱 잘랐다. 그, 그렇게까지 말할 건 없잖아! 나는 아빠와 같이 타는 거라면 태워 달라고 해도 괜찮겠다고 생각했는데 다른 사람들은 어딘가 떼쓰는 아이를 보는 듯한 눈빛으로 아버지를 보고 있었다. 기르 씨는 특히 미간에 주름이 잡혀서 언짢아 보였다. 매번 기르 씨의 바구니를 탔었긴 하지. ……바람 피운 게 들킨 듯한 기분이 드는 이유가 뭘까.

"마, 마대륙에 도착하면 나는 한동안 또 메구와 헤어지게 된단 말이다! 이대로 메구와 헤어진다면 나는 업무 지옥의 나날을 헤쳐 나갈 수 없느니라! 살 수가 없도다아아!"

다들 반대한다는 분위기를 감지한 건지 아버지는 결국 본심을 소리쳤다. 울먹였다고도 할 수 있다. 하지만 일리가 있었다. 확실히 한동안 못 만나겠지. 나도 몸 상태를 되돌리기 위해 재활도 해야 하고 훈련도 할 생각이다. 아버지는 마왕성 일도 쌓여 있고, 새롭게 추진해야 하는 일거리가 늘어났으니 만나고 말고 할 상황이 아닐 테고. 그렇게 생각하니 불쌍하네……

"이거 글렀네. 미안하다, 메구. 나도 같이 탈 테니까 좀 부탁할게. 이래서야 크론이 고생하겠어."

아빠도 같은 생각을 한 줄 알았는데 아니었다. 크론 씨를 걱정한 거였다. 아버지가 파업하면 가장 고생하는 건 크론 씨인 모양이다. 그 외에도 마왕성에서 일하는 사람들은 지금도 이미 고생인데 아버지의 비위도 맞춰야만 하다니. 오랫동안 마왕성을 비워놓고 일감도 늘리고, 심지어 돌아온 마왕이 징징거리기까지 한다면……. 응, 아버지를 타는 것쯤은 별것 아니다. 내가 협력할 수 있는 건 그정도뿐이지만, 그게 마왕성의 미래에 도움이 된다면 기꺼이 타자.

"그, 그럼 아버지에게 태워 달라고 할까."

"꽤, 괜찮은 것이냐! 기쁘구나, 메구!"

내가 대답하자 아버지는 순식간에 활기를 되찾았다. 단순한 사람이다. 기르 씨가 불만인 듯 했지만 아빠와 아버지라는 최강 콤비에 마지못해 수긍한 모양이었다. 기르 씨에겐 미안하지만, 사실 용도 좀 타보고 싶었단 말이지. 혼자선 절대 못 탈 테고, 그런 걸 부탁하는 것도 미안해서 말하지 못했을 뿐이지. 모처럼 타게 되었으니 아버지의 등을 만끽하겠습니다! 두근두근.

용을 타고 나는 하늘 여행은 온 더 아빠 무릎이었습니다. 바구니보다 불안정하지만 어마어마하게 안심이 됐다. 절대 떨어지지 않을 자신이 있으니까. 아버지도 엄중하게 보호 마법을 걸어 주었고. 아빠가 과하다고 진저리를 칠 정도로 엄중하게. 만약 여기서 전투가 일어나도 밖에는 마법적으로도 물리적으로도 새어 나가지 않을 거라고 했다. 내가 손을 놓고 걸어 다녀도 떨어지지 않는단 소리였다. 그래도 가로막는 것도 잡을 것도 없이 고속으로 하늘을 이동하는 가운데 걸어 다닌다는 겁 없는 짓은 못 하지만. 아, 그래. 용의 비늘 감촉은 상상했던 것보다 좋았다. 반들반들하고 시원해서 왠지 중독될 것 같다. 뺨을 비볐더니 아 버지가 기쁨의 포효를 질렀지만. 이, 인간 여러분이 기절하지 않았기를……!

"저기, 아빠."

"응?"

날기 시작한 지 얼마 후, 나는 궁금했던 걸 물어보았다. 아빠 는 나를 등 뒤에서 감싸듯이 앉아 있기 때문에 나는 정수리 위 를 올려다보는 자세다. 목이 아파서 가슴에 기대자 아빠가 내 이마에 턱을 살짝 올렸다.

"나를 찾을 때 왜 성 사람들이 거짓말한다는 생각은 안 했던 거야? 소문을 들었던 것뿐이고, 황제님 쪽이 사실을 말하는지는 알 수 없었던 거잖아?"

아빠 쪽의 이야기를 간단히 들은 뒤 계속 이유가 궁금했다. 우 리는 계속 성 사람들에게서 도망쳤으니 어느 쪽이 흑막인지는 한쪽 주장만으로는 판단할 수 없었을 텐데. 하지만 아빠네는 주 저 없이 황제님 쪽을 믿은 게 신기했다. 우리는 잡히고서야 처 음으로 알았는데. 아, 생각났더니 기분이 가라앉는다. 앞으로 속지 않기 위해서라도 뭐가 단서였는지 들어두고 싶다.

"그야 처음에는 의심하는 마음이 반 이상이었지. 우리도 똑같 이 나라가 흑막이라고 생각했어. 아무리 전 황제가 좋은 녀석이 었다고 해도 지금 황제가 같다는 보장은 없잖아. 인간이니까.

그건 알지?"

'메구가 납치당하는 바람에 냉정하지 못했던 것도 있었고'라고 아빠가 중얼거렸다. 아빠도 자기가 머리에 피가 올랐단 자각이 있었구나.

"하지만 마을에서 정보를 수집하는 사이에 위화감을 느끼고 조사해 볼 필요가 있겠다 싶었지. 그래서 황제에게 직접 이야기를 듣고 그제야 7할은 믿게 된 거야."

"그렇다면 왜? 그것만으로 전면적으로 믿다니, 아빠네답지 않은데."

아무리 초조했다고 해도 그것만큼은 신중하게 확인하며 조사할 것 같은데. 게다가 조금이라도 의심스러운 점이 있다면 그렇게까지 터놓지 않았을 테고, 국가 쪽의 협력도 전부 거절하고 마대륙으로 돌아왔을 것이다. 그렇지만 이번에 아빠네는 과시하듯 이 나라에 남아서 협력했다. 사후 처리도 돕고, 마도구를 선뜻 주기도 하면서 온갖 원조를 퍼부은 건 아마 자신들을 믿어달라는 어필이다. 그건 즉 완전히 그 나라를 믿었다는 소리이기도하니까.

"응? 그야 간단하지. 결정타가 나타났으니까."

결정타? 그런 확실한 무언가가 있었어? 놀라는 나에게 아빠가 '못 들었어?'라고 되레 물었다. 어? 뭘? 누구에게서? 이해가 가지 않아서 끙끙 앓았더니 아빠가 씩 웃으며 대답했다.

"네 정령이 황제 앞에서도 태연하게 모습을 보였거든."

"쇼가?"

생각지도 못한 이름에 무심코 몸을 돌려 아빠를 보았다. 내가 도와줄 사람을 불러 달라고 부탁한 그때, 쇼는 아빠네만이 아니라 황제님도 포함해서 그 자리에 잇던 전원 앞에 모습을 보였다고 한다. 그, 그랬어?! 마석 안에 있는 쇼에게 확인하니 '그랬지이'라며 태평한 대답이 돌아왔다. 뭐야, 왜 안 가르쳐 준 거야? 안 물어봐서? 뭐, 그래. 아무튼 확실히 그런 거라면 이해가 간다. 정령은 조금 어리바리해 보이지만 사실 상당히 신중한 성격을 지녔다. 자연마법을 쓰는 사람이 아니라면 아무리 보고 싶어해도 정령 본인이 직접 모습을 보여주려고 마력을 사용하지 않는 한 볼 수 없다. 기본적으로 처음 만난 사람 앞에서 모습을 드러내는 일이 없단 소리다. 그리고 선악에 민감해서 악한 마음을 강하게 지닌 사람 앞에서는 절대 모습을 드러내지 않는다. 그건 자연마법을 쓰는 사람이라고 해도 예외가 아니다. 세르멜호른처럼 계약한 뒤에 나쁜 생각에 물들어 버렸다는 식이라면 예외지만. 그래서 정령이 보인다는 건 그것만으로도 선량한 사람이라는 증명이 된다. 하지만 쇼는 이번에 놀랍게도 처음 만나는 상대, 심지어 인간 앞에서 모습을 보였다. 긴급사태였고 마력 절약 같은 걸 고려했다고 해도 이례 중의 이례다. 보통은 말도 안 된다. 그렇구나. 확실히 이보다 더 확실할 수 없는 결정타다.

"그래서 어찌 보면 네 공적이야."

그렇게 말하며 아빠는 내 머리를 이리저리 마구 쓰다듬었다. 으으, 머리카락이 헝클어지잖아! 모처럼 나비 머리핀을 꽂았는데! 게다가 내가 아니라 쇼의 공적이다. 분명 쇼는 거기까진 생각하지 않았겠지. 단순히 이 사람들은 나쁜 사람이 아니니까 보여줘도 될 거야! 같은 식이었을 거다. 이 사람에겐 보여주고 저 사람에겐 안 보여주는 식으로 조절하는 건 의외로 마력을 잡아 먹는 모양이니까. 그렇다고 해도 쇼가 한 건 해냈다는 건 변함이 없다. 마대륙에 도착하면 상으로 또 마력을 줄까. 또, 또 인정사정없이 빨아가면 어떡하지! ……마음의 준비는 해두자.

하늘 여행은 순조로웠다. 중간부터 아버지도 텔레파시로 대화에 참가했다. 내용은 일이 어느 정도 처리되면 같이 차를 마시자거나, 둘이서 놀러 나가자 등 아버지의 의욕이 고취될 법한 화제를 골랐다. 나는 유능한 딸이다. 아버지가 시종 기분이 좋았다는 건 말할 것도 없다. 아빠에게는 잘 했다는 의미를 담아 엄지척을 받았습니다.

광산에 도착했을 때 로니의 아버지는 그곳에 없었다. 그런 식으로 아들과 헤어지고 아직 조금밖에 지나지 않았으니까 만나는 게 거북했던 건지도? 너무 놀라나? 하지만 의외로 그게 사실일지도. 그래서 아빠는 광산 앞에 서 있던 드워프 중 한 명에게 이걸로 이 건은 끝났다고 보고했다. 그러자 다음부터는 또 보수를 내야한다는 대답이 돌아왔다. 그, 그렇구나. 다음부터는 지나갈 때 일일이 보수가 필요해지는구나. 어라? 하지만 그러면 리히토는? 앞으로는 정기적으로 라비 씨를 만나러 가잖아. 그, 그럼 리히토는 인간 대륙에 남는 거야? 마대륙에 돌아가면 그렇게 쉽게 만나러 올 수 없게 되잖아.

"아, 아직 메구에게는 말 안 했었지. 나 이리저리 따져 보고 마대륙에 가기로 했어."

"그랬어?!"

어느새! 놀라는 나에게 리히토가 쓴웃음을 지으며 이야기 해 주었다. 아무래도 아버지에게서 마력을 지닌 자는 역시 마대륙 에서 지내는 게 가장 적합하단 말을 들은 모양이었다. 실제로 마대륙은 마소가 충만해서 무척 환경이 좋았으니 그렇게 하기로 했다나.

"어? 그럼 리히토도 오르투스에 올 거야?"

같이 있을 수 있다고 기뻐했지만 리히토는 난처한 듯 웃었다. 어라? 아니야? 당황하는 나에게 아버지가 대신 대답했다.

"사실 리히토는 내 밑에서, 즉 마왕성에서 지내기로 했다."

"어? 마왕성에서?"

예상하지 못했던 뜻밖의 보고에 나는 눈을 부릅떴다. 대체 어째서 그렇게 된 거야? 상당히 놀랐지만 듣고 보니 타당한 이유 였다.

"앞으로 라비를 만나러 가려고 해도 광산과 가까운 게 좋잖 아? 그래서 배려받은 거야. 게다가 노예제도 재정비에도……, 나도 무언가 힘이 되고 싶어서."

아버지는 노예제도 재정비와 유학 건으로 세부 사항을 진행하 면서 전이 마법진 통행 증표 작성을 가장 우선할 거라고 했다. 그것만 먼저 완성한다면 언제든 인간 대륙으로 건너가 라비 씨 를 만나러 갈 수 있으니까. 다만 이동 수단은 앞으로 생각해야만 한다는 모양이지만. 그렇구나. 리히토는 다각도로 고려해서 앞으로 해야 할 일, 하고 싶은 일을 스스로 찾아낸 거야. 눈동자에 결의가 깃든 리히토는 어쩐지 다부져 보였다. 무언가를 결단했을 때의 늠름한 얼굴이다. 응, 무척 든든하네.

"그래. 좀 아쉽긴 하지만, 하고 싶은 일이 정해진 건 아주 좋은 일이지!"

"고마워, 메구. 빨리 제도를 정립해서 증표를 만드는 게 당면 목표야. 증표를 만들면 광산 드워프에게 어떠한 이득이 있는지도 이래저래 생각하고 있고. 예를 들어……."

앞으로 할 일을 이야기하는 리히토는 반짝반짝 빛나 보였다. 대단해라. 벌써 많이 생각해 봤구나. 로니에 이어 리히토도 나를 두고 점점 어른이 되는 것 같아 역시 쓸쓸하다. 기쁘지만 적적하다. 나도 빨리 성장하고 싶지만, 각자 적절한 시기라는 게 있으니까. 제대로 응원하자. 그리고 도와줄 수 있는 게 있다면 돕는 거야. 내가 할 수 있는 일은 아직 이야기를 듣는 게 고작이지만, 그래도!

"아, 하지만……. 아직 네 아빠랑 그, 이야기는 안 했는데."

"! 그렇구나, 그랬지! 얘기 할래?"

갑자기 소곤소곤 작은 목소리를 내길래 무슨 일인가 했더니 그 이야기였습니다. 잊었던 건 아니거든? 다만 내가 모르는 사이에 이미 했을지도? 어떻게 됐지? 라는 상태였던 것뿐이다. 먼저 말해줘서 다행이야! 리히토가 긴장한 얼굴로 고개를 끄덕인 걸 확인한 뒤 나는 아빠에게 말을 걸었다.

"응? 왜?"

"있지, 리히토의 이야기를 들어 줘. 나 리히토의 가족이 되어 주고 싶으니까!"

"…………뭐?"

내가 주먹을 불끈 쥐고 그렇게 말하자 어째서인지 아빠가 굳었다. 아버지도 같이 굳어 버렸다. 어? 표현이 이상했나? 하지만 일본인 차원 이동자란 말은 큰 소리로 할 수 없는데. 이 세계에서 가족으로서 돌아올 곳을 만들어 주고 싶다는 건 진짜고. 그렇지? 리히토를 보자 얼굴이 새파랗게 질려 있었다. 어라?

"그러니까! 오해할 만한 말은 하지 말라고! 이 바보야아아아!"

"으어?! 자, 자모태써여어어어어어."

꾸악꾸악 뺨을 꼬집히며 화내는 리히토에게 울상으로 사과하는 나. 으으으, 뺨이 아파! 그만해! 무슨 잘못을 한 건지는 잘 모르지만, 아무튼 잘못했습니다! 그런 우리를 보고 케이 씨는 소리 내어 웃었고 로니도 쿡쿡거렸다. 잠깐, 살려줘! 하지만 리히토는 생각보다 금방 나를 풀어 준 뒤 서둘러 아빠와 아버지에게 해명하기 시작했다. 나는 눈물을 매달고 얼얼한 뺨을 두 손으로 꾹 눌렀다. 크흥.

"하아, 웃겨라. 하지만 메구에게도 이렇게 장난칠 수 있는 친구가 생긴 거구나. 으음, 왠지 좀 섭섭하네."

"기분이 복잡하군……."

딸의 성장을 지켜보는 부모 같은 마음인 걸까. 그런 이야기를 하면서 케이 씨가 내 머리를 토닥토닥 쓰다듬고 기르 씨가 차가운 수건으로 내 뺨을 식히며 달래 주었다. 진심으로 공격한 게 아니라는 걸 아니까 리히토가 꼬집어도 가만히 지켜본 거구나! 대등한 상대가 아니었다면 지금쯤 보호자들의 철퇴가 떨어졌을 테고. 그렇구나, 리히토도 로니도 내 친구라는 걸 제대로 인정해 주는 거야. 그게 기뻐서 가슴이 간질간질했다. ……하지만 조금만 더 살살 해줘도 괜찮단다, 리히토.

"잠깐, 잠깐만. 진짜? 이거 설마……! 야, 아슈."

갑자기 조금 볼륨이 커진 아빠의 목소리가 들렸다. 아무래도 리히토는 아빠에게 자신의 출신도 포함해서 전부 다 설명한 것 같은데……. 무슨 일 있었나? 상당히 놀랐다는 건 대화 내용상 이해할 수 있지만, 뭔가 느낌이 다른데? 조금 초조한 것 같아 보이기도 했다. ……뭐지?

"……그래. 아마도, 아니, 틀림없이 **맞을** 거다."

"어? 저기, 제가 무슨……?"

아빠만이 아니라 아버지도 마왕 모드에 들어가 진지한 표정으로 팔짱을 꼈다. 심상치 않은 두 사람의 반응에 중간에 낀 리히토는 당황하고 있었다. 리히토만이 아니다. 조금 떨어진 위치에서 기다리던 로니와 나, 그리고 기르 씨와 케이 씨도 고개를 갸웃거렸다. 잠시 생각에 잠기듯 침묵하는 아빠와 아버지. 그러더니 아빠가 휙 고개를 들어 진지한 표정으로 리히토의 양어깨에 손을 올렸다. 그 입에서 나온 내용은 참으로 뜬금없었다.

"잘 들어라, 리히토. 너는 앞으로 누구보다 강해질 필요가 생겼어."

"어? 어? 강해질⋯⋯?"

너무나 갑작스러운 말에 다들 어안이 벙벙해졌다. 누구보다 강해지라니, 그건 무슨 소리지? 그리고 왜. 심각한 분위기인 걸 보면 농담이나 가벼운 마음으로 한 말도 아니다. 그래서 몹시 당황스러운 거지만.

"누구보다 강해져야 한다. 나나 아슈와 맞먹을 만큼. 잘 모르겠어? 그래, 적어도 저기 있는 기르보다는 강해져야 해."

아빠의 말에 기르 씨가 한쪽 눈썹을 꿈틀 들어 올렸다. 어? 어? 뭐야? 더욱 알 수 없는데?! 하지만 아빠만이 아니라 아버지도 진지함 그 자체였다. 그런 와중에 누구보다 혼란스러울 리히토가 반사적으로 소리쳤다.

"기르 씨, 보다?! 모, 모모못해요! 아무리 생각해도 무리⋯⋯."

"반드시! 그렇지 못한다면 나는 용서하지 않을 거야."

"윽?!"

기르 씨가 얼마나 강한지는 리히토도 직접 봤으니까. 살기만으로도 인간이 그런 상태가 되는 걸 봤으니 자신을 향한 게 아니었다지만 살짝 트라우마가 되었어도 이상하지 않다. 그러니 리히토의 반응은 당연했다. 하지만 말을 마치기도 전에 아빠의 무시무시한 목소리가 리히토의 말을 가로막았다. 그 기세에 리히토의 어깨가 움찔 흔들렸다.

"⋯⋯음, 나도 용서할 수 없겠구나."

조용해진 타이밍에 아버지도 동의를 표했다. 무, 무무무무무슨 일이야? 왜 갑자기 저런 말을⋯⋯. 심술부리려고 하는 말은 아닌 거지? 아빠도 아버지도 화난 모습이 아니라 어딘가 괴로워 보인다고 해야 하나, 슬퍼 보이는 표정이니까.

"……갑자기 이런 소리 해서 미안해. 하지만 거짓말이나 농담이 아니야. 강제도 아니기는 하지만…… 이건 부탁이다. 내 일생일대의 부탁이라고 보면 돼."

아버지도 아빠의 말에 순순히 고개를 끄덕였다. 강제가 아니라고는 하지만 이 두 사람의 일생일대의 부탁이라니, 거의 강제나 마찬가지다. 심상치 않은 모습에 잠시 할 말을 잃고 눈이 동그래졌던 리히토였지만, 조금 침착해진 건지 간신히 작은 목소리로 입을 열었다.

"……저기, 이유는요?"

맞는 말이다. 아무튼 이유를 알고 싶겠지. 사실 나도 알고 싶고, 이 자리에 있는 사람들 다 같은 마음일 거다. 이 두 사람이 이렇게나 흥분했는걸. 어지간한 문제가 아닌건가 의심스러울 정도로. 하지만 두 사람은 당장 대답하려 하진 않았다.

"……지금은 아직 모르는 게 나아. 우리도 거의 그럴 거라고는 생각하지만 확신은 없으니까. 그래, 네가 더 강해졌을 때. 우리만큼 강해지고 나면 그때 가르쳐 주마. 아, 걱정하지 않아도 마력을 지닌 너는 보통 인간보다는 수명이 길어. 그게 50년 뒤라고 해도 몸은 30대 정도일 거다."

"음, 그 정도가 좋겠군. 리히토여, 나의 성에서 수행하거라. 몸도 마음도 단련해서 강해져라. 그것도 가능한 한 빨리. 인간에게 허용된 시간은 우리보다 훨씬 짧으니……"

대체 무슨 사정인 걸까. 굉장히 궁금하고 당장 듣고 싶지만, 보아하니 지금은 아무에게도 말할 마음이 없는 모양이다. 난데없이 무거운 이야기가 되는 바람에 누구보다 당황하던 리히토는 받아들이는 것만으로도 버거울 것이다. 하지만 리히토는 아빠와 아버지를 똑바로 마주 바라보며 또렷하게 선언했다.

　"……알겠습니다. 사정은 아주 궁금하지만, 당신들은 믿을 수 있으니까. 제대로, 시킨 대로 노력은 할게요. 그러니까 언젠가 꼭 가르쳐 주세요. 그리고 절 강하게 만들어 주세요, 마왕님! 잘 부탁드립니다."

　리히토는 꾸벅 허리를 숙였다. 전부터 생각했지만 정말 마음이 올곧구나. 저런 식으로 생각할 수 있다는 건 사실 아주 대단한 일인걸. 도저히 이해할 수 없는 제안이니까. 그만큼 아빠와 아버지를 주저 없이 믿는 거다. ……라비 씨 일이 있었는데도.

　"눈빛이 좋은데. 각오도 나쁘지 않아. 이쪽에서 억지 같은 소릴 하고 있는데."

　리히토의 말에 간신히 두 사람의 어깨에서 힘이 빠졌다. 피식 웃으며 리히토를 내려다보는 눈빛은 무척이나 자상했다.

　"우리도 진심으로 임해야만 하겠군. 리히토여, 내가 반드시 그대를 강해지게 해주겠다. 엄한 단련이 되겠지. 하지만 따라와 다오."

　"그래, 전력으로 도와줄게. 네 사정도 뭐든 들어 줄 거고, 필요하다면 내 이야기도 들려주마. 너는 나와 같은 처지니까."

　아빠와 아버지가 리히토를 보는 눈은 마치 친자식을 보는 듯한 부드러운 눈이었다. 안심도 됐지만, 어째서인지 내 마음속 깊은 곳에 '불안'이라는 납덩어리가 떨어진 느낌이 들었다.

"이해할 수 없는 소릴 했는데 믿어줘서 고마워."

"반드시 그 신뢰에 보답하겠노라 약속하지."

"……네! 부탁드립니다!"

재차 머리를 숙였다가 고개를 든 리히토는 어딘가 기뻐 보였다. 마음에 걸리는 건 있었지만 지금은 잘된 거겠지. 마왕성이라는 새로운 집을 손에 넣었으니 리히토가 또 가족처럼 여길 수 있는 사람이 늘어날지도 모르고. 좋아, 리히토에게도 편지 써야지. 같은 마대륙에 있다고 해도 쉽게 만나지는 못할 테지만. 리히토가 정한 길, 그리고 뭔가 짊어지게 된 듯한 사명을 전력으로 응원할 생각이다.

4 여행 동료들의 미래

【리히토】

이젠 무슨 소릴 들어도 안 놀랄 거다. 이게 몇 번째 다짐이더라. 메구나 메구의 가족과 같이 행동하다 보면 정말 상식이 뭔지 의심스러워질 때가 많다. 하지만 신경 쓰면 패배라는 걸 점점 알게 되었다. 그러니 일일이 놀라면 몸이 못 버틴다. 그렇게 생각했는데.

"누구보다도 강해질 필요가 생겼어."

하지만 아무리 그래도 마대륙의 톱인 것 같은 두 사람에게 이런 소릴 들으면 놀라지 않겠냐. 심지어 적어도 기르 씨보다 강해지라니 말도 안 된다. 살기만으로도 사람을 죽일 수 있을 만큼 강한데! 하지만 이 두 사람의 불도저처럼 밀고 들어오는 분위기나 절박한 느낌을 봤더니 싫다고는 할 수 없었다. 가능한지 아닌지가 아니라 할 수밖에 없다고, 머리를 망치로 얻어맞은 듯한 충격이 퍼졌다. 내 사명이다. 해야만 하는 일이라는 걸 본능적으로 이해했다. 이상한 소릴 한다고 생각할지도 모르고, 상당히 고통스럽고 힘든 길일 것이다. 노예제도 재정비 건도 있고, 굉장히 바쁜 나날을 보내게 되지 않을까. 하지만 라비도 앞으로 죽어라 살아야만 한다. 나도 죽어라 살고 싶다. 질 수 없다는 경쟁심이 치밀었단 말이지. 스스로도 참 바보 같은 사고방식이라고 보지만. 그래서 일단 알아보기 쉽게, 라비와 면회할 때마다 놀라게 해주는 걸 목표로 삼았다. 자주 만나지 못하기 때문에 더욱 변화를 알아차리기 쉽겠지. 만날 때마다 또 성장한 날 보면서 만나는 걸 기대할 수 있도록. 오래 살아야겠다는 생각이 들도록. 라비가 살아가는 목적이라고 하는 건 뻔뻔할지도 모르지만, 즐거움은 되어주고 싶었다.

"그럼 리히토와는 여기서 일단 헤어지는구나……."

마대륙 쪽 광산에 도착하자 메구가 풀 죽은 얼굴로 그렇게 말했다. 나 참, 어리광 부리는 건 그렇게 쉽게 변하지 않는구나. 그렇게 오래 알고 지낸 건 아니지만 메구나 로니는 진짜 남매처럼 생각한다. 확실히 헤어지는 건 좀 아쉬워도 딱히 평생 작별하는 건 아니다.

"가끔은 만나러 갈게. 그러니까 메구도 와. 로니는 정기적으로 광산에 와야 하지? 그때라도 마왕성에 들러줘."

"응, 만나러 갈게."

"응! 나도!"

솔직히 다들 바빠질 테니까 그리 쉽게 만나지 못한다는 건 안다. 이 녀석들도 그런 것쯤은 알고 있겠지. 알면서도 두 사람은 기쁘다는 듯 웃었다. 울면서 헤어지는 것보다는 훨씬 낫다. 그래, 이제 못 만나는 것도 아니다. 이 두 사람과도, 라비와도.

"리히토는 나에게 맡기거라. 우수한 지도관도 붙여 주겠다! 그리고 메구, 나도 만나러 와 다오……."

"다, 당연하지! 아버지도 만나러 갈게!"

아, 그렇구나. 그렇게 되면 메구와는 그럭저럭 만날 기회는 있겠네. 하지만 메구, 그런 식으로 당황하며 대답하다니……. 까먹고 있었지? 마왕님이 불쌍하다.

"그럼 또 봐, 리히토! 편지 쓸게!"

"그래! 또 만나!"

이렇게 메구 일행은 다시 날아갔다. 이번에는 기르 씨가 전원을 태웠다. 검은색의 커다란 날개를 펼친 그 사람을 보면 정신이 아득해진다. 하아, 내가 저런 사람을 이길 수 있는 날이 과연 올까?

"그럼 우리도 성으로 가자. 리히토여."

"앗, 네!"

한편 나는 용 모습이 된 마왕님의 등에 타고 마왕성으로 가게 되었다. 엄중한 마법이 걸려있다고는 해도 생물의 등에 타다니, 라비에게 배워서 말에 잠깐 타본 거 말고는 없었기 때문에 긴장된다. 하지만 의외로 탑승감이 좋아서 안심하고 하늘 여행을 즐길 수 있었다. 그나저나 마왕성이라. ……조금 기대되네.

성이 있는 마을에 도착하자 동물 귀가 달린 사람이나 비늘이 달린 사람, 꼬리가 난 사람 등 소위 아인이라 불리는 사람들이 많이 모여들었다. 우와, 판타지다. 메구가 그랬던가. 마을로 나가면 더 실감할 수 있다고. 그래, 이런 뜻이었구나. 모여든 사람들은 다들 호의적이었다. 정확하겐 마왕님을 좋아하는 거구나. 어서 오라고 입을 모아 인사하면서 웃었다. 오르투스가 있는 마을도 이런 느낌일까? 아니면 조금 다를까. 결국 구경할 기회는 없었지만, 언젠가 갔을 때 즐기기로 하자.

"마왕님, 이 아이 누구?"

"어라? 인간?"

모여든 사람들은 마왕님에게 인사를 마친 뒤 나를 보며 흥미진진하다는 듯 얼굴을 살폈다. 조, 조금 무섭잖아. 아니, 우호적이긴 하지만! 익숙하지 않으니까……!

"음, 리히토라고 한다. 마왕성에 살게 되었지. 제법 유망한 젊은이다. 다들 잘 대해 주거라."

마왕님이 나를 그렇게 소개해준 덕분에 다들 웃으면서 잘 부탁한다고 인사해 주었다. 인간 따위가 마왕성에서 살다니 주제를 모른다며 노려볼지도 모른다고 생각했는데 오히려 정반대의 반응이다. 마왕님이 인정한 인간이라니 대단하다는 식이었다. 뭔가 상상했던 것보다 훨씬 분위기가 밝구나. 그런 식으로 마을을 걸으며 계속 인사를 받은 덕분인지 좀처럼 성에 도착할 수 없었다. 아니, 마왕님이 일부러 그러는 느낌이 든다. 나를 알리기 위해서인 걸지도 모르지만, 혹시 돌아가기 싫은 걸까? 성이 가까워질수록 한숨도 늘어났고. 노골적이구나. 성에 도착한 건 그로부터 체감 1시간 뒤. 너무 오래 걸린 거 아니야? 그렇게 멀지도 않은데. 마침내 성문 앞에 도착했기 때문인지 마왕님은 한눈에 봐도 내키지 않는다는 표정이었다. 일하기 싫다고 중얼거리질 않나. 메구가 누우이 말했던가. 아버지는 하면 할 수 있는 사람이지만 대체로 이름값을 못 하는 사람이라고. 그럴 리 없다고 생각했는데 벌써 이해가 간다.

"하아, 리히토. 나는 그, 자리를 비웠던 동안 일어난 일에 대하여 잠시 이야기하지 않으면 안 된다. 그동안 기다려 주지 않겠는가……."

"어, 네. 그, 힘내세요……."

나는 결전으로 향하는 마왕님의 등을 배웅했다.

마왕성은 코르티가의 왕성과는 또 분위기가 달랐다. 번쩍번쩍하던 왕성과는 다르게 마왕성은 클래식한 인상이다. 그리고 여기저기에서 마력의 기척이 났다. 온갖 곳에 마도구를 쓴 거겠지. 그건 오르투스도 마찬가지였지만, 이쪽이 더 엄숙한 분위기다. 성이니까 당연한가. 성 홀에 들어가자 메이드가 안내해 주었다. 그저 넓은 공간에서 혼자 기다리려니 긴장되었지만, 차와 다과를 가져다준 덕분에 다소 침착해졌다. 마왕님이 돌아올 때까지 나는 차를 가져다준 노신사에게 대화상대가 되어 달라고 부탁했다. 오렌지색 머리카락을 올백으로 넘긴 그 사람은 휴드리히라고 이름을 밝히더니 재상이라고 가르쳐 주었다. ……어? 재상?! 재, 재상이면 높으신 분이지? 그런 사람이 나 같은 어린아이한테 차를 가져다줘도 되는 거야? 본인은 당연하다는 듯 여기에 있으니 괜찮은 거겠지만. 그러고 보면 이 사람은 완전한 인간형이다. 아인이 인간형으로 지내는 건 강자의 증거랬지? 마왕성쯤 되면 일하는 사람도 엄선된 사람들이라는 건가.

휴드리히, 줄여서 휴 씨는 성에서 지내는 생활이나 일상에 대해 다양하게 가르쳐 주었다. 작은 오두막에서 자란 나에게는 상당히 호화로운 생활이 될 것 같아 조금 당황했다. 하지만 그것도 적응하면 되겠지. 나도 인간 대륙에 대해 이야기하는 등 제법 화기애애하게 즐거운 시간을 보낼 수 있었다. 마왕님이 초췌한 안색으로 누군가를 데리고 돌아올 때까지는. 잘 모르겠지만 '고생 많으십니다'라고 위로를 건네고 싶어지는 모습이었다.

"리히토, 소개하마. 나의 측근인⋯⋯."

"자하리아슈 님의 **오른팔** 크론크비스트라고 합니다. 앞으로 잘 부탁드립니다, 리히토."

"아⋯⋯. 그래, 그렇게 됐다."

마왕님이 걱정된 것도 잠시, 나는 소개받은 인물을 보고 여태껏 느껴본 적이 없는 충격을 받았다. 고운 하늘색 머리카락을 깔끔하게 묶고 눈매는 아몬드형인 그 사람은 자신을 마왕의 오른팔이라고 소개하며 빈틈없이 정중하게 인사했다. 첫눈에 본순간 전신에 전기가 흐른 듯한 감각이 밀려들었다. 너무 아름다운 사람이라서 그 사람에게서 눈을 뗄 수 없어졌다. 소위 첫눈에 반했다는 그게, 정말로 있구나. 우와, 우와아. 눈을 못 떼겠어. 심장이 시끄럽게 쿵쿵 발광했다.

"⋯⋯왜 그러느냐? 리히토."

"앗, 저기, 잘 부탁드립니다! 크론크비스트 씨!"

"크론이라고 불러주십시오. 부르기 불편하시죠?"

애칭으로 부르게 해주다니! 아니, 근데 크론이라면 어디선가 들은 것 같은데? 아, 메구가 말했던가. 무표정한 사람이지만 사실은 무척 자상하다고. 그래, 이 사람이⋯⋯. 앞으로 이 크론 씨가 일을 가르쳐 준다고 해서 의욕이 확 솟아났다! 언젠가 내가 더 강해졌을 때 돌아보게 하고 싶다는 목표가 늘어났다.

"흠? ……그렇군. 리히토여, 정진하거라. 크론은 강적이다."

"넵!"

내 반응을 보고 마왕님은 한발 먼저 알아차린 모양이었다. 씩 웃은 뒤 격려해 주었다.

"무슨 말씀입니까? 괜한 이야기는 하지 말고 바로 업무 이야기를 하고 싶습니다. 특히 자하리아슈 님, 슬슬 서류로 방이 파묻힐 겁니다."

"그 정도란 말인가?! 책상 위에만 쌓인 게 아니라?!"

가차 없는 점도, 차가운 눈빛도 전부 매력적으로 보인다. 어떻게 이런 사람이 존재하는 걸까. 계속 보게 된다. 아, 안 돼, 안 돼. 정신 차려야지! 이래서야 한심한 인간으로 찍힌다. 마왕님도 협력적인 것 같은데, 언젠가 꼭 돌아봐 줄 만큼 멋진 남자가 되겠어! 그러기 위해서도 해야만 한다.

"그럼 자하리아슈 님께선 즉각 집무실에 가셔서 일을 조금이라도 줄여 주십시오. 앞으로 20일 정도는 취침하지 않으셔도 괜찮으시지요?"

"너무하지 않으냐, 크론! 조금 더 주인을 위해다오!"

"식사와 차는 가져다드리겠습니다."

크론 씨는 그 말만 남기고 슥 한 손을 들었다. 그러자 어디서인지 종자가 나타나 마왕님을 좌우에서 단단히 붙잡고 질질 끌고 갔다. 안녕히 가세요, 마왕님. 또 만나는 그 날까지! 원한에

찬 시선을 받았지만 지금 내 마음에는 아무런 영향도 줄 수 없다. 왜냐하면…….

"그럼 리히토. 먼저 기본적인 것부터 가르쳐드리겠습니다. 휴식 후 다른 전문가를 부를 테니 그 사람과 무술과 마법을 훈련합니다. ……당신은 인간이니까 시간은 귀중합니다, 타이트하게 가겠습니다."

지금부터 크론 씨와 단둘이니까! 따라올 수 있겠냐며 도발하는 듯한 눈빛에 심장이 크게 뛰었다. 조, 좋아, 해 주겠어!

"바라는 바입니다!"

이리하여 내 마왕성 생활이 시작되었다.

【로나우드】

"저, 저기!"

"응? 왜 그래? 로나우드."

리히토, 마왕님과 헤어진 뒤 우리는 기르 씨가 운반하는 바구니에 탔다. 목적지는 아마도 특급 길드 오르투스. 얼마 전까지 신세 졌던 그 장소. 아무런 말도 듣지 않았지만, 아마 나는 앞으로 오르투스에서 지내게 될 것이다. 하지만 그래도 되는 걸까? 그냥 어영부영 흐름에 따라 그렇게 대단한 길드에 들어가도 되는 거야? 나는 확실히 아직 어린아이지만……. 그래도 곧 성인이 된다. 각오라거나, 그런 걸 제대로 보이지 않는 건 꼴사납다. 사람으로서도 좋지 않다. 그래서 굳게 결심하고 메구의 아버지인 오르투스의 두목에게 과감하게 말을 걸었다.

"저, 저를, 오르투스에 들어가게 해주세요! 동료가, 되고 싶습니다……!"

제대로, 내 말로 확실하게 전해야 한다. 생각해 보면 나는 여태까지 내 마음을 상대에게 전하지 않았다. 참으면 편했고, 참는 게 힘들지도 않았다. 하지만 그때 사우라 씨의 말에 뺨을 세게 얻어맞은 기분이 들었다. 나는 어리광을 부리는 거였다는 걸 간신히 깨달았다. 내가 바라는 건 말이나 행동으로 확실하게 보여주지 않으면 아무에게도 전해지지 않으니까. 기다리기만 해선 안 된다.

"그, 저는 아직, 할 수 있는 일이 별로 없어요. 약하고, 마법도 서툴고……. 하지만, 많이, 많이, 노력할게요. 아무에게도 지지 않을 무언가를 찾고 싶어요. 언젠가, 오르투스의, 전력이 되고 싶어요."

그렇게 강해져서 의뢰를 수행하며 세상을 둘러보고 싶다. 언젠가 다시 인간 대륙에도 가고 싶다. 자연마법을 쓰는 나에게는 가혹한 환경이지만……. 이번 경험을 살려서 몸을 더 단련하고, 아직 보지 못한 세상을 많이 볼 것이다. 세상이 얼마나 넓은지 더 알고 싶다. 그게 내 꿈이니까.

"부탁, 드립니다!"

나는 허리를 푹 접었다. 지금까지 나는 그저 광산의 폐쇄적인 환경이 싫어서 가출했을 뿐인 어린아이였다. 그렇게 그저 떼를 쓰는 아이로 남고 싶지 않다. 잠시 머리를 숙인 채 기다리자 뒤

통수에 가벼운 충격과 온기가 느껴졌다. 두목의 커다란 손이 내 머리를 쓱쓱 쓰다듬고 있다는 걸 깨닫기까지 시간이 좀 걸렸다.

"말 잘했다. 그 말을 계속 기다렸어."

『으음, 맞아. 만약 이대로 아무 말도 안 했다면 너는 오르투스에 들어오지 못했을 거야.』

두목에 이어 스르륵 내 무릎 위로 올라온 꽃빛뱀 모습의 케이 씨도 그렇게 말했다. 그, 그렇구나. 역시 그렇겠지. 용기를 내서 다행이다. 나는 내심 안도했다.

"노력하겠다면, 로나우드는 케이가 담당해야겠네. 안심해, 이 녀석은 노력의 천재거든."

『으음, 영광이야. 하지만 로나우드. 내 수행은 엄하다?』

놀랍게도 케이 씨가 나를 단련해 준다고 한다. 마법 기초지식은 오르투스에 있는 드워프가 가르쳐 준다고 하지만. 광산 밖에 있는 드워프를 만나는 건 처음이다. 좋아, 도착하면 인사하러 가야겠다.

"열심히 할게. 잘, 부탁드립니다. 케이 씨."

『맡겨줘. 잘 지내보자, 로나우드.』

케이 씨의 새하얀 꼬리가 내 손을 감았다. 단단히 악수하는 느낌. 받아들여진 덕분에 어깨에서 힘이 빠진 걸 느꼈다. 나도, 말할 수 있었다. 후회하지 않을 수 있었다. '오늘부터는 동료구나'라면서 웃는 두목의 얼굴을 보며 나는 옛날 일을 떠올렸다.

나는 늘 광산에 들어오는 다양한 것들을 보았다. 신기한 물건을 보는 건 즐거웠지만, 아무리 시간이 지나도 통 익숙해질 수 없는 게 노예였다. 광산을 지나가는 노예는 대부분 성인이었고, 마대륙 쪽에서 오는 사람은 마력 억제 마도구를 장착하고 있었다. 그리고 이건 다들 공통적으로 장착한 거지만, 괜한 말을 하지 못하도록 목소리를 내지 못하게 만드는 마도구도. 지나친 게 아니냐는 생각이 들었지만, 자신은 죄가 없다고 거짓말하는 노예도 있다면서 의무가 되었다나. 지금 생각해 보면 정말 무고한 사람도 있었겠지. 광산 드워프는 다들 괜한 탐색은 일절 하지 않는다는 규칙을 엄수했다. 사적 감정이 끼어들면 괜히 싸우게 되리라는 건 잘 알고 있으니까. 광산은 어느 나라에도 속하지 않는다. 그래서 매정할지도 모르지만, 자신들의 몸을 지키기 위해서도 그 규칙이 필요하다는 것도 이해하고 있었다. 하지만 나는 역시 숨이 막혔다. 도저히 직시할 수 없어, 관심을 끊을 수 없어서 괴로웠다. 그 사람들이 어디에서 어떤 식으로 살았는지 너무 궁금했다. 그리고 마음대로 그 사람들의 가족이나 인생을 상상하며 가슴이 뻐근해지곤 했다. 그래서 나는 늘 광산을 빠져나와 숲에 갔다. 도망쳤다. 한심하지. 족장의 아들로서 면목이 없다. 다음 족장으로 부적격이다.

아버지도 그런 내 심정을 알고 있었겠지. 하지만 아버지는 전이 마법진을 통해 상품이 오가는 걸 지켜보는 일에 자주 나를 대동했다. 교육하려는 의도였을 것이다. 기대에 부응하고 싶은 마음은 있었다. 아버지를 돕고 싶다는 마음도 크다. 하지만 너무너무 고통스러워서 견딜 수 없어서……. 어느 날 나는 불쑥 도망쳤다. 한 번 도망치자 도저히 돌아갈 마음은 들지 않았다. ……무서웠으니까. 수십 년 전 그날 이후 나는 거의 인간 대륙의 숲에서 생활했다. 물론 매일 광산에 얼굴을 비추기는 했으나 그게 전부다. 그런 나를 아버지도 점점 포기한 모양이었다. 출구가 보이지 않는 나날과 아무것도 못 하는 나 자신에게 신물이 났을 때, 이번 전이 사건에 휘말렸다. 리히토와 메구에게는 미안하지만……. 사실 나는 아주 조금 두근거렸다. 물론 많이 무섭기도 했다. 광산과 광산 주변 숲 말고는 밖으로 나온 적이 없었으니까. 하지만 세상을 보고 싶다는, 드워프에게는 황당무계한 꿈이 뜻밖에 이뤄졌다. 도망치는 나날이었고 고생도 많았으니 이런 식으로 말하면 벌 받을지도 모르지만……. 나는 즐거웠다. 리히토와 메구, 그리고 라비를 만난 건 역시 나에게는 보물이다. 몰랐다. 만남이 보물이 된다는 것을. 한번 이 기쁨을 알아버린 나는 더는 멈추지 않는다. 내 다리로 나아갈 것이다.

풍경이 점점 바뀌면서 길드가 있는 마을에 도착했다. 인간 대륙으로 갈 때는 길드에서 직접 떠났지만 돌아오는 길엔 내 요청에 따라 마을 앞에서 내려주었다. 내가 요청하는 걸 누군가가 들어주는 일은 잘 없었으니까 왠지 간지러웠다.

"로니, 안내할게!"

"응, 잘 부탁해."

지상으로 내려오자 메구가 내 손을 잡고 생글생글 웃었다. 친동생 같다. 아주 귀엽고, 지켜줘야 한다고 생각한다. 우리 뒤에

선 두목과 기르 씨, 케이 씨가 다정한 눈빛으로 지켜보고 있다. 내가 아는 가족과는 또 조금 다르나 무척 상냥하다. 내 가족은 또 그거대로 좋지만. 단단한 유대라는 느낌이 들어서. 하지만 오르투스는 뭔가 친절하고 따뜻하다. 아늑한 기분이 든다. 메구가 이렇게 솔직하고 착한 아이로 자란 이유를 잘 알 수 있었다.

"메구, 피곤해? ……자, 업혀."

처음에는 의기양양하게 폴짝거리기까지 했던 메구가 '휴우' 하고 한숨을 쉬는 걸 듣고 나는 메구 앞에 몸을 숙였다. 정말이지. 아직 몸이 덜 회복되었는데 신나서 뛰니까……. 메구가 '에헤헤' 하고 쑥스러워하며 등에 업히자 단단히 받치며 일어났다. 전보다 좀 가벼워졌네. 조금 더 먹이는 게 좋을 것 같다. 그리고 근육량도 줄어든 거겠지. 또 열심히 수행해야겠다.

"로니의 등, 오랜만인 기분이야!"

하지만 천진난만하게 기뻐하는 메구를 보면 지금은 아무래도 괜찮단 생각이 들었다. 길드 사람들이 어화둥둥 예뻐하는 마음을 조금 알 것 같다. 하지만 메구를 위해서는 가끔 엄하게도 해야지. 지금은, 그, 어리광을 받아주는 시간이란 걸로.

"으음, 훈훈한 광경인걸. 이거 길드에 도착하면 시선이 집중되지 않을까?"

"이미 집중됐잖아. 새 팬클럽이 발족되겠어, 이거."

케이 씨와 두목의 대화가 들렸다. 마대륙에선 어린아이가 귀중하다 보니 아껴주곤 하지만. ……나도 슬슬 어린아이 대우에서 졸업하고 싶은데. 등 뒤로 포근한 온기를 느끼며 그런 생각을 했다.

【라비】

살아갈 의미란 무엇일까.

요즘 나답지 않게 그런 생각을 하게 되었다. 이것도 다 전부 리히토와 메구와 로니의 영향이겠지.

"뭐 하러 온 거야! 이 사기꾼! 다시는 그 낯짝 들이밀지 마!!"

나는 지금 마을 아주머니에게 그런 식으로 욕을 들으면서 돌을 맞고 있다. 이마에서 피가 흐르든 말든 신경 쓰지 않는다. 묵묵히 머리를 숙이며 그 말도 행위도 받아들였다.

"폭력행위는 삼가 주십시오. 이러시면 이번에는 당신을 체포해야 합니다."

"시끄러워! 아아, 안나……! 힘들었지? 아팠지……? 딸은 더 심한 짓을 당했어! 이 정도가 뭐 어떻다는 거야!"

돌을 던지는 아주머니를 기사단 사람들이 제지했다. 딱히 막지 않아도 괜찮은데. 나는 칼에 맞아도 할 말이 없을 짓을 저질렀으니까. 아아, 하지만. 죽을 수는 없었지. 나는 이 죄를, 이 초라한 평생에 걸쳐 갚아야만 하니까. 마을 사람들이 던지는 경멸의 시선, 아주머니가 보내는 살의. 그것들은 전부 당연한 것으로서 받아들였다. 하지만 딱 하나, 괴로워서 견딜 수 없는 것이 있었다.

"엄마. 하지만 이 사람은 유일하게 나에게 잘해 준 사람이야.

계속⋯⋯."

피해자가 나를 옹호하는 말만큼은 내 가슴을 깊게 후벼팠다. 정말이지, 왜 날 감싸는 거야. 리히토네도 그렇다. 조금 착하게 대했다고 믿으면 안 되지. 아무리 친절했다고 해도 내가 저지른 짓이 범죄인 건 변하지 않는다. 결국은 이용해서 팔아치웠으니까. 하지만 고통스럽지 않으면 속죄가 되지 않으려나. 이게 나에게 내려진 벌이라고 생각하면 참을 수밖에 없다.

이렇게 나는 오늘도 기사단과 함께 되찾은 피해자들을 데리고 각자 고향 마을에 향했다. 그게 지금 내가 받은 일이니까. 내가 속여서 데려갔던 피해자를 최대한 되찾아서 원래의 집으로 돌려보낸다. 그때 욕을 듣는 건 당연한 일로, 보호한 사람을 전부 돌려보낼 때까지 이 고행은 계속된다. 리히토네는 나에게⋯⋯ 아니, 우리 전원에게 살라는 결단을 내렸다. 나는 대충 그 결과를 예상했었지만, 속으로는 물러터졌다고 비웃었다. 그러나 살 의미를 찾지 못하는 나에게는 죽음보다 괴로운 선택이기도 했다. 고든 같은 녀석들은 괜찮겠지. 마치 자동 인형처럼 명령을 따를 뿐. 거기에 감정의 호오 같은 건 없으니까. 그게 당연하다. 하지만 이따금 마주치는 고든은 나를 보더니 무언가 하고 싶은 말이 있다는 듯한 시선을 던졌다. 불만인 것 같기도 하고 쓸쓸한 것 같기도 한, 그런 눈이다. 설마 고든에게도 무언가 남들 같은 감정이 싹텄나⋯⋯? 아니, 그럴 리 없지. 게다가 너무 늦었다. 알아봤자 어떻게 할 수도 없고. 그냥 언젠가 또, 한 번만이라도 시시껄렁한 이야기를 나눌 수 있다면 좋겠다. 죽지 않아서 기쁘다고. 나도 참 맛이 갔구나.

"세라비스, 면회 일정이 잡혔다."

어느 날 내가 숙박하는 장소에 한 기사가 찾아왔다. 이 자는 라이가라는 이름으로, 내 면회 담당이라고 했다. 메구에게 은혜를 입은 게 있다나. 언제 그런 연줄을 얻은 걸까. 아, 그러고 보면 울라 마을에서 아슬아슬한 순간이 있었던가. 완전히 잊고 있었다.

"오늘부터 달이 한 바퀴 돌고 난 후쯤에 리히토 님이 만나러 온다고 하더군. 시간은 한정적이다. 대화할 내용을 미리 정해두도록 해."

"……그래. 고맙다."

이곳의 기사들은 다들 우리를 정중하게 대한다. 보통 범죄자나 노예에게는 더 가혹하게 대할 텐데. 친절한 대우라고 할 정도는 아니지만, 제대로 '인간'으로 대접하고 최소한의 의식주를 제공해주는 게 신기하다. 식사는 리히토와 둘이 살던 때와 다를게 없고, 세 끼 꼬박꼬박 나올 정도니까. 준비하지 않아도 되는 만큼 편하기까지 하다. ……뭐, 그 시간에 다른 일을 시키는 거지만. 그나저나 면회라. 내가 마지막으로 리히토를 만난 건 감옥 안이었다. 최악의 이별 아니었던가. 다시는 만날 일이 없다고 생각했는데. 인생은 생각대로 흘러가지 않는구나. 무슨 낯으로 만나야 하는 거지? 그 녀석은 정말로 나를 궁지에 잘 몰아넣는다니까. 뭐, 됐다. 얼굴만 보여주고 바로 돌려보내면 되겠지.

그렇게 생각했던 나는 아직 리히토에 대해 잘 모르고 있었다.

"그렇다 보니 이동 마법진을 쓸 때마다 광산 드워프에게 대가를 내야 해. 난감하지? 그래서 생각했어!"

면회 당일, 내가 리히토가 기다리는 면회방에 들어가자 리히토는 가벼운 태도로 여, 하고 한 손을 척 들고는 '살이 좀 빠졌네? 라비'라며 일상적으로 말하기 시작했다. 본인이 주인인 양 앉으라고 한다 싶더니 물어보지도 않은 걸 나불나불 떠들어 댔다. 이렇게 수다스러운 녀석이 아니었던 걸로 아는데.

"증표가 완성될 때까지는 로니에게서 편지를 맡기로 했어! 그걸 위해 몇 번 오가야 하니까 귀찮기는 하지만. 아무튼 광산 드워프 족장과 거래했지. 아들의 편지를 원한다면 이동 마법진을 쓰게 해달라고. 살벌하게 노려보긴 했지만 어떻게든 거래는 성립. 나 제법이지?"

……정말로, 왜 이렇게 끝도 없이 떠들어 대는 걸까. 멍하니 그 모습을 쳐다보기만 하던 나는 위화감을 느끼고 리히토를 빤히 관찰했다.

"마왕님도 칭찬해 주셨어. 용케 그 드워프 수장을 꺾었다면서! 크론도 잘했다고 그랬고. 아, 크론은 내 스승님 같은 사람인데, 처음에는 크론 씨라고 불렀지만 징그러우니까 그냥 크론이라고 부르래. 쑥스러워서 그런 걸까? 그럴 린 없겠지! 그런 미인은 지금껏 본 적이 없을 만큼 예쁜 사람이야. 라비에게도 만나게 해주고 싶……."

"잠깐만, 리히토."

……아, 그렇구나. 눈앞에 있는 건 틀림없는 리히토다. 얼굴 느낌이 조금 달라져서 성숙해지긴 했지만 내면까지는 그리 쉽게 바뀌지 않는다. 갑자기 수다스러운 성격이 되었을 리 없었다. 리히토 나름대로 나를…….

"무리하지 않아도 돼."

"윽, 라비……!"

……배려했던 거지? 오랜만에 만난 내가 그 시절보다 훨씬 야위었고 안색도 나빴으니까. 불안했던 거지? 옛날에 내가 병에 걸려 앓아누웠을 때도 이런 식으로 말이 많아졌었지. 잊고 있었어. 너란 애는 참.

"뭐야, 뭐냐고 라비……! 더 잘 먹으라고, 더 씩씩하게 지내라고……! 그야 무리한 요구일지도 모르지만……. 이런 라비는 라비답지 않아!"

이런, 울려버렸네. 슬슬 성인을 앞둔 남자가 훌쩍거리지 마라. 정말 손이 많이 가는 아이라니까.

"나는 라비가 아니라 세라비스야."

"아니야! 나는 세라비스 같은 사람 몰라. 넌 라비야! 세라비스가 다 뭐야. 이상한 이름이잖아!"

너무나도 제멋대로인 주장에 어안이 벙벙해진 나는 그만 웃음이 터졌다. 얼굴만 보고 돌려보낼 생각이었는데. 하아…… 완패구나.

"푸하핫, 리히토. 너 전 세계의 세라비스에게 너무한 거 아니야? 이상한 이름이라니!"

내가 웃은 걸 보며 조금 어벙한 표정을 지었던 리히토는 팔을 들어 거칠게 눈물을 닦은 뒤 놀리듯 입을 열었다.

"라비에게는 안 어울린단 소리야! 세라비스라니 너무 고상하잖아! 그냥 이름 바꿔버려!"

"그래, 나 원. 마음대로 해."

결국 그 뒤에도 영양가 없이 시시껄렁한 이야기만 하다가 시간이 지나갔다. 귀중한 면회 시간이었는데 나도 리히토도 참 바보지. 하지만 우리에겐 이런 게 맞는다.

"그럼 또 면회 예약이 들어오는 대로 전달해 드리겠습니다. ……라비."

"! ……그래, 잘 부탁해."

담당 기사, 라이가는 이해심이 좋은 사람이구나. 그 후에도 이 녀석은 남들이 있는 곳에서는 세라비스라고 부르지만 둘만 있을 때는 라비라고 부르는 배려심을 발휘했다. 그게 뭐 어떻냐고 한다면 할 말 없지만.

자, 내일도 돌을 맞으러 가 보실까. 좁은 감옥 안에서 나는 쭉 기지개를 켰다.

5 새로운 일상

"안녕하세요! 오르투스에 어서 오세요!"

그 후로 시간이 흘렀다. 정확하게는 기억나지 않지만 석 달 정도인가? 간신히 평소의 일상으로 돌아왔다는 느낌. 나도 일상생활은 문제없이 보낼 수 있게 되었다. 재활훈련 진짜 힘들었다고! 재활 그 자체가 아니라, 툭하면 쉽게 하려는 보호자들을 뿌리치느라 막대한 노력이 필요했다. 몇 번이나 '혼자서도 할 수 있어!'를 외쳤는지……!

"안녕, 메구. 엘프 마을 방면으로 1박 이상의 의뢰 들어온 거 없어?"

"안녕하세요, 랙 씨! 아마 있었던 걸로 기억해요. 두 개 정도 였던가?"

"무슨 의뢰인데?"

"여행객 호위랑 유해 동물 퇴치였을 텐데. 랙 씨가 받은 의뢰를 고려하면…… 유해 동물 쪽이 방향이 맞을 거예요!"

"기억하고 있었어? 대단한데, 메구. 고마워! 가 볼게!"

보다시피! 제대로 일도 평소처럼 수행하고 있다. 발음이 헛나오는 일이 줄어든 만큼 제법 원활해지지 않았을까. 하지만 몇몇 사람들은 조금 아쉽다는 듯 허전하다는 듯한 얼굴로 머리를 쓰다듬고 가는 이유를 알 수 없다. 생물은 성장하는 법이다. 받아들여 달라고.

오늘은 오전에는 일, 오후부터는 수행 시간이다. 소문이나 편지로 다들 열심히 하고 있다는 걸 보고 듣고 있다 보면 나도 질 수 없다는 경쟁심이 들었거든. 역시 서로 영향을 주고받는 존재는 소중하다는 걸 실감한다. 그게 나에게는 리히토와 로니다. 케이 씨가 로니의 스승이 된 뒤로 로니는 현재 매일 아침부터 밤까지 비밀 특훈을 받고 있다고 한다. 내용은 모르지만, 같이 의뢰 현장에도 가는 모양이었다. 점심이나 저녁을 먹을 때는 그 로니가 녹초가 되어 돌아오는 걸 보며 대체 무슨 수행을 받는 건지 물어보는 게 무섭기도 했다. 그 체력 괴물인 로니가! 그리고 리히토와 아버지에게서는 정기적으로 편지가 온다. 그때마다 나는 두 통의 답장을 써야만 하는데, 답장 자체는 즐겁고 불만도 없다. 다만…… 아버지의 편지가 매번 두툼한데다 나를 마구마구 칭찬하거나 보고 싶다는 이야기로 가득한 게 좀. 응? 그렇잖아. 물론 내용이 전부 그것만 있는 건 아니지만. 리히토나 마왕성의 근황 같은 것도 다양하게 가르쳐 준다. 하지만 그 내용이 어디에 적혀있는지 찾느라 매번 고생하거든. 참고로 내 답장은 매번 그렇게 발췌한 영양가 있는 내용만 언급한다. 그, 그치만 메구는 귀엽다거나 대단하다는 내용에는 고맙단 말밖에 할 말이 없단 말이야! 그나저나 용케 이런 논문급 편지를 매번 쓸 수 있구나. 재능 낭비 아닌가……? 크론 씨에게 폐를 끼치지 않고 있다면 좋겠는데.

아무튼. 슬슬 점심 먹을 시간입니다! 오늘은 다들 일하느라 바쁘니까 혼밥을 우아하게 즐기겠습니다. 간신히 나 혼자 있는 걸 허락해 줬거든. 이것도 다 리뉴얼된 수납 팔찌 덕분이다. 놀랍게도 미콜라슈 씨와 마이유 씨가 손을 잡고 내 팔찌를 개량해 줬답니다! 원래의 팔찌에서 기능을 추가했다. 팔찌의 가치가 한층 더 올라가서 부들부들 떨렸지. 참고로 추가된 기능은 당연히 전이 대책이다. 아무리 그래도 온갖 마법을 다 막아버리는 기능을 부여하지는 못하기 때문에, 주인이 의식을 잃었거나 내가 특정 리듬으로 마력을 주입하면 바로 오르투스 접수처에 연락이 간다는 구조. 전 세계 어디에 있어도 바로 장소를 특정할 수 있다나. 인간 대륙이라고 해도. 대단해라. 인간 대륙일 경우에는 대략적인 장소밖에 알 수 없다지만, 그것만으로도 굉장하단 말이지. 뭐 아무튼, 그래서 나 혼자서도 비교적 자유롭게 돌아다닐 수 있게 되었다. 감사해라.

"안심해. 설령 그게 없었다고 해도 지금은 어째서인지 메구가 어디에 있고 어떤 상황인지 바로 알 수 있으니까."

리뉴얼된 팔찌를 받았을 때 기르 씨는 그런 말을 했었다. 놀랍게도 극한 상태에서 능력이 각성한 모양이었다. 그 정도로 큰 충격을 내가 줘버린 셈인데, 이걸 기뻐해야 할지 미안해해야 할지 알 수 없구나.

"안녕! 치오 언니!"

"앗, 고생했어 메구! 오늘 점심은 치라시즈시*야!"

"만세! 배고프다."

식당에 도착해서 바로 치오 언니에게 인사하자 오늘의 메뉴를 가르쳐 주었다. 예전 그 일 이후로 치라시즈시는 오르투스에서

*흩뿌린다는 뜻의 치라시(ちらし)에서 유래한 이름으로, 초양념이 된 밥 위에 초밥의 재료가 될 만한 다양한 해산물을 올려놓은 음식

도 친숙한 메뉴에 추가되었다. 개인적으로는 축하용 메뉴지만, 일상적으로 나오게 되었단 말이지. 치라시즈시 좋아하니까 환영입니다!

"치오 언니, 수프 어때? 재현할 수 있을 것 같아?"

기다리는 동안 나는 치오 언니에게 물었다. 사실 로니와 함께 오르투스에 돌아온 다음 날, 인간 대륙에서 손에 넣은 수프를 치오 언니에게 줬다. 레오 할아버지의 수프 맛에 가까울지도 모른단 생각에 준 거였지만, 치오 언니가 보기에는 전혀 다를 수도 있으니 내심 조마조마했었다. 하지만 치오 언니는 한 입 먹자마자 눈을 동그랗게 뜨고 나에게 질문 공세를 퍼부었다. 엄청 놀랐다니까! 이거 완전히 레오의 맛이라면서 어마어마한 기세였으니까.

"으음, 조금 더 연구하면 알 것 같은데. 뭐가 다른 걸까……."

그 후로 치오 언니는 계속 연구하고 있었다. 하지만 아무래도 생각대로 잘 되진 않는 모양이었다. 무언가 도와줄 수 있다면 좋겠지만, 이렇게 가끔 진행상태를 듣는 게 고작이다.

"나는 치오 언니의 수프도 좋아해."

"후후, 고마워. 그건 나도 그래! 하지만 레오의 맛을 재현할 수 있다면 요리의 폭도 넓어지잖아?"

치오 언니는 씩 웃으면서 기쁘다는 듯이 말했다. 응, 그건 그래! 탐구심이나 향상심을 잊지 않는 것이 바로 치오 언니다.

"그럼 응원할게!"

"오오, 든든한데! 성공하면 가장 먼저 알려줄게."

약속이라며 우리는 새끼손가락을 걸고 웃었다. 치오 언니라면 분명 재현할 수 있을 거야! 그날을 기대해야지. ……솔직히 난 맛의 차이를 모르겠지만 이 상황에서 그걸 신경 쓰는 건 지는 거다! 문외한의 미각이 그렇지 뭐. 어쩔 수 없다.

"자, 다 됐어. 든든하게 먹어!"

"네! 잘 먹겠습니다."

치오 언니의 치라시즈지 세트를 받은 나는 빈자리에 앉아 혼자 여유롭게 만끽했다. 으음, 역시 맛있어! 조금 달달한 밥이 너무 좋단 말이지. 언젠가 유부초밥도 만들어 달라고 할 수 없으려나. 그것도 좋아하는 음식인데. 다음에 제안해 봐야지.

배도 불렀으니 이번에는 훈련장에 가겠습니다. 움직이기 편하도록 전투복으로 체인지! 정령들에게도 평소 마력을 조금씩 건네주고 있었으니 오늘은 마법 훈련도 해버려야지. 하지만 우선은 쇠약해진 체력을 회복하기 위해 훈련장에 있는 각종 기구로 몸을 움직인다. 준비운동 다음에 하는 기초연습인 셈이지. 훈련할 때의 루틴이다. 뭐, 기구라고 해도 헬스장에 있는 근육 트레이닝용 도구 같은 건 아니다. 나는 아직 어린아이니까. 그럼 뭘 하냐고? 날 위해 새로 증설한 어드벤처 공간에서 노는 거다. ……훈련이거든? 제대로 된 훈련 맞아! 재밌긴 하지만 그냥 노는 게 아니니까! 전신운동도 되고, 근육도 붙는다고 아빠가 그랬는걸.

"좋아, 시작!"

"오, 메구! 오늘도 힘내!"

훈련장에 도착해서 매트 위에 자리를 잡으면 훈련 중이던 다른 길드원들이 늘 이렇게 말을 걸어준다. 에헤헤, 같이 힘내자. 물론 암묵적인 룰에 의해 그 이상은 서로 말을 걸지 않는다. 각자 트레이닝에 집중하기 위해서다. 완급조절은 중요하지. 자 그럼! 오늘 나를 훈련시켜 줄 선생님은 아빠다. 아직 안 온 걸 보면 아마 일이 덜 끝난 모양이다. 그렇다면 먼저 준비운동! 스트레칭을 한 뒤 기구를 몇 바퀴 돌다 보면 올 테니까. 그렇게 생각하며 나는 정성스럽게 스트레칭하기 시작했다. 적절히 몸이 따뜻해졌으니 렛츠 어드벤처 타임! 이게 재밌단 말이지. 어린 시절로 돌아간 것 같아서 신이 난다. 실제로 어린아이로 돌아가긴 했지만 그건 잠시 치우고. 한동안 놀고…… 아니, 훈련하고 있었더니 예상대로 아빠가 왔다. 그 후에는 효율 좋게 몸을 움직이는 방법, 마력 운용법 등 실전을 섞은 공부다. 역시 아빠는 잘 가르친다니까. 아주 이해하기 쉬워서 고맙다.

"옛날과는 많이 다르구나……."

다만 이런 소릴 하면서 놀리지 좀 말았으면. 미안하게 됐네! 전생엔 운동치라서! 지금은 신체 능력이 뛰어난 덕분에 어떻게든 되고 있을 뿐 둔한 건 여전합니다만 뭐! 저녁에는 훈련을 마치고 목욕한 뒤에 식사하고 취침하는 게 최근 내 스케줄이다. 꼬박 하루 일하는 날도, 쉬는 날도 있지만 짧은 시간이라도 훈련은 빼놓지 않으려 하고 있다. 지속성은 중요하니까! 에헴.

충실한 나날. 언젠가 간단한 의뢰라도 받을 수 있게 되는 게 지금 목표다. 과보호하는 사람들을 설득하기 위해서도 착실하게, 꾸준히 노력하는 게 지름길이다. 이렇게 나는 오늘도 기분 좋은 피로감 속에서 잠들었다.

다음 날은 쉬는 날이었다. 오늘은 오후에 약속이 있다. 나는 설레는 마음으로 약속 시각을 기다렸다. 약속이란 바로…….

"이 아이가 내 정령인 히로야."

로니와 정령들을 서로 소개하는 것이다! 그러고 보면 아직 정령들을 소개하지 않았다는 걸 깨달은 로니가 오늘 오후에 하는 게 어떻냐면서 시간을 만들어 주었다. 로니는 나보다 바쁘니까. 요즘은 통 만나지 못했던 것도 있어서 아주 기쁘다.

『안녕하세요오, 히로입니다아.』

소개받은 후 대지의 정령이라고 정체 맞추기 의식을 하자 히로는 진정한 모습을 드러냈다. 눈이 동글동글 커다란 다람쥐 같은 모습이 무척 귀엽다. 살짝 말끝을 늘리는 느긋한 말투인 걸 보면 성격도 느긋한 걸까?

"안녕, 히로. 나는 메구야! 이 아이들은…….."

『쇼야!』

『여기요! 나는 후우라고 해.』

『나는 호무라!』

『다들 너무 성급하군. 쯧쯔……. 나는 시즈쿠. 잘 부탁한다.』

그리고 우리 애들도 순서대로 소개해 주려고 했는데, 자기주장이 강한 아이들이 알아서 자기소개를 시작해 버렸다. 참 자유롭구나.

"후후, 다들 활발하네. 나는 로나우드. 잘 부탁해."

로니는 개의치 않은 듯 인사를 돌려준 뒤 한 명 한 명 정체 맞추기 의식도 했다. 정령은 정말 얽매이지 않는구나. 로니도 정령을 상대하는 건 익숙한 듯했다. 어른스러운 대응 고마워.

『알아! 로니야!』

『로니구나.』

『그래, 로니. 잘 부탁해!』

『잘 부탁한다, 로니.』

오오, 떠들썩하네. 정령이 보이는 사람은 귀하니까 기쁜 모양이었다. 마력을 사용하면 보지 못하던 사람도 볼 수 있게 할 수 있지만, 어지간한 이유가 없으면 안 하니까. 아, 그렇다면 히로도 다른 사람과 대화하는 게 기쁠지도 모르겠다. 좋아, 잠깐 대화해 봐야지.

"히로, 그때는 구해줘서 고마워! 그 사람들의 발을 잡아줬지? 대단한 마법이었어!"

『저, 저기이. 으응, 그게에. 하지만, 그때는 진명을 불렀으니까아. 게다가 잠깐뿐이었고오…….』

인사를 들은 게 의외였던 건지 히로는 부끄러운 듯 꼼지락거리면서 커다란 꼬리를 껴안았다. 귀, 귀여워……!

"그래도 아주 도움이 됐는걸. 정말 고마워!"

『흐아아. 에, 에헤헤. 천만에에.』

손가락으로 등을 살살 쓰다듬자 기쁘다는 듯 눈을 휘었다. 우와, 보들보들해. 힐링된다. 궁극의 치유력! 히로는 겸손해하지만 실제로 그때 구해주지 않았다면 지금쯤 나는 팔이 없었을 거다. 그렇게 생각하니 등골이 서늘해졌다.

"메구는, 참 많은 정령과, 계약했구나?"

"아, 응. 그걸 좀 물어보려고 했어. 보통은 한 명당 정령도 한 명이라고 들었는데…… 진짜야?"

"으음, 보통이 어떻냐고 한다면 자신은 없는데. 나는, 광산에 서만 살았으니까. 적어도, 광산 드워프는, 한 명이거나, 많아도 둘이었어."

그도 그런가. 보통이 어떤지는 모르겠지. 나도 로니도 좁은 세계에서 살고 있으니까. 우리의 보통은 솔직히 신뢰가 없다.

"정령들에게 물어보는 게, 낫지 않을까?"

"아, 그렇구나!"

확실히 그러면 일반적인 사례를 알 수 있을 것 같다. 계약하는 건 정령들이니까. 그렇게 생각하며 정령들에게 시선을 돌리자, 쇼가 자신만만하게 가슴을 펴고 있었다. 의욕이 넘치잖아……!

『주인님이 물어보고 싶은 건 뭐든 다 알아! 쇼에게 맡겨줘!』

무언가 강의를 시작하듯 우리에게 나란히 앉으라고 손짓하는 쇼. 나도 로니도 시키는 대로 풀밭 위에 앉았다. 아, 무릎을 세우고 앉으라고요? 철저하네. 정령들도 우리와 함께 나란히 앉았다. 큭, 귀여워!

『크흠! 그럼 설명할게! 먼저 **결론**부터 말하자면 종족이나 개체에 따라 다르다가 정답!』

쇼는 배운지 얼마 안 된 듯한 살짝 고등 단어를 사용하면서 설명하기 시작했다. 우후후, 귀여워, 대단해, 쇼! 내가 팔불출이라는 자각은 있지만 이 사랑스러움 앞에선 어쩔 수 없지.

『드워프는 종족적으로 몸이 튼튼해서 많은 정령과 계약할 **이점**이 없어. 그래서 기본적으로는 하나나 둘! 엘프는 자연과 함께하는 종족으로, 다른 종족보다 몸이 약해. 그만큼 많은 정령의 힘을 빌리지!』

"어?! 엘프가 몸이 약해?"

처음 들었다. 슈리에 씨를 보면 도저히 그런 생각이 안 들었으니까. 그야 외모는 몽환적인 미인이지만 체술도 상당한 실력이라 들은 적이 있는걸.

『길드의 엘프는 아주 많이 노력해서 그래. 하지만 몸을 쓴 뒤에는 오래 잤을 거야. 다른 아인에 비해 자는 시간이 많을걸. 주인님도 맨날 졸리잖아?』

그, 그렇긴 해! 나는 아직 어린아이고 허약해서 금방 피곤해지니까 많이 자는 줄 알았는데……. 애초에 종족 특성상 몸이 약해서 무의식중에 잠을 자며 회복했던 거구나. 유레카! 슈리에 씨가 많이 자는지 아닌지는 모르지만, 쇼가 이렇게 말한다면 그런 거겠지. 우와, 몰랐어!

『그만큼 엘프는 마력이 많은 종족이야. 마력을 다루는 것도 남들보다 잘해. 그래서 주인님도 몸을 단련하기보다는 마법을 단련하는 게 유리해!』

"응, 그건 어렴풋이 느꼈어."

그렇구나. 이로써 나와 로니가 생각하는 평범함의 기준이 다른 이유도 이해가 간다. 둘 다 정답이었구나! 로니와 서로를 쳐다보며 고개를 끄덕였다.

"하지만 몸도 단련해야지. 약점을 찔린다고 바로 져버렸다간 오르투스의 일원으로서 불충분한걸!"

"응, 나도. 몸만이 아니라, 마법도 단련해야지. 정령과도, 한 명 더 계약하고 싶고."

나와 로니는 특기 분야와 약한 분야가 깔끔하게 정반대구나. 그럼 서로에게 가르쳐 줄 수 있지 않을까? 물론 각자 몹시 유능한 스승이 붙어있지만, 이렇게 쉬는 날에도 정보를 교환한다면 유익한 시간을 보낼 수 있을 것 같은데.

『그런 거라면 로니에게 딱 맞는 정령이 있어!』

『나도 알아! 분명 쇼가 말하는 정령과 같은 정령일걸.』

그러자 쇼와 후우가 주장하기 시작했다. 운이 좋은데? 정령이 보면 상성이 맞아 보인다는 것도 알 수 있나 보구나.

『화초 말인가. 조금 겁이 많지만, 지식은 풍부하지. 내 생각에도 로니라면 친해질 수 있을 것 같군.』

"시즈쿠도 알아? 호무라는? 알아?"

화초의 정령이라. 다들 알고 있다면 호무라도 알고 있을 거라는 생각에 물어봤지만……

『나, 나는, 숨어야 해……. 그 애는 내가 있으면 무섭다고 도망치거든.』

그렇게 말하며 빨간색 꼬리를 침울하게 내렸다. 그, 그렇구나. 풀은 화기 엄금이지. 하지만 슬퍼하는 걸 보면 사실은 친해지고 싶은 모양이다. 어떻게든 해주고 싶은데.

"괘, 괜찮아! 익숙해지면 호무라가 착한 정령이라는 걸 알아
줄 거야!"

너무 풀이 죽었길래 다독여 봤다. 호무라가 눈을 빛내며 고개
를 들었다. 그래그래, 착하지!

『하지만 로니와 계약할 때까지는 숨어있어! 무서워해서 계약
하지 못하게 될 거야!』

그러나 이어지는 후우의 직설적인 충고에 다시 고개를 푹 떨
궜다. 아앗! 호무라, 기운 내!

『지금 갈 수 있을걸? 갈래?』

그러거나 말거나 물어보는 후우. 의외로 행동파구나. 악의는
없을 테지만.

"응, 가 볼게. 메구, 괜찮을까?"

"물론이지! 정령들이 간다면 나도 갈래!"

우리는 자리에서 일어나 화초의 정령에게 가기로 했다. 하지
만 그 전에 들러야 하는 장소가 있습니다! 당연히 접수처다. 쇼
가 말하길, 화초의 정령은 마을 밖에 있다고 했으니까. 말도 없
이 나가면 안 되므로 우리는 먼저 사우라 씨에게 상의하러 갔다.

"마을 밖 숲에 간다고? 둘이서? 으음, 숲에는 마물이나 마수
도 있는데다 미성년자 둘만 보내는 건 좀……."

그렇겠죠. 예상했다. 사우라 씨는 손바닥으로 뺨을 감싸며 생
각에 잠겼다. 지금은 다들 일하러 나갔기 때문에 쉬는 사람이
없다고 했다. 내가 사라진 사건 때문에 원정 일거리가 정체되는
바람에 평소보다 사람이 적다나. 여러모로 죄송합니다……! 다

음으로 미루겠다고 하고 싶은 마음도 컸지만, 정령 계약이란 신기하게도 지금이다 할 때 바로 가지 않으면 인연을 놓치곤 한다. 그래서 로니를 위해서도 꼭 지금 가고 싶었다.

"다녀왔습니다! 오늘도 월척이야!"

그때 길드의 문을 호쾌하게 열어젖히며 돌아온 사람은…… 쥬마 오빠였다.

"쥬마. 쥬마라. 쥬마가 혼자 두 사람을……. ㅇㅇㅇㅇㅇㅇㅇㅇ ㅇㅇㅇㅇ음."

그때 사우라 씨는 지금껏 본 적이 없을 만큼 극도로 고뇌하는 표정을 지었습니다. 그 정도야?

"어, 어쩔 수 없지. 만에 하나라도 메구와 로나우드를 위험하게 만들 수는 없으니까."

수단을 가릴 수 없다는 게 바로 이런 걸 말하는 걸까. 결단을 내린 것만으로도 조금 핼쑥해 보이는 사우라 씨는 힘없이 쥬마 오빠를 불렀다. 그리고 우리의 목적을 간단히 설명한 뒤 호위로 따라가라고 지시했다.

"절대로 쓸데없는 짓은 하지 마! 넌 닥치고 두 사람을 뒤에서 지켜보는 거야! 알겠지?!"

"알았어, 알았다고! 맡겨두라니까! 자, 빨리 가자!"

"뒤에서 지켜보라고 했잖아! 왜 네가 앞서가는 거야! 하아, 진짜 싫다……."

우리는 선두에 선 쥬마 오빠의 뒤를 따라갈 수밖에 없었다. 쥬마 오빠는 남의 말을 안 듣는다. 익히 아는 사실이다. 나와 로니는 서로의 얼굴을 쳐다보며 쓴웃음을 지은 뒤 발걸음을 놀렸다.

셋이서 마을 밖에 있는 숲속까지 왔다. 조금 불안했지만, 여기에 오는 동안 쥬마 오빠의 호위 실력이 상당히 우수하다는 걸 알았다.

"가고 싶은 방향을 말해줘!"

"으음, 더 안쪽. 북서쪽, 같아."

"응, 알았어. 내 뒤에 딱 붙어서 와. 방향 틀렸으면 알려주고!"

사우라 씨가 주의를 주었음에도 절대 선두를 양보하지 않아서 왜 그런 거냐고 물어봤거든.

"마왕 딸의 마력은 매력적이거든! 마물이나 마수에게, 아직 위압도 제대로 사용하지 못하는 너는 진수성찬 아니냐. 냄새를 알아차리면 우글우글 몰려들 거야. 위험엔 다가가지 않는 게 제일 좋잖아? 나는 대충 어디에 마물이나 마수가 있는지 알 수 있으니까."

즉 감지당하지 않도록 마물에게서 거리를 두기 위해 선두에서 걷고 있다는 소리였다. 쥬마 오빠가 프로 같아서 깜짝 놀랐다니까! 아니, 이렇게 말하는 건 실례지만, 기본적으로 덜렁거리는 구석이 있으니까 이렇게까지 세세하게 생각하고 있을 줄은 몰라서 그만. 역시 오르투스의 일원이구나.

"쥬마 오빠, 든든해!"

"그렇지? 그렇지? 오빠는 참 대단하단다, 메구!"

칭찬하자 기뻐하며 송곳니가 보일 만큼 환하게 웃는 쥬마 오빠는 역시 조금 까불이지만, 덕분에 안심하고 정령을 찾을 수 있을 것 같다.

"음, 쥬마 씨. 더 서쪽으로 가고 싶어. 근데, 상태가 조금 이상한가……? 정령이, 겁먹었어."

계속 걸어가기를 약 10분. 안내 담당인 쇼와 후우가 방향이 어긋났다고 알려주었기에 로니가 쥬마 오빠에게 전달했다. 거기에 더해 앞으로 갈수록 정령들이 무서워하는 게 보여서 그것도 같이 전달했다.

"오, 용케 알았네. 저쪽에는 좀 큰 마수가 있거든. 하지만 저쪽인 거지?"

"응. 마수……. 나, 직접 본 적은, 없어."

아하, 마수가 있었구나. 마력을 지닌 생물을 총칭해서 마물이라고 부르지만, 그중에서도 특별히 변이한 마물을 마수라고 부른다. 간단한 구분법은 이형인가 아닌가. 본래의 모습에는 없어야 하는 꼬리나 뿔이 달렸거나 색이 다르거나 하다고 했다. 마물이라면 지능과 이성이 있는 개체도 있지만, 마수는 기본적으로 이성이 없어 본능으로 생물을 덮친다고 한다. 아하, 말 그대로 짐승이네. 이 세계에 온 날에 던전에서 사자 같은 걸 봤었지. 그런 게 마수다. 무서웠던 거랑 기르 씨가 멋있었다는 건 기억하지만, 사실 자세한 특징은 거의 기억나지 않는다. 순식간에 쓰러졌으니.

"오오, 첫 마수란 말이지? 그럼 내가 사냥하는 걸 잘 구경해 봐. 평소보다 천천히 잡아 줄 테니까."

쥬마 오빠 왈, 그 마수가 이 숲의 강자로 자리 잡은 탓에 주변에 다른 마물은 없다고 한다. 그래서 안심하고 조금 떨어져서 오라나. 안심하고 강한 마수가 있는 곳으로 향한다는 이 모순. 뭐, 쥬마 오빠의 반응만 봐도 여유롭다는 건 알 수 있지만. 어차피 그 마수가 있는 방향에 볼일이 있고. 조금 무섭지만 시키는 대로 할 수밖에 없기에 나도 로니도 쥬마 오빠에게서 조금 떨어져 따라갔다. 최대한 기척을 지우라고 하기에 수행도 겸해 숨을 죽였다. 정령들은 무서운 건지 각자 마석 안으로 피신한 모양이었다. 인간 대륙에 갔을 때부터 이 아이들은 마석 속에 들어가는 게 습관이 되었다. 갑갑하지 않냐고 물어보자 그게 또 좋다면서 역설했었지. 좁은 장소에서 안정을 느끼는 건 뭐 이해한다. 잠시 걸어가자 쥬마 오빠의 말대로 커다란 마수가 식사를 하는 게 보였다. 멧돼지처럼 생겼지만 길다란 꼬리가 다섯개 정도 났고, 양 같은 뿔이 머리 옆에 달렸고, 벌린 입에서 육식동물처럼 날카로운 이빨이 보이는 등 멧돼지라고 불러도 되는건지 의문이다. 이 세계에서도 이형에 속하는 모습이다. 무언가 다른 동물을 먹고 있는 걸까. 멀리 떨어져 있어서 잘 보이지 않지만, 잘 안 보여서 다행이다. 그래도 피투성이라는 건 알 수 있었다. 큭, 그로테스크해……! 약육강식이니 어쩔 수 없지만!

"해설하면서 토벌할 테니까 거기서 보고 있어."

"해설이라니……. 안 들리는 거 아니야?"

"메구의 정령이 있잖아. 그럼 열심히 배우라고!"

확실히 쇼라면 전해줄 수 있지만, 그렇게 홀랑 맡겨버리다니!

우리에게 공부하라고 하면서도 토벌하는 게 즐거워서 견딜 수 없다는 게 태도로 다 드러나서 숨겨지지 않는다는 게 아쉬운 포인트다. 그나저나 사나운 미소구나……. 사냥을 앞둔 오니의 얼굴은 박력이 너무 넘친다.

"와, 대단해라."

순식간에 하늘을 달리는 쥬마 오빠를 보고 로니가 중얼거렸다. 마치 하늘도 땅의 일부라는 듯한 움직임이다. 여기저기에 보이지 않는 벽이 있는 것 같다고 할까. 내 부족한 어휘력으로는 잘 묘사할 수 없지만, 아무튼 자유롭게 뛰어다니면서 이동하는 저 전투방식은 박력이 대단하다. 더불어 마수가 눈치채지 못하도록 접근한 쥬마 오빠는 수납 마도구에서 꺼낸 듯한, 자기 키보다 더 커다란 검을 한 손으로 휘둘렀다. 어떻게 저런 걸 한 손으로 휘두를 수 있는 건지 너무 신기하다.

"어떤 마수라도 가능하다면 일격에 쓰러트리고 싶긴 하지만, 그래서는 공부가 안 되겠지! 우선은 급소인 것 같은 눈부터!"

쇼 덕분에 쥬마 오빠의 목소리가 실시간으로 들렸다. 눈으로 볼 수 있는 걸 보면 상당히 느린 속도로 움직여 주는 모양이었다. 평소보다 천천히 잡겠다고 했었지. 마음만 먹으면 순식간에 끝낼 수 있는데도 우리가 제대로 볼 수 있을 정도로 움직이는 거다. 다리로 가볍게 찬 뒤, 마수가 돌아보자 쥬마 오빠가 즉각 대검의 자루 부분으로 마수의 눈을 찔렀다.

"크워어어어어어!!"

"이런 식으로, 오히려 더 난동을 부리면 좀 위험해. 그러니까 눈은 안 노리는 게 나아!"

눈을 당한 마수가 크게 우짖으며 여기저기로 돌진했다. 진짜 대난동이잖아……! 확실히 이렇게 폭주하면 좀처럼 접근할 수 없어지고, 원거리 공격도 맞히기 어려워질 것 같다. 점점 흥분이 가라앉은 듯한 마수가 무시무시한 얼굴로 쥬마 오빠를 인식했다. 원래도 무섭게 생기긴 했지만, 기백이라고 해야 하나? 마수에게서 '이 녀석은 적!'이라는 듯 분노한 분위기가 전해진다. 엄청 화났어! 무심코 옆에 있는 로니의 팔에 매달렸다.

"괜찮아?"

"괘, 괜찮아! 하, 하지만 팔 조금 빌려줘."

"응, 알았어. 얼마든지."

로니는 별로 무섭지 않은 건지 상당히 여유로워 보였다. 처음 보는 건데도 대단해! 말로는 놀랐다고 하지만 전혀 안 그래 보이거든? 케이 씨의 일을 따라다녔으니 비슷한 광경을 많이 본 건지도 모른다. 큭, 경험 차이가! 실전을 포함한 지도는 계속 이어졌다. 의외로 공부가 되니까 무서워하지 말고 똑똑히 봐야지! 쥬마 오빠는 마수의 배, 머리 등을 노리며 차례차례 공격했다.

"배는 솔직히 그냥 그래. 과녁은 크지만 튼튼하거든. 머리는 좋은 노림수야. 하지만 일격필살이 가능할 만큼 큰 위력이 아니면 좀 까다롭지. 어중간한 수준이면 난동을 부리고, 머리를 노린다는 게 들켜서 반대로 반격당하기 쉬워. 너희 공격력이 어느 정도인지 모르니까 뭐라 말하긴 어렵지만, 한 방에 보낼 수 없다면 처음부터 노리진 않는 게, 나아! 웃차."

해설하면서 실제로 공격해 마수의 반응을 보여주는 덕분에 무척 이해하기 쉬웠다. 아니, 마수가 쥬마 오빠가 말한 그대로 반응하는 게 신기하다. 게다가 정확하다. 나나 로니의 공격력으로는 아직 일격사는 무리겠지. 하지만 그럼 어디를 노려야 하는 걸까?

"그래서 한 방에 쓰러트리지 못한다면 움직임을 멈추는 것, 을 노리는 거야!"

"아! 다리?"

쇼를 통해 마수 주변에서 날아다니는 쥬마 오빠와도 대화할 수 있었다. 정말 편리하다니까! 쇼, 고마워! 쥬마 오빠는 내 목소리에 반응해서 '응!' 하고 외친 뒤 마수의 다리를 노렸다. 그러자 마수는 풀썩 무릎을 꿇더니 버둥거리기는 했지만 그 자리에서 이동하지 못하게 되었다.

"정답! 먼저 움직임을 봉쇄해야 하니까 다리를 치거나, 하늘을 나는 마수라면 날개를 노려! 그 외에도 구속하는 마법 같은 것도 괜찮지 않을까? 나는 그런 마법은 못 쓰니까 자세히는 모르지만!"

쓰러져서 버둥거리는 마수 앞에 착지한 쥬마 오빠는 '단 방심은 금물이야'라면서 마수에게 다가갔다. 그러자 마수가 입에서 불을 뿜었다. ⋯⋯불?! 쥬마 오빠에게 직격했잖아! 헉?! 괜찮은 거야?

뭉게뭉게 연기가 피어올랐다. 잠시 시간이 지나 시야가 맑아지자 어떻게 되었는지 확인할 수 있었다. 아, 응. 뭐, 쥬마 오빠니까. 그럴 것 같았어.

"이런 식으로 마법으로 공격하기도 하거든! 끝장을 볼 때까지 절대 방심하면 안 된다?"

상처 하나 없이 그 자리에 서서 씩 웃는 얼굴로 이쪽을 보며 강의하는 쥬마 오빠. 전투복이라서 그런지 옷도 전혀 타지 않았다. 아예 더러워지지도 않았다. 그걸 보던 마수의 눈동자에 어쩐지 절망의 빛이 깃든 것 같았다. ……마수가 불쌍해졌어!

"너무 괴롭게 하는 것도 불쌍하니까 깔끔하게 끝내 주자. 너희가 할 때는 마법 같은 걸 조심하면서 확실하게 공격을 명중시켜. 그렇게 버티다 보면 쓰러트릴 수 있어."

그렇게 말하며 쥬마 오빠는 한 손으로 가볍게 대검을 휘둘렀다. 그 일격으로 마수의 머리가 지면에 깊게 파묻혔다. 좀, 너무 과하게 강한 거 아닌가요?

"아, 그리고 이건 특히 메구에게 하고 싶은 말인데."

"나? 뭔데?"

토벌을 마친 쥬마 오빠는 쓰러트린 마수를 그대로 두고 우리 눈앞으로 다가왔다. 그리고 검지를 척 세우더니 '마물이나 마수를 쓰러트리는 게 불쌍하다는 생각은 금지!'라고 말했다. 무심코 뜨끔해서 어깨를 흠칫했다.

"메구는 마왕의 자식이잖아? 게다가 정령이 있으니까 이 녀석들의 목소리도 알려고 하면 알 수 있을 거 아냐. 괜히 더 불쌍하다고 생각할 법하단 말이지."

쥬마 오빠의 말이 맞다. 나는 분명 마물이나 마수를, 그, 죽이지는 못할 것이다. 사실은 고민거리 중 하나이기도 했다.

"하지만 마물도 마수도 인간에게 지속적으로 해를 끼치는 존재가 되어버리면 토벌 대상이 될 수밖에 없어. 밭이나 과수원을 망가트려 놓으면 우리도 살 수 없게 되잖아?"

지금 쓰러트린 마수는 키메라라고 해서, 다양한 생물의 특징이 결합된 마수라고 했다. 키메라는 그것만으로도 토벌 대상이 되는 위험한 존재로, 본능적으로 인간이나 동물, 때로는 같은 마수도 공격한다나. 모, 몰랐어! 그래서 길드 사람들이 열심히 토벌하고 있다. 그리고 숫자가 너무 늘어난 마물도 수를 줄이기 위해서 토벌할 때가 있다. 약을 만들 때 쓰기 때문에 죽이지 않고 재료만 가져올 때도 있다고 하지만, 아무튼 밖에서 임무를 수행하면 마물이나 마수와 싸울 기회가 아주 많다고 한다. 그렇구나……. 하지만 내가 상상했던 판타지 세계처럼 닥치는 대로 죽이는 건 아니라서 조금 안심했다. 역시 괜한 살생은 거부감이 있단 말이지. 레벨업을 위해 싹싹 죽이고 다닌다거나 하는 게임 같은 세계였다면 나는 도태당할 자신이 있다……!

"하지만 메구가 내키지 않는다면 어쩔 수 없지! 토벌이 특기인 녀석이 하면 그만이니까 억지로 쓰러트릴 필요는 없어. 하지만 만약 필요할 때가 오면 각오는 해두라는 소리야!"

쥬마 오빠가 웃으면서 내 머리를 마구 쓰다듬었다. 으아아, 머리가 헝클어지잖아! 몸을 굳히던 힘을 많이 빼주긴 했지만. 그래도 쥬마 오빠의 말은 가슴에 와 닿았다. 나는 고개를 크게 끄덕였다.

"로니는 세계를 돌아보는 게 꿈이라면, 직접 쓰러트릴 수 있게 되어야 하겠지만!"

"응, 노력할게. 쥬마 씨의 사냥, 또 보고 싶어."

"오오, 좋아. 아니면 언제 한번은 직접 쓰러트려 봐! 지켜봐 줄게."

"잘 부탁, 합니다!"

오오, 로니가 의욕으로 넘쳐난다! 그래, 세계를 여행하고 다니는 게 꿈이었지. 혼자 떠날 건지 누군가와 같이 다닐 건지는 모르지만, 어쨌거나 싸울 수 없다면 안전한 여행도 어려워진다. 나도 로니도 그것을 뼈저리게 실감했으니까. 좋아, 응원하자!

"그럼 빨리 그 정령을 찾아내서 계약하고 와! 근처에 있는 거지? 나는 여기서 저 마수 해체하고 있을 테니까."

쥬마 오빠는 지금 이 근방엔 마물도 마수도 없으니까 괜찮다며 웃었지만, 자기가 있으면 무서워서 정령이 나오지 않을 가능성이 있다는 생각에 배려한 건지도 모른다. 해야 할 일은 제대로 하는 남자, 그것이 쥬마 오빠! 제 마음속 인식을 수정해 두겠습니다. 쥬마 오빠의 제안에 나와 로니는 서로를 쳐다보며 고개를 끄덕인 뒤 마석으로 피난해 있던 쇼와 후우에게 다시 길 안내를 부탁했다.

『저쪽, 나무 구멍에 있어! 화초 개!』

후우가 날개 끄트머리로 가리킨 장소로 시선을 돌리자 정말 그곳에는 녹색으로 빛나는 정령이 보였다. 시선을 보내자 로니는 굳게 고개를 끄덕인 뒤 정령에게 향했다. 이제 우리는 떨어진 장소에서 시켜볼 뿐이다.

『아까는 마수가 무서웠던 모양이야. 그래서 조금 겁먹었어.』

하지만 걱정이 많은 저는 쇼에게 실황중계를 부탁했습니다. 하, 하지만 신경 쓰인다고! 시시콜콜 다 들으려는 건 아니지만, 잘 되고 있는지 아닌지만이라도……!

『괜찮아! 로니는 마음이 따끈따끈하니까 저 애도 안심했어!』

"그렇구나. 응, 알았어. 알려줘서 고마워, 쇼. 이제 괜찮아."

쇼가 이렇게까지 말하는 걸 보면 정말로 괜찮겠지. 그야 자세한 게 궁금하긴 하지만. 지금은 로니를 믿고 기다리는 게 정답이다! ……근질근질.

약 10분 후. 내가 떨어진 장소에 앉아 기다리고 있었더니 쥬마 오빠가 다가왔다. 쥬마 오빠는 털썩 앉아 작은 목소리로 말을 걸었다. 우와, 이런 배려도 제대로 할 줄 아는구나! 아니, 내 안의 쥬마 오빠는 이미지가 왜 이 모양인 거지. 선입관은 나빠! 아까 막 수정한 참이었잖아. 반성해야지.

"어때?"

"지금은, 아마 화초의 정령과 이야기를 하고 있을 거야. 내 정령들도 괜찮다고 했으니까 분명 잘 되겠지. 로니를 믿고 기다리는 중."

"그렇구나. 그럼 나도 믿고 기다려야겠다."

설명을 들은 쥬마 오빠는 선뜻 받아들이더니 씩 웃고 그대로 휙 드러누웠다. 머리 뒤에 손을 대서 베개로 삼고 눈을 감았다. 완전히 자는 자세다. 이렇게 빤히 관찰한 적은 없었는데…… 상당히 잘생겼네. 잠든 얼굴이 미형이다. 가만히 있으면 인기도 많겠지만, 성격이 워낙 강렬하니까. 아마 본인도 인기가 있든 없든 별 관심이 없을 테고. 그나저나 속눈썹 길어!

"돌아왔어."

쥬마 오빠의 얼굴도 구경하고 로니의 상황도 지켜보면서 기다리자 마침내 로니가 생글거리는 표정으로 돌아왔다. 어깨에 앉은 히로와 그 옆에 둥실둥실 떠 있는 진녹색 빛. 그렇다면!

"어서 와, 로니! 잘 됐구나!"

"응, 덕분에. 고마워, 메구. 정령들도."

기뻐하며 얼굴이 풀어진 로니를 나와 정령들이 열렬히 환영했다. 그 후 대화하고 싶다는 우리의 요청에 응해 로니가 화초의 정령을 소개해주었다. 나는 둥실둥실한 진녹색 빛을 앞에 두고 정체 맞추기 의식을 치렀다.

"와, 귀여워라!"

진녹색 빛이 빛을 발하며 모습을 바꾸더니 보송보송한 녹색 롭이어 토끼가 되었습니다! 흐아아, 귀여워. 로니의 어깨에는 다람쥐 모습인 히로, 손바닥 위에는 토끼. 순식간에 동화 속 공간이 되었잖아. 황록색 새인 후우도 주변을 빙빙 돌아다녀서 한층 더 메르헨이었다. 쓰, 쓰다듬고 싶어……! 하지만 이 애는 겁이 많다고 들었으니까 참아야지!

"이 아이에겐, 마리무, 라고 이름을 붙였어."

"마리무구나. 후후, 잘 부탁해."

마리무라. 귀여운 이름이다. 내가 떠올린 건 마리모……. 녹색이고 둥글게 몸을 웅크리면 영락없이 마리모다. 미안해, 무심코! 하지만 기억하기 쉽고 귀여우니까 됐지 뭐!

『자, 잘 부탁해요. 마왕님의 자제님.』

윽! 꼼지락거리면서 살그머니 올려다보다니 반칙! 귀여워, 너무 귀여워…….. 나는 지금 당장 바닥을 등짝으로 청소하고 싶은 충동을 참으며 마음속으로 '자상하게'를 복창하면서 마리무에게 말을 걸었다.

"저, 저기, 마리무. 쓰다듬으면, 안 될까?"

견디지 못한 내가 그렇게 말하자 마리무는 귀를 꿈틀 움직이더니 등을 쭉 뻗었다. 앗, 싫었나? 그런 거라면 괜찮아, 미안해. 그렇게 말하려고 했는데.

『여, 여여여여여영광이에요! 부, 부디 그 부드러운 손으로 쓰다드, 쓰다, 듬…….. 흐아아아아.』

어쩐지 반응이 이상하다. 아직 건드리지도 않았는데 몸을 비비 꼬면서 구르는 마리무. 어, 어떻게 해야 하지? 오히려 구르고 싶은 건 나였는데? 그러자 우리를 지켜보던 로니가 쿡쿡 웃으면서 설명해 주었다.

"정령들 사이에서, 메구는, 유명하거든. 동경의 대상, 이란 거지. 그러니까, 쓰다듬어, 줘. 마리무도, 기뻐할 거야."

"그, 그래? 어째서지…….. 하지만, 그렇다면 바로!"

잘 이해가 가지는 않았지만, 쓰다듬게 해준다니 사양하지 않겠습니다. 마리무에게 다가가 쪼그려 앉은 나는 묘하게 몸부림치는 마리무의 뺨이며 등이며 배를 살살 쓰다듬었다. 보들보들

행복해……!

『행, 복, 해, 요오오오오……!』

행복에 잠겨 있었더니 마리무도 행복하다면서 녹았다. 액체인지 의심스러울 만큼 몸에서 힘이 쭉 빠져있다. 너무 무방비한 모습이었지만 그게 또 훈훈하단 말이지. 서로 행복해지다니 윈윈이구나! 아, 지금이라면 호무라를 소개해줘도 괜찮을까?

"저기, 마리무. 내 친구 중에 불의 정령인 호무라라는 아이가 있거든."

『불, 이라고요?!』

불의 정령이라는 단어가 나오자 움찔하며 몸이 딱딱해진 마리무. '괜찮아, 괜찮아' 하는 마음을 담아 계속 쓰다듬자 또다시 흐물흐물 힘이 빠졌다.

"아주 활발하지만 착한 아이니까 마리무와도 친해졌으면 좋겠어. 어때?"

『무섭지, 않아요……?』

"응!"

조금 관심이 생긴 것 같았기에 나는 호무라를 불렀다. 하지만 호무라는 쭈뼛거리면서 빨간색의 긴 꼬리를 내 팔에 휘감고 등에 매달렸다. 아주 조금 얼굴을 내민 모양이었다. 아이 참, 우리 애도 귀엽다니까.

『윽. 저기, 그……. 안녕하세요, 마리무, 예요.』

『어, 어어. 나는, 호무라야. 그, 안 무서워.』

불의 정령이라는 것만으로도 살짝 위축된 듯한 마리무. 하지만 머뭇거리면서도 인사를 나눴으니 지금은 이걸로도 충분하다. 조금씩 익숙해져서 친해지면 좋겠다.

"응......? 끝났어?"

호무라와 마리무 사이의 마음의 거리가 아주 조금 가까워졌을 때 쥬마 오빠가 일어나 기지개를 켰다. 오오, 제법 좋은 타이밍이잖아.

"응, 무사히 목적 달성했어! 그렇지? 로니."

"응, 제대로, 계약했어."

"오오, 잘했어! 미션 성공이네!"

쥬마 오빠는 여느 때처럼 웃으며 로니의 머리를 거칠게 쓰다듬었다. 역시 힘이 세다. 어느 정도 강약을 조절할 수 있게 됐지만, 로니의 머리카락이 부스스해졌다. 쓰다듬을 받은 본인은 조금 기뻐 보이니까 괜찮으려나? 나는 손가락으로 로니의 머리카락을 살살 빗어서 수습했다. 차마 그대로 둘 수는 없었으니까!

"그럼 돌아가자. 곧 어두워질 거야! 사우라가 잔소리할걸!"

하늘을 올려다보자 아주 조금 붉은빛이 돌고 있었다. 어느새! 시간 참 빠르구나. 그러고 보면 배도 출출하다. 돌아가는 길에도 우리는 쥬마 오빠를 선두에 세워서 오르투스로 돌아갔다. 새 동료와 함께.

"뭐?! 키메라를 사냥해 왔어?! 애들이 있는데 정신이 있는 거야 없는 거야! 그걸 쓰러트릴 수 있는 건 우리 길드에서도 몇 명밖에 없을 만큼 무시무시한 마수인데!"

길드에 돌아오자 사우라 씨를 비롯해 케이 씨와 기르 씨도 안도한 얼굴로 맞아 주었다. 숲까지 찾아갈 기세였던 기르 씨를 사우라 씨가 믿고 기다리라며 막았다고 했다. 여전하구나. 아니, 역시 그 마수는 위험한 마수였구나? 쥬마 오빠가 너무 쉽게 쓰러트려서 실감이 안 났는데.

"내가 두 사람을 위험하게 둘 리 없잖아? 게다가 키메라쯤이야 별거 아니고."

부루퉁해져서 반박하는 쥬마 오빠에게 사우라 씨는 '저 애들이 쉽게 쓰러트릴 수 있는 마수라고 인식하게 되면 어떡할 거야!'라며 설교했다. 괜찮아, 안심해. 나도 로니도 그런 착각은 절대 안 하니까! 나는 로니와 서로를 쳐다보며 쓴웃음을 지었다. 이번에 쥬마 오빠에게는 많은 것을 배웠으니까 너무 혼나지 않았음 한다.

"사우라 씨, 무척, 공부가 되기도 했고, 나는 또, 따라가고, 싶었어."

"으으, 로니! 그건 그럴지도 모르지만, 그렇다면 미리 그렇게 한다고 알려달라고! 걱정하잖아?"

가장 먼저 로니가 옹호했다. 그 모습에 사우라 씨가 난처한 듯 눈썹을 팔자로 내리며 말했다. 그래, 확실히 걱정했겠지. 만약 무슨 일이 일어날까 안절부절 못했다는 말에 나도 조금 반성했다.

"사우라 씨, 미안해! 걱정끼쳐서……. 자, 쥬마 오빠도 일단은 사과해!"

"뭐어?! 끄응, 하지만 메구가 그렇다면……. 미안해, 사우라."

조금 불만인 듯했지만, 쥬마 오빠도 입술을 삐죽이며 사과했다. 그래그래, 먼저 걱정끼친 건 사과해야지.

"하지만 나도 아주 공부가 됐어! 다음에는 제대로 알릴 테니까, 오늘은 쥬마 오빠에게 너무 화내지 마."

"으, 메구마저 그렇게 말한다면 어쩔 수 없지⋯⋯. 정말로 위험하진 않았지?"

사우라 씨의 신중한 확인에 나도 로니도 고개를 끄덕끄덕 끄덕였다. 그러자 가볍게 한숨을 쉬고는 사우라 씨가 쓴웃음을 지었다.

"알았어. 하지만 이번만이야. 다음부터는 제대로 사전에 말해! 특히 쥬마는 안 그래도 사후 보고가 많으니까! 이 애들이 엮였을 땐 사소한 일이라도 먼저 말해!"

"알았다고! 메구, 로니. 고마워!"

웬일로 함정 지옥을 회피한 쥬마 오빠는 순간 깜짝 놀란 뒤 기쁨에 찬 미소로 나와 로니의 머리를 쓰다듬으려 했다. 또 머리가 헝클어진다는 위기감에 쥬마 오빠의 손이 닿기 직전에 두 손을 들어 막는데⋯⋯. 옆에서 로니도 똑같이 막고 있어서 그만 웃음이 터졌다.

"뭐, 뭐야 너희들."

"그야 쥬마 오빠가 쓰다듬으면 머리카락이 엉망이 되는걸."

"응, 좀, 거칠지."

우리의 항의에 '뭐라고?'라며 심술궂게 웃은 쥬마 오빠가 그대로 팔을 어깨 위로 척 들었다. 힘자랑하는 포즈다. 손을 잡은 채

였던 우리는 그대로 허공에 매달렸다.

"많이 살살 한 건데 아직도 부족한가."

그렇게 말하며 쥬마 오빠는 두 팔에 우리를 앉히듯이 안았다. 한쪽 팔로 번쩍번쩍 재주도 좋지. 순간 공중부양도 했지만! 덕분에 쥬마 오빠, 로니와 눈이 가까워졌다. 로니는 평소 이렇게 안기는 일이 없기 때문인지 조금 부끄러운 듯했다.

"로니, 갈까?"

"응, 찬성."

모처럼 기회가 왔으니 나는 씩 웃으면서 로니에게 장난을 제안했다. 그 제안에 고민도 하지 않고 찬성하는 로니. 너도 참 장난꾸러기구나.

"어? 아니, 잠깐? 으악, 하지 마!"

'하나, 둘' 하는 신호에 맞춰 나와 로니가 쥬마 오빠의 머리를 마구 쓰다듬었다. 인정사정 없이 마구마구! 매번 이런 식이었다고. 당해 본 기분이 어떠신지! 쓰다듬 공격을 받으면서도 발은 탄탄하게 고정한 채로, 우리를 안은 손도 흔들리지 않는다는 점은 역시 대단했다. 하지 말라고 하면서도 즐겁게 웃고 있고 말이야! 주변에서 보던 사람들도 잘한다, 더 해라, 하면서 웃었다. 저녁의 길드 홀에는 사람들의 밝은 웃음소리가 울려 퍼졌습니다!

6 미래의 나에게

　오늘은 오전에 마스코트로 일하고 오후부터는 훈련이었다. 평소엔 훈련하고 나면 녹초가 되어 졸음과 싸우게 되지만, 오늘은 아니었다. 왜냐하면 밖에서 저녁을 먹기로 했기 때문입니다! 그걸 위해 훈련도 조금 가볍게 했고, 끝내는 시간도 조금 앞당겨 달라고 했다. 덕분에 여력은 충분하다.

　"메구, 준비 끝났어?"

　"케이 씨! 끝났습니다!"

　옷을 갈아입고 길드 홀로 가자 그곳에는 이미 케이 씨의 모습이. 그렇다. 오늘은 둘이서 데이트. 인간 대륙에 갔을 때 약속했던 그거다. 그 후로 시간이 꽤 지났지만. 서로 바빠서 좀처럼 시간을 낼 수 없었다. 정확히는 나는 시간을 내려고 하면 언제든지 낼 수 있으니까, 주로 케이 씨가 바쁜 게 원인이었다. 일만 하는 게 아니라 로니도 특훈 시켜주고 있으니 어쩔 수 없지.

　"으음, 늘 귀엽지만 멋 부렸을 때의 메구는 한층 더 귀여워. 자꾸 시선이 간단 말이야."

　케이 씨는 내 앞으로 다가오더니 기쁘다는 듯 싱긋 웃으면서 칭찬해 주었다. 변함없이 칭찬이 능숙하다. 조금 부끄럽지만, 오늘은 그게 기쁘기도 했다. 왜냐하면 모처럼 하는 데이트니까 평소보다 더 힘을 줘서 꾸몄거든! 내가 받은 옷은 다 예쁘지만 식사하러 간다는 목적을 기준으로 다양하게 따져서 골랐다. 조금 성숙한 디자인에 심플하면서도 우아한 남색 원피스인데, 가슴께에 금단추가 두 개 달려있다. 소매가 없어서 어깨에는 하늘하늘한 하얀색 스툴도 걸쳤다. 머리카락은 지난번에 받은 나비 머리핀을 사용한 하프 업 스타일이다.

"에, 에헤헤, 고마워. 케이 씨도 잘 어울려!"

칭찬해 주는 말에 잊지 않고 인사. 더불어 칭찬 돌려주기! 사복을 입은 케이 씨도 역시 멋있어. 기본적으로 오르투스 사람들은 전투복을 평상복처럼 입곤 하지만, 쉬는 날은 사복으로 갈아입고 멋을 즐기는 사람이 그럭저럭 있다. 케이 씨도 그중 하나다. 고맙다고 말끔하게 인사한 케이 씨가 웃으면서 손을 스윽 내밀었다.

"그럼 갈까?"

"네! ……어라? 기르 씨는?"

분명 호위로 따라온다고 하지 않았었나. 케이 씨의 손을 잡고 고개를 갸웃거리자 입꼬리를 아래로 내린 케이 씨가 검지로 내 입술을 살며시 눌렀다. 뭐, 뭐뭐뭐, 뭔데?!

"모처럼 지금부터 둘만의 데이트인데 다른 사람을 신경 쓰다니. 나쁜 아이구나?"

몸을 숙여 내 얼굴을 들여다보면서 그런 말을 하면 얼굴이 빨개질 수밖에 없습니다! 언동이 너무 유죄야! 아으, 아으으, 하고 말이 되지 못한 소리를 흘리며 입을 뻐끔거리자 케이 씨가 쿡쿡 웃으면서 대답해 주었다. 앗, 질문엔 대답해 주는구나.

"으음, 괜찮아. 기르난디오에겐 그림자로 호위해 달라고 부탁했거든. ……그러니까 나오면 안 된다? 위약금 청구할 거야."

마지막 두 문장은 아마 그림자에 숨어있는 기르 씨에게 한 말이겠지. 위약금……. 하지만 여차할 때면 내고 만다면서 튀어나올 것 같다. 기르 씨는 그 정도로 과보호하니까! 그 사건 이후로 한층 더 걱정이 과해진 느낌이 든단 말이지. 내가 어디 있는지 막연하게 알 수 있게 되었다는 기르 씨의 보호자 스킬이 향상된 후론 비교적 자유롭게 행동하도록 풀어주긴 했지만. 그만큼 걱정은 더 심해졌다. 골치 아픈 문제구나!

"자, 아가씨. 발밑을 조심해."

"앗, 고마워. 케이 씨!"

아무튼. 지금은 케이 씨와 데이트를 즐겨야지! 공주님처럼 대해 주니까 신난단 말이야. 능숙한 에스코트에 나는 삐걱삐걱 반응해 버렸지만, 그건 귀엽게 봐주시길. 우리는 길드에서 나와 조금 천천히 걸었다. 케이 씨가 나에게 보폭을 맞춰 주기 때문이다. 감사합니다! 주저 없이 척척 나아가는 걸 보면 목적지는 정해 놓은 모양이었다. 어디에 가는지는 못 들었으니 기대되지만, 식사라고 했으니까 케이 씨의 단골 가게로 가는 게 아닐까. 가는 길에 있던 작은 꽃집에서 케이 씨가 연분홍색의 작은 꽃다발을 샀다. 그걸 그대로 나에게 건네주었다. 어, 나에게?!

"받아도 돼?"

"물론이지. 네게 잘 어울리는 꽃다발을 만들어 달라고 미리 주문했던 거야."

데이트의 베테랑……! 완벽하다. 여기에 넘어가지 않는 여자가 있을까? 아니, 없다! '케이 씨만 한 사람이 아니면 연애하고 싶지 않아!'라는 한탄이 사우라 씨에게 들어가는 것도 이해할 수 있다. 이게 타산이 아니라는 점이 포인트란 말이지. 단순히 상대방이 기뻐하는 얼굴을 보고 싶다는 순수한 마음가짐에서 나온 행동이다. 이걸 흉내 낸다고 해도 마음은 흔들리지 않는다. 정말 케이 씨는 중죄인이다. 잘못한 사람은 아무도 없는데 말이지. 나는 고맙다고 인사하며 꽃다발을 받은 뒤 얼굴을 가져가 꽃향기를 즐겼다. 희미하게 단내가 섞인 좋은 향기가 났다.

그로부터 또 몇 분을 걸었다. 오픈테라스로 된 세련된 가게가 시야에 들어왔다. 어둑해진 시간대에 불빛이 들어온 테라스석이 무척 멋진 분위기였다. 부드럽게 감도는 조명은 마치 정령의 빛 같아서 어쩐지 친숙했다. 평소 이 길을 지나갈 때는 밝은 시간대라 이렇게 환상적인 광경은 처음 봤다. 가게 안으로 이어지는 통로가 또 식물과 빛이 뒤얽힌 터널이라 정신없이 쳐다봤다. 멍하니 있다가 케이 씨가 '여기야'라고 말을 거는 목소리에 퍼뜩 정신을 차렸다. 어? 여기? 방금 막 언젠가 가 보고 싶다고 생각하던 차라 너무 기쁜데! 설레는 마음으로 식물과 빛으로 장식한 터널을 지나 익숙해 보이는 케이 씨와 함께 가게 안으로 들어갔다. 문을 열자 가게 직원이 바로 우리의 방문을 알아차리고 걸어왔다.

"어서 오십시오. 케이 님, 메구 님. 꽃은 식사하시는 동안 꽃병에 장식하시겠습니까?"

"으음, 무척 멋진 제안이네. 부탁할게."

"부, 부, 부탁드림미다……!"

자연스러운 케이 씨와는 대조적으로 말을 더듬고 씹고 난리가 난 나였다. 어쩔 수 없잖아? 그치? 더 고상하고 우아하게 대응하고 싶었다. 훌쩍.

"후후, 귀여운 손님이시군요. 부디 편하게 즐겨주세요. 바로 요리를 가져오겠습니다. 아주 맛있답니다."

"와아, 네! 기대하께요!"

긴장을 풀어주려고 하는 점장님 최고! 또 발음이 헛나온 건 차치해 두고. 자기 가게의 요리를 자신 있게 맛있다고 말하는 점이 좋았다. 좋아, 많이 먹어야지. 안내받은 자리에 앉아 케이 씨와 담소하는 도중 테이블 중앙에 예쁜 유리 꽃병에 꽂힌 꽃다발이 놓였다. 조명이 느낌 있게 꽃다발을 비춰서 무드가 한층 좋아졌다. 오늘 밤에 프러포즈를 받아도 이상하지 않은 분위기였다. 그러는 사이에 맛있어 보이는 요리가 연속으로 나왔다. 먼저 케이 씨 앞에는 술이 담긴 술잔, 내 앞에는 주스가 담긴 잔이 놓이자 우리는 건배했다. 그 후 식사를 즐겼는데, 하나같이 정말 맛있었다! 호박색으로 빛나는 맑은 수프에 혀를 내두르기도 하고, 색이 풍부한 샐러드에 즐거워하기도 하고. 메인 디시인 고기가, 내 접시에는 처음부터 먹기 좋은 크기로 잘려 나오는 배려에 고마워하기도 했다. 행복해라.

"메구는 장래에 어떤 일을 하고 싶다고 생각하는 거 있어?"

식사하는 도중에 그런 이야기를 나누기도 했다. 장래라……. 아직 한참 먼 미래라 제대로 생각할 수 없다는 게 솔직한 심정이다. 하지만 그래선 안 되겠지. 주로 의식적인 문제로. 리히토도 로니도 장래의 목표를 세워놓고 노력하는데 나만 아직도 어중간하니까.

"틀렸다면 미안해. 혹시 메구는 조금, 아니, 상당히 고민하고 있는 거 아니야?"

"어? 그렇게 다 보였나……."

"으음, 역시 고민했었구나?"

"으으."

정곡을 찔려서 동요한 나는 깜빡 그 말이 맞다고 알려주는 반응을 보이고 말았다. 어라? 태도로 드러내지 않으려고 했었는데. 내가 알아보기 쉬운 건지, 케이 씨의 통찰력이 좋은 건지.

"메구를 좋아하고 아끼는 사람들은 다들 눈치챘을걸."

윽, 그 정도구나. 역시 내가 너무 단순해서 그런가. 하지만 눈치챘으면서도 아무도 물어보지 않았다니. 걱정을 끼쳤던 건지도 모르겠다……. 아, 그렇구나. 그래서 케이 씨가 이렇게 물어보는 건가? 확실히 케이 씨는 이런 이야기를 잘 들어 줄 것 같으니까. 말을 꺼내기 쉽다는 분위기도 있고.

"나라도 괜찮다면 들어 줄게. 게다가 기르난디오도 어딘가에서 듣고 있을걸."

쿡쿡 웃은 케이 씨가 그렇게 말했다. 그래, 기르 씨도 걱정하겠지. 지금도 그림자 속에서 듣고 있다고 생각하자 가슴이 따뜻해지는 걸 느꼈다. 응, 제대로 상담해야지. 이대로 혼자서 고민해 봤자 또 걱정 끼칠 뿐이니까.

"그, 그게……. 자신이 없어서."

나는 조심스럽게 말하기 시작했다. 차기 마왕이란 말을 들어도 잘 와닿지 않는다는 것. 언젠가 강해진다고 해도 실감이 없다는 것. 리히토나 로니가 목표를 세우고 노력하는 걸 보자 조급해하면 안 된다는 걸 알면서도 자꾸 조급해진다는 것. 나는 누구보다 오래 사는 종족이니까…… 언젠가는 모두를 배웅해야만 한다는 것. 그 모든 것이 마음을 무겁게 짓눌러서, 아직 먼 미래의 일이니까 생각하지 않으려고 해도 불현듯 뇌리를 스쳐서 슬퍼진다.

"게다가 나, 사실은……."

"? 사실은?"

가장 솔직한 본심을 말하기 직전에 머뭇거렸다. 이건, 해선 안 되는 말인 게 아닐까. 그러자 무언가를 알아차린 케이 씨가 두 손으로 내 손을 살며시 감쌌다.

"비밀로 할게, 메구. 이 이야기를 듣는 사람은 나와 기르난디오 뿐이야. 응?"

다른 사람에게는 말하지 않겠다는 뜻이다. 그 다정함이 기뻐서 시야가 조금 흐릿해졌다. 친절해라. 그 친절함에 지금은 응석 부리고 싶다. 나는 천천히 입을 열었다.

"사, 사실은……. 마왕이, 되고 싶지, 않아……."

나는 계속 오르투스에 있고 싶다. 오르투스의 메구로 살고 싶다. 하지만 내가 마왕이 되는 건 정해진 일이다. 이것만큼은 바꿀 수가 없다. 마왕의 피가 흐르니까. 같은 시대에 마왕의 특성을 지닌 자는 또 나타나지 않는다고 들었다. 혈연 말고는, 아무도. 하지만 마왕을 쓰러트리면 무슨 원리인지 그 특성이 계승되어 쓰러트린 사람이 차기 마왕이 된다. 강한 사람이 곧 마왕이기 때문이다. 지금은 아버지가 압도적인 힘을 보여주고 있기에 아무도 도전하는 사람이 없지만, 내가 마왕이 되면? 자기야말로 마왕이 되겠다며 나를 쓰러트리려고 하는 사람들이 나타나는 미래가 언젠가 와 버릴지도 모른다. 책임이 무겁다거나, 자신감이 없다거나, 그런 건 전부 변명이다. 그저, 너무 무섭다. 그 중압감에 견딜 수 없어서 도망치고 싶다. 하지만 마왕이 되는 게 싫은 건 아니다. 때가 오면 받아들이고 싶다는 마음도 있기는 하다. 마왕국의 사람들을 좋아하니까. 다들 친절하고, 협조적이고, 그 사람들을 지키고 싶다. 그렇기 때문에 무서워서⋯⋯. 지금의 내가 아직 어리고 힘이 없다 보니 괜히 그렇게 느끼는 것뿐일지도 모르지만. 나는 그런 횡설수설한 감정을 계속 토해냈다. 듣는 사람은 무슨 소릴 하는 건지 이해할 수 없을지도 모른다. 그 정도로 두서없었다는 자각은 있다.

"응. 잘 말해 줬어. 메구. 제대로 마왕 노릇을 할 수 있을지 불안한 거지? 싫은 게 아니라는 것도 이해해. 알아, 괜찮아."

하지만 내 마음을 제대로 헤아리고 다정한 말을 건네주는 케이 씨를 앞에 두고 뚝뚝 흐르는 눈물을 참을 수 없었다. 으윽, 모처럼 즐거운 시간을 보내는 중이었는데 망쳐 버렸네. 울 생각은 없었는데. 수납 마도구에서 꺼낸 수건으로 눈물을 닦으며 나는 '죄송해요'라고 중얼거렸다.

"사과하지 않아도 돼, 메구. 오히려 내가 사과해야지. 메구의 그 고민을 해결해 주는 건 아주 어려워. 좋은 조언을 해줄 수 있다면 좋겠는데, 마땅한 말이 떠오르지 않아서 미안해. 하지만 이렇게 본심을 털어놓고 때로는 눈물을 흘리는 시간은 꼭 필요했다고 봐."

때때로 눈물과 함께 고통스러운 감정도 흘려보내지 않으면 언젠가 마음이 견딜 수 없게 된다고 케이 씨가 말했다. 윽, 맞는 말씀입니다. 나는 다른 사람에게 고민을 털어놓는 걸 어려워해서 내 안에 담아두곤 한다는 자각이 있다. 그래서 일도 쉬지 못하고 늘리기만 한 결과 과로로 죽어 버렸으니까. 반성해서 고쳐야 하는데 나도 참! 천성이라니까. 죽어도 안 고쳐진다니 정말 골칫거리다.

"그러니까 또 이렇게 누군가에게 털어 놓고 울어줘. 나는 언제든 환영이고, 기르난디오도 똑같은 마음일 거야."

케이 씨는 그 말을 끝으로 내가 진정할 때까지 머리를 계속 쓰다듬어 주었다. 발밑의 그림자에서도 왠지 따뜻한 마음이 전해진 걸 보면 분명 기르 씨도 위로해 주는 거겠지. 나는 참 행복한 사람이다. 이렇게 든든한 사람들 사이에 있으니까, 더 의지해야지. 동시에 서글프기도 했다. 결국 스스로 극복할 수밖에 없는데 고민하는 게 고작인 나 자신이 한심해서. 조급해하면 안 된다고 생각할수록 압박감을 느끼다니 바보 같지. 하지만 고민하는 건 어쩔 수 없잖아. 그래도 지금은 상당히 개운해졌다. 역시 감정을 토하고 우는 건 중요하다는 걸 실감했다. 덕분에 그 후엔 다시 즐겁게 저녁을 먹을 수 있었다! 소소한 대화를 나누고 같이 웃으면서 디저트도 먹었다. 애프터 케어까지 완벽한 케이 씨는 정말 동경의 대상이다. 정말정말 감사합니다!

"자, 디저트도 먹었으니 슬슬 돌아갈까. 늦어지면 안 되니까."

케이 씨는 테이블을 장식했던 화병째로 나에게 꽃을 건넸다. 어? 화병도?! 아까 슬쩍 값을 치렀다니, 아무리 그래도 예상하지 못했다고.

"오늘을 기념하는 선물."

윙크와 함께 날아온 그 멘트가 내 마음을 꿰뚫었다는 건 말할 필요도 없으리라. 그걸 얼버무리듯 나는 꽃과 화병을 수납 팔찌에 넣었다. 마음 같아선 들고 가고 싶었지만 떨어트렸다간 큰일이니까. 돌아간 뒤에 침대 옆 협탁에 올려놔야지! 나는 케이 씨에게 오늘은 고마웠다고 거듭 인사했다. 케이 씨는 과찬이라며 곤란한 듯한 표정을 했지만, 몇 번을 말해도 부족할 정도로 기뻤으니까 어쩔 수 없다고 밀어붙였다. 난처한 표정의 케이 씨는 귀중한 광경이기에 실컷 만끽했다. 에헤헤.

이렇게 둘이서 길드에 도착한 뒤 홀에 한 걸음 발을 들인 순간 내 그림자에서 기르 씨가 튀어나왔다. 계약은 길드에 돌아갈 때까지였다고 한다. 참으로 충직하다.

"고마워, 기르난디오. 덕분에 조금도 불안해하지 않고 데이트를 즐길 수 있었다."

"메구도 즐거워했으니까. 문제없다."

이 타이밍에 나올 걸 알고 있었던 건지 케이 씨는 딱히 놀라지도 않고 기르 씨를 향해 웃었다. 서로를 잘 이해하고 있다는 느낌이었다. 내 머리 귀에 기르 씨의 손이 톡 올라온 그때 시야 한 구석에 에메랄드그린이 보였다. 사우라 씨가 마중 나온 모양이었다.

"기르의 기준은 매번 메구란 말이지. 익히 알던 사실이지만."

황당하다는 듯 웃는 사우라 씨는 나에게 가까이 다가오더니 재미있었냐고 물어보았다. 나는 바로 고개를 들고 '응!' 하고 대답한 뒤 이런 곳에 갔고 요리도 맛있었고 등등 자세하게 이야기했다. 조금 울었던 건 생략했다.

"그래서 케이, 어떤 식으로 메구를 즐겁게 해준 거야?"

"으음, 알고 싶어? 사우라디테. 그렇다면 다음에는 사우라디테가 나와 데이트할래?"

"나한테는 맛있는 가게를 알려 주면 그걸로 충분해. 알아서 갈 거니까."

호기심에 물어본 것뿐이라며 고개를 홱 돌리는 사우라 씨에게 케이 씨가 매정하다며 웃었다. 하지만 역시 궁금한 건지 이번에는 기르 씨에게 실제로는 어땠냐고 물어보려고 했다. 내 설명으로는 부족했던 모양이다. 그냥 평범했다는 기르 씨의 대답에 사우라 씨가 불만을 표했다. 무슨 이야기를 듣고 싶었던 거지? 실제로 평범했는데. 평범한 케이 씨였을 뿐.

"어떻게 평범했는데?"

그러자 이번에는 등 뒤에서 아빠의 목소리가 들려 깜짝 놀라

돌아보았다. 어, 어디서 나타난 거지. 기척을 못 느꼈어!

"뭐야, 두목까지? 다들 호기심이 많네."

케이 씨라고 해도 기가 막혔는지 어깨를 움츠리며 고개를 절레절레 내저었다. 어느새 우리 이야기에 주목하는 건 여기 있는 멤버만이 아니라, 주변에 있던 사람들도 흥미진진해하며 모여들기 시작했다. ……아니 잠깐! 얼마나 궁금한 거야, 이 사람들이?! 그건가. 케이 씨의 데이트 스킬을 배우고 싶다거나? 아니, 사우라 씨나 아빠는 아닐 테지만. 케이 씨가 그냥 식사만 하고 돌아올 리가 없다거나, 메구에게 나쁜 영향을 주진 않았겠지 등 온갖 추궁이 오갔다. 아하. 정서교육 쪽을 걱정한 거구나. 전생의 지식도 있으니까 이제 와선 늦었다고 보는데.

순식간에 길드 홀이 떠들썩해졌다. 슬슬 방으로 돌아가 목욕하고 자고 싶다고 멍하니 생각한 그때, 문득 발밑의 그림자가 흔들린 걸 느꼈다. 아까 기르 씨가 나왔던 내 그림자다. 기르 씨의 그림자 마법과 아직 이어져 있는 모양이었다. ……아주 조금, 몸이 근질거렸다. 이거 안은 어떻게 되어있을까? 사실 늘 궁금했었다. 기르 씨는 당연하다는 듯 그림자 속을 드나들고 짐을 수납하곤 하니까. 다른 사람들은 아직 나와 케이 씨의 데이트 이야기에 집중하고 있었다. 이건 기회 아닐까? 허락 없이 건드렸다간 혼나려나? 두근거리는 마음으로 쪼그려 앉은 나는 기르 씨의 마법과 이어진 내 그림자를 관찰했다. 새카만 수면처럼 살랑살랑 일렁이는 그림자는 마치 이쪽으로 오라며 나를 유혹하는 것 같았다. 아주 조금이라면 들여다봐도 될까? 이건 기르 씨의 마법이니까. 내 그림자에 걸린 마법이라면 절대 위험하지 않다고 확신할 수 있다. 하지만 역시 들키면 혼날지도 모르니까 아주 조금만. 그렇게 결심한 나는 그림자 속에 살그머니 머리를 밀어 넣었다. 목욕물에 얼굴을 담갔을 때처럼 따뜻하지만 젖는다거나 숨이 막히거나 하진 않았다.

"……캄캄해."

그곳에는 그저 새까만 공간이 펼쳐져 있었다. 하지만 신기하게도 무섭지 않았다. 어디가 앞인지 뒤인지도 알 수 없을 만큼 까만 어둠인데, 두려움을 느끼지 않는 건 역시 기르 씨의 마법이기 때문이겠지. 나는 정말 무조건 기르 씨를 신뢰한단 말이지. 그 사실에 피식 웃음이 나왔다. 하지만 기르 씨는 이 안을 자유롭게 오간다는 걸 생각하면 이 또한 신기했다. 어디에 목적지가 있는지, 넣어둔 도구가 어디 있는지도 전부 안다는 거잖아. 시전자 본인만은 알 수 있는 구조인 건지도 모르겠다.

"……?!"

"응? 뭐야. 왜 그래?! 기르."

"어, 어이. 왜 그래? 기르. 갑자기 굳어 버리다니……. 잠깐, 메구?! 너 뭐 하는 거야?!"

이런저런 생각을 하고 있었더니 갑자기 사우라 씨와 아빠의 당황한 목소리가 귀를 찔렀다. 아차, 들켰다! 하는 생각과 동시에 기르 씨에게 이변이 일어났나?! 하고 나는 다급히 그림자에서 얼굴을 들었다. 온갖 생각을 하긴 했지만 들여다본 건 고작 몇 초뿐인데 설마 이렇게 금방 들키다니. ……아니, 보통은 자신의 마법에 이변이 일어나면 알아차리는 게 당연한가! 기르 씨라면 더욱 그렇겠지. 그런 것도 눈치채지 못하다니, 나는 정말 덜렁이야…….

"메, 메구! 괜찮아?! 이 바보가, 기르의 그림자에 들어가다니 죽고 싶어?!"

"어? 그 정도야?! 나는 괜찮은데……. 미, 미안해. 그렇게 위험한 줄은 몰랐어."

아빠가 무시무시한 박력으로 어깨를 붙잡고 흔들었다. 나 그렇게 위험한 짓을 저지른 건가? 뭐가 뭔지 이해하지 못했지만, 다들 심상치 않은 모습이라 점점 죄책감이 치밀었다. 풀이 죽어서 몸을 웅크리고 대답했다가 어째서인지 아빠가 얼떨떨한 표정을 짓고 있다는 걸 깨달았다. 사우라 씨와 케이 씨, 그 외 다른 사람들도 비슷하게 어안이 벙벙하잖아? 어? 뭔데?

"너, 너는, 기르의 그림자를 들여다보고도, 괜찮았어……?"

"어? 응. 얼굴만 조금 담근 것뿐이었는걸. 넓고 캄캄하지만 따뜻했는데, 그게 다야."

보통은 안 괜찮은 건가? 끄으응. 나는 고개를 갸웃거렸다. 한편 경악한 표정으로 잠시 정지했던 아빠는 바로 퍼뜩 정신을 차리더니 이번에는 기르 씨를 추궁하기 시작했다.

"어, 어이! 기르! 너는 괜찮아?!"

"어, 어어……. 나도, 놀랐어."

"뭐야 그게? 그림자에 들어가도 괜찮을 수 있는 거야? 뭐 짐작 가는 거 없어?"

자, 잠깐만. 아빠의 저 뉘앙스로 보면 그림자에 다른 사람이 들어가면 모두 다 안 괜찮은 일을 당했던 것처럼 들리는데? 아무 일도 없었고 몰랐다고는 해도 난 굉장히 위험한 짓을 저지른 거였나? 다들 그걸 아니까 이렇게 당황한 거고. 으, 으아아. 나또 맘대로 행동해서 걱정 끼쳤잖아. 심지어 나만이 아니라 기르 씨에게도 나쁜 영향이 있다는 것 같고. 반성하겠습니다!

"짐작⋯⋯?"

아빠의 질문에 난처한 듯 생각에 잠긴 듯한 모습을 보이는 기르 씨. 괜찮은 걸까? 몸이 안 좋아졌다거나 하진 않았을까. 걱정돼서 기르 씨의 얼굴을 올려다보자 몇 초 후 그 얼굴이 순식간에 빨개지는 게 보였다. ⋯⋯어?! 빨개졌어?! 기르 씨가?!

"어?"

"기르난디오? 설마⋯⋯."

"어?! 기르?!"

"너, 이 자식, 설마 기르⋯⋯."

화르륵 소리가 들릴 정도로 얼굴에서 불이 난 기르 씨는 한 손으로 코 아래를 덮고는 몸을 뒤로 홱 돌렸다. 어? 뭐야? 뭔데? 혹시 나 기르 씨의 민감한 문제를 건드렸다거나 그런 거야?! 그림자 내부는 사적인 공간 같은 거라서 보여주는 건 부끄러운 일이라거나? 아니, 하지만 그냥 깜깜한 공간일 뿐이었으니까 이건 비약인가. 하지만 그 기르 씨가 이렇게까지 빨개지는 걸 보면 그만한 사정이 있다는 건데⋯⋯! 에잇, 일단 지금 이유는 나중에. 나도 포함해서 길드 홀은 시장바닥이 되었다. 좀처럼 감정을 겉으로 드러내지 않는 기르 씨가 어마어마하게 동요하고 있으니까! 정말 괜찮은 거야? 걱정되네.

"기르 씨……?"

나도 살며시 말을 걸어봤다. 하지만 그 기르 씨가 내 목소리를 눈치채지 못한 채 여전히 얼굴을 가린 채 때때로 '아니, 설마', '말도 안 돼' 하면서 중얼거리기만 했다. 이거 완전히 평정을 잃어 버렸네. 어, 어째 진짜로 미안! 내 얼굴에서 핏기가 사라진 걸 느꼈을 때 이성을 되찾은 건지 기르 씨가 돌아보고는 작게 툭 돌려주었다.

"………………아무것도 아니다."

그 한마디에 대혼란 상태였던 길드 안이 쥐 죽은 듯 조용해졌다가 이번에는 웅성거림이 퍼져나갔다. 정작 기르 씨는 이미 평소 같은 표정으로 돌아와 시치미를 떼고 있다. 아니, 아직 얼굴이 조금 붉은 것 같기도 하지만. 그래도 몸에 문제는 없는 모양이다. 다행이다. 안심이네.

"아, 아무것도 아닐 리 없잖아아아아아?! 무조건 그 입을 열어 줘야겠어! 기르!"

"그래. 나도 아주 신경 쓰여. 후후, 상담이라면 들어 줄게."

"절대로 용서 못 한다, 기르! 이 도둑놈아아아!!"

하지만 아직 진정하지 못한 사람들이 있었다. 이 세 사람이 도화선이 되어 길드 안에 있던 모두가 기르 씨를 주목하고 있잖아. 어라? 아직 안 끝났어? 사우라 씨, 케이 씨, 아빠에게 포위당하고, 길드 안에 있는 모든 사람의 주목을 받으며 이유는 모르겠지만 심문을 받는 기르 씨. ……도저히 못 따라가겠다. 게다가 길어질 것 같고. 미안하지만 나는 슬슬 졸음이 한계다. 어쩔 수 없지. 지금은 접근할 수 없으니 내일 기르 씨에게 제대로 사과하기로 하고 오늘은 먼저 자자. 나는 흐아암 하품을 한 번 흘린 뒤 시끌시끌한 홀을 뒤로했다.

　　────다음 날.

　평소와 다를 바 없는 평화로운 아침. 내 전용 카운터에서 명랑하게 인사를 나누었다. 자주 보는 얼굴, 가끔 보는 얼굴, 처음 보는 얼굴이 오가는 홀에서 오늘도 나는 스마일을 내걸고 일하는 중입니다. 출입하는 사람이 많아서 바쁜 시간대가 지나가면 간신히 한숨 돌릴 수 있다. 그때 내 자리에서 핫밀크를 마시는 게 극상의 행복이다. 늘 이 자리에 오기 전에 홀에 병설된 카페에서 산 핫밀크를 수납 팔찌에 넣어온다. 현재 내 월급이 나가는 분야는 그 정도다. 사실은 그 정도는 사주겠다는 사람이 많이 있었지만, 내 돈으로 살 거니까 괜찮다고 주장했다. 여러분, 아이를 너무 오냐오냐하는 것도 안 좋거든요? 다만 나한테는 커서 갚을 것들이 많이 있으니까 저축도 하고 있다. ……언제 전부 갚을 수 있을지, 애초에 이 긴 인생을 들여도 다 갚을 수 있을지 같은 생각은 하면 안 된다. 마음이 꺾이니까!

　핫밀크를 마시고 행복한 한숨을 후우 내쉬고 있을 때 길드 안쪽에서 기르 씨가 다가오는 게 보였다. 이 사람은 인파를 피하기 위해 매번 더 이른 시간에 길드에서 나가거나 이렇게 시간을 늦추곤 한다. 오르투스 내에서라면 익숙해졌다고 하나 역시 사람이 많은 곳은 불편한 모양이다. 기르 씨는 나를 보고는 눈가를 부드럽게 휘더니 이쪽을 향해 걸어왔다. 나도 인사하려고 기르 씨가 오는 걸 기다리던 그때, 갑자기 어디선가 내 앞에 긴 머리카락의 여자가 나타났다. 무언가를 찾는 것처럼 주위를 두리번거리는, 살짝 웨이브가 들어간 옅은 분홍색의 긴 머리카락을 지닌 여성. ……아, 이거 현실이 아니구나. 직감으로 느꼈다. 이건 예지몽이다. 깨어 있을 때는 오랜만이네. 그렇다면 이 사람은 누구일까. 어디선가 본 것 같은 느낌이 드는데. 가장 먼저 떠오른 건 어머니였다. 하이 엘프 옌나리에아르. 딱 한 번 꿈에서 본 적이 있는 메구의 어머니를 닮은 듯한 느낌이었다. 하지만 조금 다르다. 머리카락은 연분홍색이지만, 어머니는 찰랑찰랑한 긴 생머리였는걸. 게다가 눈앞의 여성은 감색 눈동자였다. 그렇다면 혹시…….

"나……?"

내가 그렇게 중얼거리자 여성이 이쪽을 돌아보았다. 예지몽일 텐데도 똑바로 나를 **보고 있다.** 나와 눈이 마주치자 그 여성, 아마도 미래에 어른이 된 나는 부드럽게 웃었다. 아주 행복하다는 듯이. 그 순간 마음이 스윽 가벼워지는 걸 느꼈다. 그렇구나.

"그래. ……뭐야. 에이!"

"응? 왜 그래? 메구."

어느새 눈앞에 서 있던 기르 씨가 의아하다는 듯 말을 걸자 퍼뜩 정신을 차렸다. 나는 아무것도 아니라며 웃는 얼굴로 고개를 저은 뒤 평소처럼 기르 씨에게 아침 인사를 건넸다. 조금 전까지 보던 곳으로 힐끔 시선을 던졌지만, 미래의 나는 이미 사라진 뒤였다. 무척 신기한 체험이었지. 미래의 나를 봤는데 눈이 마주치다니. 의아하긴 하지만 신경 쓰이진 않았다. 미래의 내가 웃는 걸 보기만 했는데도 마음속 깊은 곳에서 계속 고민했던 게 전부 물거품처럼 사라졌으니까. 그건 즉, 미래의 내가 행복하다는 것이니까. 그걸 안 것만으로도 충분하다.

장래에 나는 마왕이 되었을지도 모르고, 오르투스에 있을지도 모른다. 다양한 문제가 일어나 괴로운 일을 많이 겪었을지도 모르고, 뜻대로 되지 않아 답답한 일도 있을지도 모른다. 하지만 그런 건 이제 신경 안 쓸 거다. 분명 극복할 수 있다는 자신감이 생겼으니까. 앞으로 어떤 미래를 선택한다고 해도 나는 행복할 수 있다. 아니, 그 행복을 현실로 만들기 위해 지금 최선을 다해 살아야지.

"그럼 나는 일하러 가마."

"응! 기르 씨, 조심해서 다녀오세요!"

다녀오겠다며 부드럽게 웃은 기르 씨를 배웅한 뒤 나도 다시 일에 집중했다. 오르투스의 입구에 시선을 주자 불안한 듯 주변을 보는 사람이 시야에 들어왔다. 처음 의뢰하러 온 사람인가? 좋아! 괜찮아, 아무 걱정 안 해도 돼.

기다려, 미래의 나. 지금은 그저 웃는 얼굴로, 평소처럼 인사하자.

"특급 길드, 오르투스에 어서 오세요!"

Welcome
to the
Special
Guild

처음 만났던 장소에서

"메구, 다음 휴일에 시간을 낼 수 있을까."

기르 씨에게서 그런 말을 들은 게 지난주. 갑작스러운 제안에 조금 놀랐지만, 나한테 기르 씨의 부탁을 거절한다는 선택지는 없다. 당연하다는 듯 알겠다고 대답했지만, 그 후로 딱히 무슨 말을 듣지 못한 채 휴일 전날 밤이 되었다. 나중에 연락할 거라고 생각하고 신경 쓰지 않았는데 이쯤 되면 뭔가 물어보러 가야 하는 걸까? 하지만 최근 기르 씨, 일이 바빠 보였단 말이지. 그래서 얌전히 기다렸던 것도 있지만……. 으음. 팔짱을 낀 채 목욕하기 위해 대욕탕으로 향하던 도중 반대편에서 타다닷 달려오는 사우라 씨가 보였다.

"앗, 찾았다. 메구!"

"사우라 씨! 무슨 일이에요?"

아무래도 나를 찾았던 모양이다. 눈앞으로 다가온 사우라 씨는 기르 씨의 전언을 부탁받았다고 한다. 그것만으로도 내일 일이라는 걸 알아차렸기 때문에 얌전히 뒷말을 기다렸다.

"내일은 아침에 방으로 데리러 간대. 움직이기 편한 옷을 입고, 소지품은 딱히 신경 안 써도 된다는데. 뭐야? 내일은 기르와 데이트라도 해?"

"흐어?! 아니, 내일은 일정을 비워 달라고 했을 뿐이지 딱히 아무런 말도 못 들었는데……."

데이트? 데이트인 걸까? 생각지도 못했던 그 단어에 조금 놀랐지만, 그래도 그런 거라면 어디에 놀러 가는지 말해 줄 것 같은데. 뭐 어떤 일정이든 기르 씨와 함께라면 전혀 불안하지 않지만. 내가 대답하자 사우라 씨도 신기하다는 얼굴로 뺨에 손을 대고는 '아무 말도 안 하다니 별일이네'라고 말했다. 역시 사우라 씨도 그렇게 생각하는구나? 그치? 별일이지? 기르 씨니까 깜빡 실수했을 것 같진 않고. 우리 둘은 잠시 그 자리에서 끄으응 신음을 흘렸다.

"뭐, 기르라면 문제없겠지! 잘 상상은 안 가지만, 단순히 깜빡했을 뿐이라는 가능성도 없지는 않으니까!"

하지만 고민은 잠깐이었다. 그리고 사우라 씨가 내린 결론도 나와 똑같아서 쿡쿡 웃었다. 그렇죠! 기르 씨에 대한 신뢰도는 다른 사람과는 비교가 되지 않는다. 사우라 씨는 내일 돌아온 뒤에 알려달라는 말을 남기고 일하러 돌아갔다. 기르 씨의 전언을 전달하기 위해 일하는 도중에 빠져나오게 했다니 좀 미안한데. 하지만 덕분에 걱정하던 게 해소되었습니다! 사우라 씨의 뒷모습을 향해 고맙다고 인사한 뒤 나도 다시 대욕탕으로 향하며 오늘은 최대한 일찍 자기로 마음먹었다.

"어, 메구. 벌써 자는 거야?"

목욕하고 나와 방으로 돌아가는 도중 아빠를 마주쳤다. 평소보다 조금 이른 시각에 목욕하고 나왔으니 궁금했던 모양이다. 그렇다고 대답하자 아빠가 잊고 있던 걸 떠올렸다는 듯 손뼉을 짝 쳤다.

"그러고 보면 내일은 기르와 외출한다고 했었지."

"어? 알고 있었어?"

"그래. 어제 기르가 그런 소릴 했었거든."

아직 어디에 가는지는 못 들었다는 내 말에 아빠는 '그래?' 하며 한쪽 눈썹을 들어 올렸다.

"그럼 내가 말하는 건 안 좋을지도 모르겠는데."

아빠는 목적지를 아는 모양이구나. 딱히 입막음하지 않은 걸 보면 단순히 아직 말하지 않았을 뿐인 것 같긴 하지만, 기왕 이렇게 되었으니 기대하라며 아빠가 내 머리를 쓰다듬었다. 으으, 확실히 궁금하긴 하지만 여기서 알게 되는 것도 좀 아닌 느낌은 든다. 응, 내일 알게 되는 걸 기대하기로 하자.

"사우라 씨가 움직이기 편한 옷을 입으라고 말을 전해 줬어. 전투복은 좀 과할까?"

"아니, 괜찮을걸. 하지만 음, 그렇게까지 고성능은 필요 없겠지. 만에 하나 무슨 일이 일어난다고 해도 기르가 같이 있으니까. 너는 품에 안겨있기만 할 테니 전혀 문제없어."

안겨있기만 한다니. 아니, 실제로 그렇게 될 것 같다는 건 나도 알지만. 그건 그거대로 자존심이 구겨지잖아. 하지만 그렇지. 아빠의 눈에도 기르 씨는 그만큼 높이 평가받는다. 기르 씨와 같이 있으면 어떤 위험지대라고 해도 내가 무사히 돌아올 수 있다는 신뢰가 있다. 그렇다고 해도 위험한 곳에는 안 갈 테지만. ……안 가겠지?

"너에게 아주 좋은 경험이 될 거야. 아무튼 안심하고 다녀와."

"응, 알았어!"

마지막으로 그렇게 말한 아빠는 웃는 얼굴로 푹 자라고 인사하며 그 자리를 떠나갔다. 특급 길드의 두목도 문제없다고 했으니 정말 아무런 걱정도 필요 없겠네! 처음부터 걱정은 안 했지만. 굳이 따지라면 설레서 오늘 제대로 잘 수 있을지가 훨씬 걱정이다. 아니, 내일을 최상의 상태로 맞이하기 위해서 빨리 자야지! 방으로 돌아간 나는 바로 침대에 들어가 불을 껐다.

　다음 날, 나는 평소보다 일찍 일어나 옷을 갈아입었다. 아침에 데리러 온다고 들었을 뿐 정확히 언제 오는 건지는 몰랐으니까. 기르 씨라면 시간이 이를 경우에는 그것까지 전해 달라고 했을 테니까 아마 평소 내가 일어나 방에서 나오는 시각과 비슷하겠지. 하지만 그 왜, 기다리게 하고 싶지 않았거든. ……사실 그건 핑계고, 사실은 너무 기대돼서 일찍 눈을 떠버렸을 뿐이다. 걱정했던 것처럼 좀처럼 잠이 안 오는 사태는 일어나지 않았지만, 그만큼 일찍 눈을 떠버린 셈이었다. 어, 어쩔 수 없잖아! 기르 씨와 외출한다는 것만으로도 너무 기대되는걸! 게다가 일찍 일어나는 건 딱히 나쁜 일이 아니었다. 옷을 고르는 데 시간이 걸렸기 때문이다. 평소처럼 눈을 떴다면 허둥지둥 준비해야 했을걸. 침착하게 고민할 수 있었던 건 큰 강점이다. 그렇게 고른 오늘의 복장은 목에 리본이 달린 크림색 반소매 셔츠에 진갈색 치마바지다. 여기에 많이 걸어도 괜찮도록 걷기 편한 운동화를 신었다. 참고로 이 복장을 고른 포인트는 편함만이 아니다. 은은한 우아함도 겸비한 옷을 골랐다. 요컨대 패션도 의식했단 소리다. 오랜만에 기르 씨와 둘이서 외출하는걸. 조금은 신경 쓰고 싶잖아? 에헤헤. 그리고 소지품은 신경 쓰지 않아도 된다고 해서 딱히 확인하지 않았다. 애초에 그 사건 이후로 내 수납 팔찌는 상당히 빵빵해졌기 때문에 그런 의미에서도 문제는 없을 거다. 이제나저제나 기다리고 있었더니 마침내 노크와 함께 기다리던 사람의 목소리가 들렸다.

"메구, 나다. 일어났어?"

일어났습니다, 준비도 다 끝났습니다! 목소리가 들린 순간 의자에서 튀어 오른 나는 종종걸음으로 문으로 달려갔다.

"안녕히 주무셨어요, 기르 씨! 준비도 다 했어!"

힘차게 뛰쳐나온 나를 보고 조금 놀란 듯 눈이 커진 기르 씨였지만, 안정감 있게 나를 받아내고는 바로 피식 웃었다. 튀어나오면 위험하다고 말하면서도 다정하게 머리를 쓰다듬어 주는 기르 씨는 역시 팔불출일지도 모른다. 나도 죄송하다고 하면서 실실 웃는 게 문제일지도 모르지만. 하지만 기르 씨가 하도 바빠서 이렇게 만나는 건 정말로 오랜만이란 말이야. 기쁨이 폭발해 버렸지! 마치 주인이 귀가하는 걸 기다리는 강아지 같았다는 자각은 있다.

"자세한 걸 말하지 않아서 미안하다. 직접 말하는 게 이해하기 쉬울 것 같아서. 아침을 먹으면서 이야기하자."

"일하느라 바빴던 거잖아? 괜찮아! 고생 많았어, 기르 씨."

이렇게 시간을 내어 준 게 가장 기쁘니까. 그렇게 말하자 기르 씨는 고맙다며 웃어 주었다. 흐어어, 아침부터 눈이 행복해라! 나는 기르 씨의 손을 잡고 바로 식당으로 향했다. 식판을 들고 자리에 앉아 아침을 먹으면서 들은 이야기는 이랬다. 오늘 일정을 비운 건 단순히 요즘 둘이서 대화를 못 했기 때문이란다. 맞아, 나도 많이 대화하고 싶었어! 일이나 훈련과 관련된 근황 보고, 최근에 있었던 재미있는 일, 그 외에도 사소한 잡담을 하고 싶었지. 고작 그런 이유로 시간을 내 달라고 해서 미안하다고 말한 기르 씨가 조금 쑥스러워하는 모습에 가슴이 찌르르해졌다는 건 말할 것도 없으리라. 잘생겼는데 귀엽기까지 하다니 반칙입니다!

"뭐, 목적지는 느긋하게 대화할 만한 장소는 아니지만……. 다만, 전부터 언젠가 데리고 가야겠다고 생각했던 장소야."

"데려가고 싶었던 장소?"

어디지? 짐작이 안 가는데. 어디 공원이나 가게 같은 건가? 하지만 기르 씨의 대답은 생각지도 못했던 장소였다.

"던전이다."

"던전?! 그거 혹시……."

그건 나와 기르 씨가 처음 만났던 그 장소? 그렇게 되묻자 기르 씨는 맞다면서 고개를 끄덕였다. 그, 그건 정말 예상하지 못했는데. 왜 또 그런 장소에 가는 거지? 기르 씨가 의미도 없이 위험한 장소에 데려갈 리는 없으니까, 공략해서 보상을 노리는 건 아니겠지. 만약 수행이라면 전투복을 입고 오라고 미리 말했을 테고……. 이유는 둘째 치고, 확실히 이 세계에 온 뒤로 던전이라는 게 어떤 장소인지 궁금했었으니까 한 번은 가 보고 싶은 장소이긴 했다. 마물의 특성이나 전투방식, 주의점 등도 던전에 가면 서식지에 찾아가지 않아도 다양한 마물을 알 수 있으니까.

불론 전부는 아니지만.

"본래 어린아이를 데려갈 만한 장소는 아니다만. 그래도 마법을 쓸 수 있는 상황이라면 네게 자기방어 수단이 있다고 판단했어. 그때와는 다르게 마음도 성장했지. 게다가 내가 있고."

이런저런 말을 늘어놓았지만 결국은 마지막 멘트가 모든 것을 말해준다고 봅니다. 기르 씨가 있으면 마물쯤은 위협이 되지 않는다는 걸 아니까. 그야 눈앞에서 슥삭 당해서 피가 푸학 터지는 걸 보는 건 아직 거부감이 있지만, 내 몸은 위험하지 않다고 단언할 수 있다. 게다가 계속 마물 토벌을 보는 걸 무서워할 수도 없잖아! 결의를 굳히듯 주먹을 불끈 쥐자 기르 씨가 쓴웃음을 지었다. 아무래도 내가 생각하는 목적은 아니었던 모양이다. 어라? 공부하러 가는 게 아닌 거야?

"마물은 최대한 접근하지 못하도록 할 테니까. 그게 아니라, 그냥……."

기르 씨는 거기서 일단 말을 끊었다가 작은 목소리로 중얼거렸다.

"그냥, 너와 처음 만났던 장소에 다시금 같이 가 보고 싶어."

그 말을 들은 순간 어째서인지 얼굴에 열이 모여드는 게 느껴졌다. 뭐지? 가슴이 두근거려. 이게 대체 무슨 감정인 건지는 모르지만, 뭔가 부끄러운 것 같기도 하고 기쁜 것 같기도 하고, 뭐라 말할 수 없는 복잡한 기분이다. 아니 잠깐! 그렇게 말하는 건 어떤 의미에선 작업 멘트 아니야?! 내가 한창때의 아가씨라면 이래저래 착각해 버릴 법한 말이거든요! 정말로 무시무시한 미남이다. 쿵쿵 뛰는 심장이 진정되지 않아서 나도 작은 목소리로 알았다고 대답하는 게 고작이었다고……. 나는 민망함을 얼버무리기 위해 서둘러 수프를 먹었다.

아침을 먹은 뒤 우리는 바로 길드 밖으로 나왔다. 던전까지는 안전한 그림자독수리 택배로 향한다고 한다. 목적지를 들었을 때부터 그렇게 이동하리라는 걸 알았기 때문에 익숙하게 바구니에 들어가는 나. 기르 씨도 바구니와 보자기 준비에 익숙해졌다. 이따금 스쳐 지나가는 사람들이 조심해서 다녀오라고 인사해 주었다. 다들 암묵적인 룰로 어디에 가는지는 안 물어본다는 게 역시 대단했다.

『가자.』

"응!"

그림자독수리 모습인 기르 씨가 보낸 텔레파시에 힘차게 대답하자 바로 바구니가 바닥에서 떨어졌다. 부유감과 함께 서서히 고도가 올라가더니 순식간에 오르투스의 건물이 미니어처가 되었다. 그 광경을 당황하지 않고 바라볼 수 있게 됐다는 사실에 나도 상당히 성장했다는 걸 새삼 실감했다. 익숙해진 것뿐이긴 하지만, 이걸 당연하게 받아들이게 된 나 자신이 신기하단 말이지. 나는 이런 판타지 세계에 적응하지 못하는 게 아닐까, 돌아갈 장소라고 생각하게 되는 날이 올까, 하면서 불안해하던 그 시절의 나에게 괜찮다고 말하고 싶다. 하늘에서 보는 마대륙을 내려다보고 있자니 감회가 새로워졌구나. 요즘 이 바구니를 탈 때는 누군가와 같이 있었는데 지금은 혼자라서 그런 건지도.

그나저나 던전이라. 사실 아직도 '이것이야말로 이세계!'라는 판타지한 장소 정도의 인식밖에 없었다. 특급 길드인 오르투스에서도 그리 익숙하지 않은 장소이기 때문인지도 모른다. 이것도 다 이 세계의 던전이란 실력 테스트나 훈련장소, 보상을 얻으러 가는 장소라는 인식이라서다. 이미 실력도 갖췄고 보상을 모으는 것보다 더 벌이가 좋은 특급 길드의 길드원은 가 봤자 별로 의미가 없는 장소인 거지. 참고로 이런 던전은 어느 날 갑자기 마물이 솟아나는 구멍 같은 게 생긴 게 시작이다. 그곳을 인간의 손으로 정비해서 탐사하기 쉽게 만든 게 던전이라나. 조사 결과 마력이 고이기 쉬운 장소에 그런 구멍이 생긴다는 걸 알아냈고, 지금은 그걸 예측해서 대처하는 기관도 있다고 한다. 지금 향하는 던전은 상당히 옛날에 오르투스에서 정비했다고 한다. 아빠와 기르 씨도 참가했었다는데……. 뭐야, 처음 들었어! 기르 씨의 말로는 던전도 매일 성장하거나 변화하기도 해서 단언할 수는 없지만, 지금부터 가는 곳은 비교적 아직 익숙하지 않은 사람들이라고 해도 공략하기 쉽다고 한다. 수많은 던전 중에서도 수련에 적합한 장소로 유명하다고. 권장 수준은 초급에서 중급 길드에 필적하는 실력자. 수련장이라는 룰 같은 게 생겨서 실력자는 가지 않도록 신경을 쓴다고 했다. 오르투스가 외부에서 온 사람을 위해 간단한 의뢰는 받지 않는 것과 같은 이유구나! 성장할 기회를 빼앗지 않기 위한 배려라는 소리다. 기르 씨가 그때 그 던전에 있었던 건 이상이 발생했기 때문이었지. 그 원인이 나였지만. 그런 특수한 상황이 아닌 한 특급 길드의 길드원은 기본적으로 가지 않는 장소다.

『언젠가 메구도 던전에서 훈련하는 날이 오겠지. 그때를 위한 견학도 겸하자.』

오오, 그렇게 되는군요. 그렇겠지. 이 세계에서 살아가기로 했고, 오르투스의 일원이니까 더 강해져야 하는걸. 던전의 마물은 마력 덩어리라고 하니 쓰러트려도 그로테스크한 광경은 순식간이고 스르륵 사라져서 고맙단 말이야. 아니, 오히려 내가 실전훈련을 하기에 딱 좋은 장소라고 할 수 있다. 하지만 지금은 아직 무서우니까 무리. 살아있는 대상을 다치게 한다고 생각하면 손이 떨리거든. 하아, 갈 길이 멀구나.

그러는 사이에 그리운 광경이 보이기 시작했습니다! 아주 잠깐밖에 못 봤으니까 기억이 안 날지도 모른다고 생각했는데, 의외로 기억하고 있었다. 반가워라. 그때는 보이는 것, 체험하는 것 모두가 신기하고, 조금 무섭고, 믿어지지 않아서 현실을 따라가기에도 급급했었다. 영문을 알 수 없는 상황 속에서 만난 사람들이 다들 친절했기 때문에 어떻게든 마음이 버틸 수 있었지. 그걸 생각하니 코가 아려왔다. 나는 운이 정말 좋았다는 게 실감이 갔으니까. 아빠나 리히토가 이 세계에 막 왔을 때를 알고 나니까 더욱 그래.

숲 입구 부근에서 고도가 내려가더니 조금 트인 장소에 착지하는 기르 씨. 바구니의 바닥이 지면에 잘 달라붙은 뒤에 나는 자력으로 바구니에서 나왔다. 이제 기어올라 갔다가 굴러떨어지는 일은 없습니다. 바람의 자연마법으로 부드럽게 우아하게 착지했고말고!

"흠, 메구도 마법을 잘 다루게 되었구나."

"그야 그렇지! 오르투스의 메구인걸!"

고작 그걸로 칭찬받은 게 기뻐서 나도 우쭐해서 가슴을 폈다. 에헴. 기르 씨가 바구니와 보자기를 순식간에 수납한 뒤 우리는 던전이 있는 마을까지 나란히 걷기 시작했다. 그때는 이 길을 기르 씨의 품에 안겨서 숲으로 왔었지. 은폐 마법이 걸려있어서 목소리를 내지 않도록 참아야 했고. 순식간에 도착한 듯한 느낌이었는데 그건 기르 씨가 빨리 걸었기 때문이었나. 나도 서둘러야겠다. 하지만 다리 길이부터 다르니까 마을에 도착할 때까지는 그때의 두 배 이상 걸린다고 생각하는 게 좋을 것 같다.

"……안겨서 갈래?"

"걸, 을, 거, 야!"

내가 걷는 속도를 올린 걸 알아차린 기르 씨가 놀려 댔다. 내 생각쯤은 다 간파하고 있다는 겁니까. 어휴! 하지만 그런 농담을 던지며 쿡쿡 웃는 기르 씨도 쉽게 볼 수 없는 모습이니까 용서하겠습니다. 나는 쉬운 어린이다.

"아, 아니 오르투스에서……?! 뭐, 뭔가 문제라도?!"

마을에 들어가 다른 곳에 들르지 않고 곧장 던전 앞으로 가자 접수처의 남자가 기르 씨를 보자마자 놀라서 소리쳤다. 역시 유명인이구나. 심지어 어딘가 겁먹은 반응이다. 오르투스가 있는 마을과 달리 여기에는 잘 오지 않아서 기르 씨의 무서워 보이는 인상만 강하게 남아있나 보다. 머리부터 발끝까지 시커멓고 마스크도 착용한 성인 남성이니까 이해는 간다. 나도 처음 봤을 때는 수상한 사람인지도 모른다며 무서워했으니까.

"아니, 이번에는 이 아이를 데려온 것뿐이다."

"이 아이? 앗, 귀여워……!"

기르 씨가 나를 손짓하자 접수처 사람은 그제야 내 존재를 알아차린 모양이었다. 귀엽대. 민망해라.

"안녕하세요. 언젠가 수행하러 오고 싶어서 오늘은 견학하러 왔어요!"

모처럼이니 나도 인사해 봤다. 웃는 얼굴로 잊지 않고! 적당히 말했는데 괜찮았으려나? 기르 씨를 힐끔 올려다보자 눈을 휘면서 머리를 쓰다듬어 주었다. 정답이었나 보다. 휴.

"윽! 그, 그렇군요! 당신이 같이 간다고 하면 문제는 없겠죠. 다만……."

어째서인지 얼굴이 발그레했지만, 접수처 사람은 기르 씨가 같이 간다면 괜찮다며 바로 허락해 주었다. 프리패스잖아. 뒤에 가서 표정이 어두워진 게 신경 쓰였다. 뭔가 조심해야 하는 거라도 있나? 접수처 사람이 말을 흐리자 기르 씨가 알아차렸다는 듯 뒷말을 이어받았다.

"그래, 다른 자들을 고려해서 주변 마물이 도망치지 않도록 기척은 조절할 생각이다."

아하. 기르 씨는 너무 강하니까 존재를 인식하기만 해도 마물이 도망칠 우려가 있었군. 하지만 던전에는 마물을 쓰러트리기 위해 수련하러 오는 사람들이 있으니까, 그랬다간 주변 사람들에게 폐가 된다. 그걸 감안해서 배려하겠다는 거지? 하지만 접수처 사람이 신경 썼던 건 그게 아니었던 모양이다.

"앗, 아뇨. 그 점은 걱정하지 않았습니다. 특급 길드 분들께선 익히 알고 계시니까요. 그, 사실은 조금 전에 3인조가 던전에 들어갔는데요. 그중 두 명은 어린아이였습니다. 한 명은 막 성인이 된 청년이라 규칙상으로 문제는 없지만……. 조금 걱정이라서요."

어린아이끼리 던전에 들어가는 건 당연히 금지되어 있다. 이번에 들어간 3인조는 옛날부터 몇 번씩 여기에 와서는 빨리 들어가고 싶다고 소란을 피우던 유명한 아이들이라고 한다. 그중 한 명이 최근에 드디어 성인이 되어서 오늘 마침내 입장 허가를 받았다나. 일단 제1, 제2층까지라면 문제없는 실력을 지녔다는 건 확인했다고 한다. 그렇구나. 확실히 걱정이네. 만약을 위해 일정 시간이 지나면 상황을 살펴보러 갈 예정이었으며 슬슬 누군가에게 의뢰하려던 참이었다나. 그때 타이밍 좋게 우리가 왔다는 건가.

"그래. 겸사겸사 상황을 보고 오지."

"대단히 감사합니다! 보수는 길드 쪽으로……."

접수처 사람이 끝까지 말을 마치기 전에 기르 씨가 손을 들어 제지했다. 보수는 받지 않겠다는 의미다. 당연히 접수처 사람은 당황하며 그럴 수는 없다며 두 손을 붕붕 내저었다. 응, 마음은 이해한다. 하지만 이쪽에도 일단 사정이 있거든요. 그걸 알려주기 위해 이번에는 내가 입을 열었다.

"오늘은 휴일이거든요. 일하면 혼나요."

그래서 비밀로 해 달라는 의미를 담아 나는 입술 앞에서 검지를 세웠다. 보수를 받으면 그건 정식 의뢰가 된다. 휴일은 일을 안 하고 쉰다는 게 오르투스의 규칙인 이상 그걸 깰 수는 없지! 뭐, 사실 그렇게까지 세세하게 따지는 사람은 아무도 없지만. 접수처 사람은 어안이 벙벙해진 듯 나를 쳐다보며 눈을 동그랗게 떴다. 참고로 당연하지만 그 이유가 전부는 아니다. 그냥, 이 정도의 일은 의뢰가 아니어도 해야 하는 일이잖아. 아마 기르 씨도 마찬가지겠지! 보면서 위험할 것 같다고 느끼면 도와주는 게 당연하다는 감각을 갖고 있으니까. 이런 일을 하는 사람이나 던전에 오는 사람은 대부분 그런 인식이 있지 않을까? 오히려 의뢰가 없다면 돕지 않는다니 너무 매정한걸. 상부상조 정신은 일하는 날에도 휴일에도 건재하다. 그런 의도를 정확하게 이해한 건지 접수처 사람은 한 번 허리를 크게 숙였다가 들어 올렸다. 그 표정은 웃는 얼굴로 바뀌어 있었다.

"그럼 선배로서 **우연히** 미래가 창창한 젊은이를 만나시면 조언 부탁드립니다!"

"그래, 알았다."

맞아, 선배로서! 참고로 그 아이들은 오늘이 첫 던전 탐사라 너무 흥분해서 주의력이 산만해졌을 가능성이 크다나. 그래, 염원이 이루어져서 드디어 던전에 들어갔으니까. 기쁠 만도 하지. 으음, 이거 빨리 찾아야겠는데. 그만한 나이의 아이들은 자기는 괜찮다는 알 수 없는 자신감이 넘쳐나곤 하거든. 지금 내 모습으로 말해 봤자 설득력은 없겠지만, 이래 봬도 한 번은 성인이 되어 사회인으로서 살아 본 경험이 있고 다양한 흑역사를 양산해 봤으니까. 아앗, 그때의 나를 때려주고 싶다. 기억을 치워버려야지. 윽, 오래된 마음의 상처가 욱신거려…….

"그럼 조심해서 다녀오세요!"

시키지도 않았는데 옛날 기억을 떠올렸다가 타격을 받는 사이에 접수처에서 거쳐야 하는 절차는 끝난 모양이었다. 드디어 던전 탐사다. 아니, 공략이 목적인 건 아니지만 지난번엔 여기가 던전이라는 것조차 몰랐으니까 처음 오는 기분이다. 긴장할 수밖에 없잖아? 잘 따라와야 한다는 기르 씨의 말에 고개를 끄덕인 나는 뒤처지지 않도록 조심하면서 한 걸음 내디뎠다.

접수처를 지나 10칸 정도의 작은 계단을 내려간 곳에 커다란 문이 있는 게 보였다. 4, 5미터 정도 높이는 되지 않을까. 어떻게 여는 거지. 그때 문 옆에 수정구가 놓여있는 것을 발견. 저건 기억나! 보스인 것 같은 마수를 쓰러트린 뒤에 기르 씨가 만지자 순식간에 밖으로 나왔지. 그래, 수정에 마력을 불어넣으면 안으로 이동하는 구조인 건가. 입구에 문이 있는 건 이 수정에 문제가 생겼을 때 물리적으로 열 수 있도록 만들어 두었다고 한다. 제대로 대책을 세워놨구나. 하지만 이렇게 커다란 문을 열다니……. 불가능한 거 아니냐는 생각이 들었지만 바로 그 생각을 부정했다. 혼자도 열 수 있을 법한 사람의 얼굴이 여럿 떠올랐기 때문이다. 하하, 오르투스 여러분은 참 무시무시하네요!

수정에 손을 올리자 순식간에 안으로 전이된 기르 씨와 나. 밖에서 보았을 땐 동굴 안이었는데, 안으로 들어오자 머리 위에는 파란 하늘이, 발밑에는 초원이 펼쳐져 있다. 완전히 야외잖아. 정말 던전은 신기한 공간이라니까. 아니면 혹시 이 하늘이나 초원은 마법으로 만들어 낸 걸까.

"음, 그렇지. 마물이 살기 편안한 환경을 갖추어서 의도적으로 아래로 갈수록 쓰러트리기 어려운 마물이 살도록 유도하는 거다. 그렇지 않으면 초보자가 시작부터 좌절할 테니까."

구멍에서 생긴 마물의 상태를 조사해서 서식지와 가까운 환경을 인공적으로 만들어 냈다는 건가. 그렇게 하지 않으면 강한 개체가 약한 개체를 공격해 던전 전체가 강한 개체로 가득 차버린다고 한다. 그도 그렇구나. 하지만 그것만으로는 대책이 불충분하기에 정비할 때 의도적으로 강한 개체는 아래층으로 이동시켰나. 그렇게 해서 같은 마물은 같은 계층에서 생겨나게 되었다고 하니 이 또한 신기한 현상이다. 하지만 때때로 위쪽 계층에 강한 개체가 생기는 일도 있으므로 이 던전을 관리하는 사람들이 매일 순찰한다고 했다. 오오, 안전 관리가 잘 되어있잖아. 참고로 나를 발견한 건 3층. 앞으로 두 번 더 아래로 내려가면 되는구나. 그곳은 바위산 에어리어라 중급 수준인 사람들이 파티를 맺고 행동하면 어찌어찌 공략할 수 있는 수준의 난이도라고 한다. 어? 그런 곳에 어린애가 혼자 새근새근 자고 있었던 거야? 기르 씨가 당황하고 놀랄 만도 하구나. 정말 잘 찾아 주셨습니다. 마라 씨의 특수 체질로 안전한 장소에 이동된 거니까 기르 씨가 찾아내는 건 필연이었겠지만, 그래도 정말 고마워!

"이 에어리어에는 어떤 마물이 있어? 거의 안 보이는데."

"흠, 이 근방은 가도를 지나갈 때도 볼 수 있는 수준의 마물뿐 이다. 메구도 거의 전부 본 적이 있는 개체일 테지."

뿔이 난 토끼라거나 쥐나 뱀 비슷하게 생긴 애들을 말하는 걸 까. 조금 크면 염소나 멧돼지 계통의 마물? 아, 중형은 조금 더 안쪽으로 가거나 아래층인가요. 그리고 마물이 거의 안 보이는 건 여기에서 입구가 코앞이라 사람이 많이 드나드는 걸 마물들 도 알기 때문이라고 한다. 학습 능력도 있다니, 마력으로 만들 어진 마물이라고 해도 만만치 않구나.

"그리고 내가 있으면 아무래도 기척을 감지해서 다가오지 않 겠지."

그래, 강자의 기척을 느끼면 보통 도망가니까. 조금 기척을 줄일지 물어보는 기르 씨에게 부탁한다고 대답했다. 이래서야 그냥 초원 산책이잖아. 지난번에도 보스 말고 다른 마물은 못 봤으니 밖에서 보는 마물과 어떻게 다른 건지도 봐 두고 싶었거 든. 보스도 그건 마물이 아니라 엄밀히 말하자면 한 랭크 위인 마수라는 존재였고.

"앗, 있다! 저건 본 적 있어!"

기르 씨가 기척을 누르자 곧바로 조금 떨어진 곳에서 수풀이 흔들렸다. 눈에 힘을 주고 응시하자 토끼형 마물의 모습이 보였 다. 전체적으로 검은색 계열에다 눈에 빛이 없는 게 평범한 동물과는 다른 마물의 특징이다. 몇 번을 봐도 저 빛이 죽은 눈동자가 무섭단 말이지. 더불어 던전 안의 마물은 뭔가 몸 전체에서 마력의 안개가 일렁거리는 것처럼 보인다. 몸이 마력으로 만들어졌기 때문이다. 그래서 물리 공격을 했을 때 감각이 조금 다르다고 기르 씨가 말했었다. 그 차이를 이해하지 못하면 밖에서 마주쳤을 때 당황한다고도 했고. 흠흠, 여기는 확실하게 마물이 나타나는 만큼 수행에는 딱 좋지만, 여기서만 수행하는 것도 문제가 있다는 거구나. 요컨대 밸런스다.

"쓰러트려 보겠어?"

"으, 못할 것 같아. 역시 살아있다는 것만으로도 무서워…….
이래저래 좀 더 판단할 수 있게 된 뒤에 도전하고 싶어."

"그래. 지금 무리할 필요는 없지. 오늘은 수행하러 온 게 아니니까."

배려하게 만들고 말았다. 죄송해요! 하지만 기르 씨에게는 계속해서 기척을 눌러 달라고 했다. 이쪽에 위험이 미칠 것 같을 때만 기르 씨에게 대처해 달라고 해야지. 뭐, 약하게 눌렀을 뿐 아예 지운 건 아니라 접근했다간 마물 쪽에서 도망칠 테지만. 여담으로 이곳의 마물은 쓰러트리면 기본적으로 전부 사라진다고 하는데, 가끔 그 마물의 이빨이나 뿔, 가죽만 남기도 한다는 모양이다. 그런 걸 보상이라고 부른다. 그럼 밖에서 사냥해서 직접 해체하는 거랑 똑같지 않냐며 고개를 갸웃거리자 던전의 마물은 마력 덩어리이기 때문인지 쓰러트리면 마석도 같이 남는다고 했다. 강함에 따라 크기는 달라지지만, 질은 광산에서 채

굴하는 마석과 별 차이가 없다나. 더불어 시체를 처리하거나 해체할 필요 없이 재료를 입수할 수 있는 게 간편해서 장점이 한가득. 하긴 해체도 처리도 시간이 걸릴 테지. 더러워지고. 어느 정도 실력이 없으면 입수 상태가 나빠지기도 하니, 확실히 던전이 더 효율은 좋아 보인다. 매번 보상을 떨구는 게 아니라는 단점은 있지만.

"……이 계층에는 없는 모양이군."

저 멀리 마물이 나타난 걸 보면서 정처 없이 걷고 있었더니 얼마 후 기르 씨가 툭 중얼거렸다. 그림자를 사용해 1층 전체를 찾았던 모양이다. 마물에게도 들키지 않고, 나와도 평범하게 대화하면서 그런 조사를 하고 있었다니. 늘 그랬긴 하지만 너무 유능한 거 아닌가요?

"2층에 있는 걸까?"

"그렇다면 다행이다만……."

1층과 2층은 출몰하는 마물에 큰 차이가 없다고 한다. 다만 여기보다 나무가 더 많아서 시야가 가로막히고, 마물의 수가 조금 많다고. 하지만 대부분 문제없이 대처할 수 있는 만큼 어중간하게 자신감이 붙어 한 층 더 내려가도 괜찮을 거라고 생각하는 사람이 많다고 했다. 접수처에서는 미리 미성년자가 있는 파티는 2층까지만 갔다가 돌아오라고 하지만. 첫 던전 탐사에 흥분한 상태라면 '우리 제법 잘하지 않아?'라며 방심해도 이상하지 않지. 전해 들은 인상이 전부지만 영락없이 그렇게 되었을 것 같은 느낌이다.

"3층은 마침 널 발견한 곳이야. 거기서부터 마물이 조금 강해지지. 방심한 자들이 따끔한 맛을 보는 장소다."

큰 공부가 될걸. 그것도 경험이고. 다만 아무리 접수처가 있고 정비된 장소라고 해도 절대 안전한 장소는 아니다. 들어가기 전에 부상이나 사고, 사망은 자기책임이라는 내용의 서약서에 이름을 적으니까. 어린아이일 경우에는 인솔자인 어른이 적지만, 어린아이라고 해도 설명은 듣는다. 나도 들었거든. 즉 무슨 소리냐면, 최악의 경우 죽을 수도 있다는 뜻이다. 그러면 좋은 경험이었다고 말할 수 없게 된다. 특히 3층부터는 일격에 치명적인 공격을 날리는 마물도 있다고 하니까 무시무시하다. 1층, 2층은 기본적으로 소형 마물이고 다치면 바로 퇴각할 수 있는 위치이기도 하므로 크게 다치는 일은 있어도 생명의 위기까지는 없다. 그런 감각으로 3층에 내려가니까 혼쭐이 나는 사람이 끊이지 않는다.

"왠지 걱정이야. 저기, 기르 씨."

"그래. 조금 서두를까. 미안하다, 메구."

"아니야! 별일 없으면 좋겠는데."

이런 예감은 맞는단 말이지. 플래그라고 해야 하나. 빗나갔으면 하는데 맞을지도 모른다고 생각하기 시작하면 걱정되어서 견딜 수가 없다. 아무튼 서둘러야지. 별일 없으면 다행이다 하고 끝나는 일이니까. 바로 바람의 자연마법을 사용해서 2층으로 이어지는 계단까지 달렸다. 날아갈 수 있다면 좋았겠지만, 아직 마력량과 제어력이 불안했거든. 그, 그래도 바람이 등을 쭉쭉

밀어주면 아주 빨리 달릴 수 있으니까! 넘어지지만 않으면!

2층으로 내려간 순간 이번에는 기르 씨가 곧바로 그림자를 보내 수색했다. 여기서 발견하면 서두를 필요는 없으니까. 하지만 발견하지 못한다면 그들은 3층으로 내려갔단 뜻이다. 그럼 이제 여유를 부릴 새가 없다. 한시라도 빨리 3층으로 내려가서 보호해야 한다. 조마조마한 마음으로 기르 씨를 바라보며 기다리길 수십 초. 고개를 든 기르 씨는 험악한 표정으로 고개를 저었다. 아앗. 불길한 예감이 들어맞았구나……?!

"미안하다, 메구. 긴급사태야. 안고 달려도 될까?"

"으, 응. 미안해, 발목 잡아서."

기르 씨 혼자였다면 그림자를 통해 순식간에 그들 곁으로 달릴 수 있었을 텐데, 나를 던전에 혼자 남겨둘 수는 없으니 데려가야만 한다. 하다못해 혼자서도 기다릴 수 있을 만큼 강했다면 좋았겠지만 그런 말을 해봤자 소용없지.

"아니, 네가 있는 쪽이 그 3인조도 안심할 거다. 그때는 부탁하마."

하지만 기르 씨가 그런 기쁜 말을 해준 덕분에 가라앉았던 기분이 올라왔다. 나는 단순한 어린이. 그, 그런 거라면 기꺼이 따라가고말고요! 도움이 되도록 노력하겠습니다! 기르 씨는 바로 나를 번쩍 안아 들더니 꽉 붙잡으라고 했다. 분명 어마어마한 속도로 달릴 테니까 목에 팔을 감아 단단히 매달렸다. 그 후 '됐어'라고 알린 순간 기르 씨는 나를 안은 팔에 힘을 조금 주더니 지면을 박찼다.

어, 어, 어마어마하게 빠르잖아! 예상치 못했다. 풍경을 볼 여유도 없을 정도야! 그저 들었던 대로 2층은 나무가 많아서 그런지 숲속을 질주하는 듯한 기분이었다. 직진이 아니라 무언가를 피하면서 달리는 감각이 전해지거든. 십중팔구 나무를 피해서 달리는 거겠지. 그런 예상밖에 못할 만큼 빠르다니 뭔데? 기르 씨의 고스펙은 매번 내 상상을 아득하게 초월한다니까. 하지만 뭐, 덕분에 순식간에 3층으로 내려가는 계단에 도착했다. 2, 3분 정도 걸렸나. 1층에서 2층까지 오는 동안 30분 정도는 걸렸던 것 같은데. 하, 하하. 신경 쓰면 패배다.

"3층에서 기척을 되돌, 아니, 마력을 조금 방출할 거야. 다른 사람들에게는 미안하지만 그런 소릴 하고 있을 때가 아니니까."

"긴급 사태인걸. 만약 근처에서 공격받고 있다면 마물이 도망칠 테니까 좋은 생각이야!"

그것만으로도 위험을 줄일 수 있다면 하는 게 낫다. 마물이 일제히 도망칠 테니 한창 싸우던 사람이 있다면 폐가 될 테지만, 뭐라고 항의하면 사과하면 된다! 인명 우선! 기르 씨는 나를 안은 채 계단을 내려가 3층에 발을 들여놓은 순간 마력을 방출했다. 눈에 보이는 건 아니지만 감각으로 기르 씨의 마력이 파문처럼 3층 안에 퍼져나가는 걸 느낀다. 마물들이 웅성거리며 움직이는 소리가 들리기도 하고, 도망치는 기척도 느껴졌다. 아아, 이 광경은 조금 반가운데. 기억이 난다. 나무나 풀은 거의 없고 울퉁불퉁한 바위투성이에다 흙먼지가 인다. 그때 나는 목도 마르고 배도 고프고 지쳐서 힘이 다해 쓰러졌었지. 마법으로

물을 만들 수 있다는 걸 알았을 때는 더 빨리 알고 싶었다고 한탄했고. 아니, 지금은 감회에 젖어있을 때가 아니다. 어디 보자, 문제의 3인조는 어디 있을까?

"찾았다. 가깝군."

하지만 역시 기르 씨. 마력 방출과 동시에 위치를 추적한 모양이었다. 3인조로 추정되는 인물 세 명이 모여있는 기척을 발견했다고 했다. 아무래도 그 자리에서 움직이려는 기색이 없으니 다친 건지도 모른다고. 큰일이잖아! 서둘러야지. 기르 씨도 고개를 끄덕이고는 바로 세 사람이 있는 방향으로 달렸다.

3인조는 바로 발견했다. 은백색 머리카락을 좌우로 갈라 낮게 내려 묶은 소녀와 구불거리는 하늘색 머리카락의 소년이 금발 청년 주변에 앉아 울고 있는 모양이었다. 그 금발 청년을 잘 보자 붉은 피 같은 게 보였다. 다리를 다친 건가?!

"괜찮나?"

그들 곁으로 다가간 기르 씨가 말을 걸자 하늘색 머리카락 소년이 기르 씨를 올려다보고는 히끅거리면서 도와달라고 울었다. 상당히 혼란스러운 모양이었다. 그 마음 알지. 가까운 사람이 피를 흘리는 걸 보면 패닉에 빠질 만도 해. 나도 그런 경험이 있었기에 크게 공감했다. 조금이라도 달래고 싶었던 나는 기르 씨의 어깨를 톡톡 두드려서 내려달라고 한 뒤 세 사람에게 더 가까이 다가갔다.

"다친 곳 보여줘. 꼭 나을 거야. 응?"

최대한 부드럽게 들리도록 의식하면서 시즈쿠에게 부탁해 안

개 형태의 약을 상처 위로 덮었다. 수납 팔찌에 약이 있긴 하지만, 이게 더 골고루 뿌릴 수 있거든. 출혈이 멎은 뒤에 씻어내자 상처가 대부분 아물어 있었다. 다행이다! 하지만 응급처치만 했을 뿐이니 바로 의사 선생님에게 진찰받으라는 것도 잊지 않았다. 어차피 나는 약을 뿌리고 씻기는 게 고작인 아마추어니까.

"고, 고마워……. 통증도 사라졌어. 아직 어려 보이는데 대단하구나. 그만한 피를 봤는데도 침착하고."

금발 청년은 내 말을 듣고 놀라서 눈을 크게 떴다. 아, 그렇구나. 보통은 이 두 사람처럼 울거나 당황하거나 하겠지. 하지만 아쉽게도 나는 겉으로 보이는 것처럼 어린아이가 아니고, 최근에 더 심각한 상처를 본 데다 내가 그만큼 다치기도 했으니까 이 정도로는 동요하지 않는다. 나도 강해졌구나. 통증이 가셨기 때문인지 금발 청년은 사정을 설명해 주었다. 소형 울그, 즉 늑대형 마물이 다섯 마리 정도 무리 지어 공격했다고 했다. 청년은 반사적으로 아이들을 감싸고 도망치게 할 생각이었다지만 그때 다리를 당했다나. 이젠 끝일지도 모른다고 생각한 순간 갑자기 어디선가 강력한 마력이 느껴졌고, 그 마력에 마물이 다들 도망쳤다고 했다. 오오, 아슬아슬했구나! 한발만 더 늦었다간 분명 크게 다쳤을지도. 미연에 막아서 정말 다행이다.

"타, 타비타. 미안해. 내가 3층도 보고 싶다고 고집부려서."

"피아만 잘못한 게 아니야! 나도 여기 있는 마물이 보고 싶다고 했는걸."

"아니야! 마이케는 말렸잖아! 타비타도……."

한편 다친 게 어떻게든 수습된 걸 알자 두 아이는 조금 진정한 건지 이번에는 사과 대전을 벌이며 울기 시작했다. 아하, 그렇구나. 대화만 들어도 착한 아이들이라는 걸 바로 알 수 있었다. 다만 호기심에 져버렸을 뿐. 흔한 이야기다. 조금만이라고 조르는 아이들을 달래는 건 제법 어렵지. 이제 막 성인이 되었다는 금발 청년이 말리지 못했던 것도 무리는 아니다.

"마이케, 피아. 내 잘못이야. 어른은 나쁘니까 더 세게 말렸어야 했어. ……나도 보고 싶었으니까. 두 사람을 위험하게 해서 정말 미안해!"

그래, 그렇구나. 이 청년, 타비타도 갓 성인인걸. 성인이 되었다고 해도 내면까지 갑자기 성숙해지는 건 아니다. 만약 여기서 반성하지 않았다면 기르 씨에게서 벼락이 떨어졌겠지만 제대로 이해하고 반성했으니 이번에는 크게 배운 경험으로 끝날지도 모른다.

"……셋 모두. 이젠 알았겠지만, 던전은 놀이터가 아니다. 그것을 한 번 더 머릿속에 제대로 집어넣도록."

대선배인 기르 씨가 세 사람에게 따끔하게 충고하자 셋 다 움찔 어깨를 떨긴 했지만 거듭 고개를 끄덕이며 순순히 잘못했다고 사과했다. 좋은 자세다. 기르 씨가 접수처에 그림자새를 보내 연락했으니 곧 던전 관리담당자가 데리러 온다고 한다. 뒤처리도 빈틈이 없는 남자, 기르 씨였습니다. 나는 수납 팔찌에서 마실 것을 꺼내 세 사람에게 먹였다. 놀란 가슴을 달래기에 좋을 것 같았거든. 그 효과도 있었던 건지 한 시간 정도 뒤에 관리담당자가 데리러 왔을 때는 웃는 모습도 볼 수 있을 만큼 회복되었다. 후우, 한시름 놨네. 담당자와 3인조에게 거듭 인사를 받은 우리는 그대로 그들의 모습이 보이지 않게 될 때까지 지켜본 뒤 동시에 긴 한숨을 내쉬었다. 타이밍이 너무 딱 맞아서 둘다 쿡쿡 웃었다.

"예상치 못한 일이 있었지만, 이제 목적지까지 가자."

"목적지?"

기르 씨의 말에 고개를 갸웃거렸다. 던전 자체가 목적지였던 게 아니었어? 그 질문에 조금만 더 가면 도착한다고 말한 기르 씨가 내 손을 잡고 걷기 시작했다. 아무래도 도착할 때까지 비밀인 모양이었다. 그런 거라면 따라가야지. 잊고 있던 설렘이 돌아오자 발걸음이 가벼워졌다.

"여기다."

그곳은 여태까지와 다를 바 없는 바위산이었다. 아니, 이 3층은 어딜 가도 풍경이 전혀 바뀌지 않는단 말이지. 그래서 여기라고 해도 여기가 뭔지 통 짐작 가는 게 없었다. 하지만 설마. 기르 씨를 힐끔 올려다보며 그 예상을 입에 담았다.

"혹시 내가 쓰러져 있던 곳이야?"

기르 씨는 바로 눈웃음 지으며 정답이라고 대답했다. 역시 그랬구나! 비슷비슷한 장소인데 용케 정확하게 기억하고 있었네. 그 말에 마력의 흐름이 미약하게 다르기 때문이라는 대답이 돌아왔다. 그런 미약한 차이를 감지하고 또 기억할 수 있다는 게 대단한 건데? 변함없는 유능함에 감탄하고 있었더니 기르 씨가 천천히 마스크와 후드를 벗었다. 어라? 괜찮은 건가? 뭐, 지금은 주변에 사람이 없지만, 그대와는 다르게 언제 사람이 올지 알 수 없지 않나. 내 생각을 알아차린 건지 기르 씨는 가볍게 웃으면서 괜찮다고 머리를 쓰다듬어 주었다. 그 눈빛이 평소보다 더 다정해서 가슴이 따뜻해지는 한편, 평소와는 조금 느낌이 달라서 당황하기도 했다.

"오늘 너와 여기에 오고 싶어한 건……. 초심을 떠올리고 싶었기 때문이야."

"초심?"

그 자리에 앉은 기르 씨는 그렇게 말하며 하늘을 바라보았다. 나도 옆에 앉아 마찬가지로 하늘을 올려다보며 물었다. 이 하늘은 가짜인데도 진짜 같고 무척 예쁘구나. 가짜이기 때문에 아름다운 건지도 모르지만.

"네가 사라졌을 때, 나는 여태껏 느껴본 적이 없을 만큼 초조해했지. 그토록 여유를 잃은 건 난생 처음이었다."

그 후 기르 씨는 내가 인간 대륙에 있을 때의 이야기를 해주었다. 침착하게 생각할 수 없게 되어 사우라 씨에게 폐를 끼쳤고, 무서워서 전신이 계속 떨렸고, 그날 나와 처음 만났던 때를 떠올렸다고 했다.

"이렇게나 작고 약한 생물이 존재한다니 놀라움의 연속이었지. 자칫 힘을 잘못 조절하면 바로 꺼져버릴 듯한 생명 같았지. 나는 널 지키려고 노력했지만, 동시에 언젠가 상처 주는 게 아닌지 두렵기도 했어."

"그건, 처음 들어……."

"지금 처음 말했으니까."

기르 씨는 아무튼 자상하다. 말수가 없고 무표정해서 무슨 생각을 하는지 알기 어려울지도 모르지만 대체로 누군가를 위해 행동할 때가 많다. 무척 강하고, 늘 더 위를 향해 노력하고, 자기 이야기는 좀처럼 하지 않는다. 붙임성은 없다. 하지만 누구보다도 다정한 사람이다. 그렇기에 나처럼 약한 아이와 만나서 고민하고 당황하는 거겠지. 다정하지 않다면 그런 식으로 생각하지도 않을 거다.

"지키지 못했다고 수도 없이 후회했어. 괴롭거나 고통스러운 일로부터 떼어놓고 싶었는데 결과적으로는 둘 다 겪게 하고 말았지. 모든 나쁜 일로부터 지키려고 했으면서. 무력함을 통감했다. 하지만."

기르 씨가 이쪽으로 시선을 보내는 걸 느끼고 나도 기르 씨를 보았다. 뺨에 살며시 다가온 손은 무척 따뜻해서 나도 그 손에 내 손을 포갰다.

"그런 일을 겪어도 네 눈은 여전히 맑아. 하이 엘프 마을에서도 생각했지만, 너는 마음이 강해. 몇 번이고 다시 일어나는 힘을 지니고 있다는 걸 새삼 깨달았지."

왜, 왠지 쑥스러운데. 강하다니. 포기를 못 하고 악착같이 매달린다는 자각은 있다. 하지만 이대로 끝날 수는 없잖아. 그냥 지는 게 싫다고도 할 수 있다. 그래도 그걸 그렇게 평가해 주는 건 순수히 기쁘다. 나는 뺨을 감싼 기르 씨의 손에 가볍게 볼을 비볐다. 어리광!

"오히려 네가 내 마음을 몇 번이나 구해주었다. 모든 것으로부터 너를 지키겠다는 건 오만한 생각이었어. 미안해."

"어? 그렇지 않아! 기르 씨도 날 매번 지켜주는걸? 안전도 그렇지만, 마음도. 기르 씨가 있기만 해도 안정감이 완전히 달라!"

쉽게 들을 수 없는 기르 씨의 속마음에 어쩐지 내가 더 당황했다. 정말 무슨 일일까. 짐작 가는 건 아무래도 전이 사건이다. 그 후로 시간이 꽤 지나 한숨 돌리고 나니까 저런 생각도 든 게 아닐까. 새삼 들으니까 민망하구나. 헤헤.

"……워."

"어?"

스윽 뺨을 쓰다듬나 했더니 기르 씨는 무언가 작게 중얼거리고 다시 하늘을 올려다보았다. 뭐라고 한 거지? 잘 안 들렸는데. 혼잣말?

"……아니. 여기서 널 만난 게 다행이었어. 내가 앞으로 더 성장할 수 있다는 생각이 들었으니까."

나를 만난 이 장소에서 이 이야기를 하고 싶었다며 기르 씨가 웃었다. 자신에게는 두 번째 출발점 같은 느낌이 든다고. 두 번째 출발점이라. 나야말로 그렇다. 나에게는 말 그대로 이 세계에 와서 처음 눈을 뜬 곳이 여기니까. 진짜로 다시 태어났는걸. 하세가와 메구에서 메구로.

생각해보면 계속 과거에 잡혀 있었다. 어린아이다운 행동이나 감정에 휘둘릴 때마다 부끄러워하거나, 발음이 어설플 때마다 답답해하거나. 그 나이의 어린아이였다면 신경 쓰지 않을 만한 걸 신경 쓰고, 계속 뒤죽박죽이었다. 몸과 마음이 하나가 된 뒤에는 상당히 안정되었지만 그래도 지식이 있는 만큼 이성이 먼저 움직여서 불현듯 정신을 차릴 때가 있기도 하고. 이러니저러니 해도 지금도 전생의 기억에 붙들려 있다는 느낌이다. 하지만 그래도 괜찮다. 과거의 기억과 지식 덕분에 기르 씨나 많은 사람에게 고마움을 잊지 않을 수 있으니까. 원래 어린아이는 주변에서 이것저것 해주는 거에 반발하거나 떼쓰거나 하잖아? 그걸 어른이 된 뒤에 깨닫고, 그때는 이미 늦었다며 후회하기도 하고. 그때 더 고마워할 걸 그랬다고 몇 번을 생각했는지. 그걸 어린아이인 지금 할 수 있다는 게 무척 귀중하다. 어린아이일 때 많은 애정을 쏟아주는 사람들에게 그때그때 고마워할 수 있다는 기쁨. 그리고 그러한 기억을 잊지 않을 수 있다는 게 지금 무척 기쁘다. 특히 여기서 기르 씨와 만난 날은 평생 잊고 싶지 않다.

"기르 씨. 나도 기르 씨를 만나서 다행이야! 덕분에 이 세계에서도 가족이 생겼는걸. 나에게 가족을 줘서 고마워."

설마 이세계에서 돌아갈 집과 가족이 생길 줄은 몰랐다. 계속 같이 있고 싶은 사람들과 만난 것도, 아빠와 재회한 것도 전부 여기서 기르 씨를 만난 덕분인걸!

"가족을 줘서 고맙다라. 그렇게 따지면 나도 마찬가지군. 메구라는 가족이 늘어났어. 덕분에 오르투스에는 웃음이 늘었지."

"기르 씨도 웃게 되었어?"

"훗. 그래, 그럴지도 모르겠다."

정말로 부드러운 미소를 보여주게 되었지, 기르 씨. 처음 만났을 때부터 가끔 보여주긴 했지만, 그 미소가 상당히 귀중하다 보니 볼 때면 몹시 기뻐했다. 하지만 요즘은 빈도가 늘어나서 희귀도는 떨어졌으려나? 물론 웃는 기르 씨를 보는 건 기쁘니까 웰컴이지만요! 나는 벌떡 일어나 기르 씨 앞으로 이동했다. 그 후 기르 씨의 두 손을 붙잡고 선언했다.

"나는 앞으로도 기르 씨가 웃는 걸 많이 보고 싶어! 계속 같이 있자!"

우리의 인생은 길다. 과거 인간이었던 몸으로는 정신이 아득해질 만큼 길다. 그래도 기르 씨나 오르투스의 동료들이 곁에 있다면 분명 행복할 것이다. 그야 언젠가는 나를 남기고 다들 가버릴지도 모르지만, 그것도 아직 한참 미래의 일이다. 그동안 추억을 많이 만들 거니까 분명 괜찮을 거야…….

하지만 역시 기르 씨는 특별하니까, 내가 할머니가 될 때까지 떨어지기 싫다고 떼를 쓰고 싶단 말이지.

"계속이라."

내 말을 곱씹듯이 중얼거린 기르 씨는 내 손을 놓더니 일어났다. 그대로 완전히 서는 줄 알았는데 한쪽 무릎을 꿇고 내 손을 다시 잡았다. 기, 기사님 같은데?! 멋있어!!

"약속하마. 이 목숨이 다할 때까지 메구 곁에 있겠다고."

어쩌지. 기르 씨의 멋짐이 천장을 뚫어 버렸다. 순식간에 얼굴로 열이 몰리는 게 느껴졌다. 하, 하, 하지만, 이렇게 멋있는 말을 들을 기회는 케이 씨 말고는 보통 없으니까! 하지만 왠지 가슴 속 깊은 곳이 따끔거리기도 했다. 목숨이 다할 때까지라면, 그다음은? ……아니야, 됐다. 언젠가의 미래를 생각하다 보면 끝이 없는걸. 수명이 너무 긴 것도 고민이구나! 괜한 쪽으로 의식이 끌려가 버리니까. 마음이 묘하게 술렁거려서 왠지 침착해지지 못하겠다. 모처럼 근사한 말을 들었는데 이래서야 아깝다고! 그래서 나는 '후우' 하고 작게 숨을 내쉰 뒤 기르 씨에게 대답했다.

"나도 약속할게! 앞으로도 잘 부탁해, 기르 씨!"

그대로 에잇 하며 기르 씨에게 다이빙. 당연히 기르 씨는 가뿐하게 받아내며 안아 주었다. 하아, 기르 씨 테라피 최고. 고민이나 불안이 전부 날아간다. 나를 껴안은 채 일어난 기르 씨는 슬슬 돌아가자며 왔던 길을 다시 걷기 시작했다. 이번에는 보스 방은 안 지나간다는 모양이다. 그 소식에 안도하자 어느 쪽이든 괜찮다고 놀리는 기르 씨. 큭, 그렇게 생각이 얼굴에 드러났나? 2층은 거의 건너뛰다시피 통과했으니 돌아가는 길에 천천히 견학할 거라고 항의하자 '그래, 알았어'라며 가볍게 다독이는 바람에 나는 뺨을 크게 부풀렸다. 그 후에는 서로를 바라보며 쿡쿡 웃었다.

아아, 행복해라. 이런 사소한 순간이 정말 행복하다. 빨리 강해지고 싶다거나 할 수 있는 일을 늘리고 싶은 마음은 있다. 나만 뒤에 남아 버릴지도 모른다는 조급함도 있다. 다른 사람들을 따라잡아서, 오르투스의 일원으로서 더 도움이 되고 싶으니까.

하지만 지금은 그냥 따뜻한 행복 속에서 천천히 성장하자. 그렇게 마음먹었다.

후기

여러분 안녕하세요. 먼저 익숙해져 가고 있는 인사말부터 하겠습니다. 후기에 어서 오세요! 아이 리이아입니다.

이 인사도 여섯 번째. 그리고 특급 길드의 이야기도 커다란 매듭을 맞았습니다. 그렇습니다, 드디어 어린이편 완결입니다! 여기까지 책으로 낼 수 있다니……! 정말이지 감개무량합니다. 그런 마음이 드러난 건지 추가 단편은 메구와 기르의 만남을 돌아보는 내용이 되었습니다. 같이 돌아보면서 추억에 잠겨 주시면 좋겠습니다.

비화를 이야기하자면, 사실 중간까지는 여기서 엔딩을 낼 예정이었습니다. 하지만 독자님들께 뒷이야기를 읽고 싶다는 대단히 감사한 말씀을 듣고 소녀편으로 이어가기로 했습니다. 출간 제안을 받은 게 마침 그 무렵입니다. 소설가가 되자에서 '오늘의 작품'으로 소개해 주신 것도 같은 시기였죠. 다양한 요소가 깔끔하게 딱딱 들어맞는 감각이라고 해야 하나, 타이밍이 아주 좋았다고 해야 하나……. 참으로 신기한 인연을 느꼈던 기억이 지금도 생생합니다.

지금 새삼, 여기서 끝내지 않고 계속 쓰길 잘했다고 느낍니다. 너무나 약한 어린아이였던 메구와 함께 작가로서도 성장해 갈 수 있을 것 같기 때문입니다. 그 성장 속도는 메구가 훨씬 빠르고 확연하며 제 성장은 거북이 달리기 수준이긴 하지만요. 이쯤 되니 제 아이의 성장기록 같은 감각이라, 지금은 메구가 어른이 될 때까지 계속 쓰고 싶습니다. 가능하다면 그때까지 책으로 쭉 보여드리는 게 현재 제 꿈이죠. 이 세계의 수수께끼나 왜 일본에서 전이, 전생한 건지에 대한 수수께끼를 메구와 함께 알아주셨으면 합니다. 그 외에도 캐릭터들의 관계성 변화나 새로운 만남 등 아직 쓰고 싶은 게 많아요!

그럼 마지막으로, 6권을 출판할 때 진력해 주신 TO북스, 담당자님, 이번에도 멋진 일러스트를 그려 주신 니모시 님, 협력해 주신 모든 분께 감사드립니다. 만화판을 담당해 주신 분들이나 만화가 이치 코토코 님께도 진심으로 감사를. 늘 정말로 감사합니다.

그리고 무엇보다 읽어 주시는 모든 독자님께도 크나큰 감자의 마음을 바칩니다.

부디 앞으로도 특급 길드의 이야기가 여러분을 치유해 드리는 시간이 되기를.

만화판 제4화

만화 : 어치 코토코

원작 : 아어 리어아

캐릭터 원안 : 니모서

※일본과의 제책 방식 차이로 인하여
이 페이지부터는 우측에서 좌측으로(←) 읽어주시기 바랍니다.

Welcome to
the Special Guild

음

그런 표정을 지으면 모처럼 귀여운 얼굴이 상하잖아?

기척을 전혀 못 느꼈어.

......그런 식으로 기척을 숨기고 등 뒤로 접근하지 좀 말아줄래? 케이.

응? 나도 끼워줘.

!!

네가 그 아이구나?

와, 정말 귀엽다.

미안해. 그야 내가 나가 있는 사이에 귀여운 동료가 오르투스에 왔다고 하잖아.

섭섭해서 조금 장난을 치고 싶어졌어.

힐끗

그러니까 그만하라고!!

으음, 역시 사우라디테는 귀여워.

사이즈도 그렇고 반응도 그렇고. ......내 취향이야.

네가 이러니까 싫은 거라고!

머리로는 알고 있는데 창피해서 죽을 것 같아아아아아!

싫어

자, 슬슬 좋은 아이디어 라는 걸 들려주시겠어요?

이 아이, 메구 말인데.

슈리엘레치노도 모처럼 예쁘게 생겼으니까 그렇게 퉁명스러운 표정 대신 다른 표정을 짓지 그래?

단호

저에게 그런 말은 됐습니다.

사우라디테는
웃는 얼굴이
제일 잘 어울려.

반짝, 반짝

하아..

싫어어어어
어어어어!!

이래서
미남!!!

깍-

으...아,
아.

화르르륵

좋아, 그럼 나는 루드에게 말하고 올게!

……그러게요. 그렇게 하죠.

루드라면 적임일지도 모릅니다.

뭐, 그런 고로 내일 이후에 어떻게 할지는……

케이 씨는 객관적으로 상황을 볼 수 있는 사람이구나.

우리의 공부 성과에 달려있겠지.

나를 위해 다들 왜 이렇게 필사적인 걸까.

사우라 씨는 의무실로 가기 전에 케이 씨에게 내가 입을 옷을 조속히 마련하라는 지시를 내렸다.

어린아이는 정말로

아주, 무척 귀중한 존재랍니다.

어린아이가
되었다고 해도
너무 우는 거
아니야?

그 후 간단히
내 사이즈를
측정한 케이 씨가
재빨리
길드를 나섰다.

나 정말
축복받았구나….
날 구해준 사람이
기르 씨라서,
오르투스라서
다행이야.

발소리가
거의 안 나는데
대체 무슨
아인인 걸까?

……먼저 내가 아주 귀여운 옷을 마련해 올게.

다음에는 직접 가게에 가서 좋아하는 옷을 고르자.

우리 같은 종족이나 아인은 기본적으로 몸이 튼튼하지만, 그래도 병이나 사고로 목숨을 잃는 일이 적지 않죠.

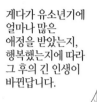

게다가 유소년기에 얼마나 많은 애정을 받았는지, 행복했는지에 따라 그 후의 긴 인생이 바뀐답니다.

그런 분야는 케이에게 맡기면 확실하죠.

우리에게 어린아이는 보물이에요.

이런 친절은 너무 오랜만이라서

만나는 사람이 다들 자상해서

눈물이 흐르는 걸 참지 못하겠어.

……네, 감사함미다.

주위 어른들이 힘을 합쳐서 무엇과 바꿔서라도 지켜야만 한다는 게 공통적인 인식입니다.

구석에서 계속 움직이지 않는 분홍색의 작은 빛.

정령도 컨디션이 무너지거나 하나?

보러 가야지…

끙차……

빛 세기도 약한데… 혹시 어디 아픈가?

불쑥

혼자서는 못 내려가겠어!

너무 푹신해!!

버둥버둥버둥

으앙

버둥버둥

푹신

푹신

출렁

출렁

멍一…

아마 사자 쪽 아인인 거겠지.

아가씨, 처음 보는 얼굴인데.

어디서 왔어? 부모님은?

쿠우우~웅

두다다다닷

니카! 메구가 무서워 하잖아!

쨍알

조금 더 네 외모와 목소리를 자각하란 말이야!

쨍알

쨍알

응? 무서웠어?

그거 미안하다, 아가씨!

쿵쿵쿵

쿠구구구

잠깐, 사우라 씨. 얼굴…!

크하하핫

그럼 저녁 먹고 냉큼 끝내고 오마!

후후, 메구는 진짜 간도 크다.

나도 놀랐어!

쿵 쿵

곧 끝나니까 기달려 줘

메구에 대해서는 너한테도 잘 설명해 줄 테니까

이번 의뢰 끝나고 나면 나에게 와.

오, 그래.

할끔

혹시 소파 위에서 버둥거린 거 사우라 씨가 계속 보고 있었나......?

차, 창피해!

......아니, 그렇지! 놀고 있던 게 아니라고!

흐억?!

메구, 다녀왔어.

이 목소리는 케이 씨?

버둥

버둥

버둥

누가 좀 내려줘!

아, 그래.
메구의 옷을
가져왔어.

새 속옷과 잠옷과
내일 입을 옷이야.
메구에 대해
이야기했더니
크게 기뻐하면서
만들어줬어.

더 예쁜 옷을
만들고 싶으니까
다음에
데려와 달라고
부탁하던데.

물논
임미다!

하지만
돈이……
없어요.

에이,
그런 걸
신경 썼던
거야?

빠르잖아!
주문하러 간 지
얼마나 됐다고?

헉

어휴,
귀여워라.

아
하
하
핫

나중에 커서
가플게요!

진심인데!!!

옷 정도는
내가 사게
해줘.

나 말고도
메구에게
입어 달라면서
마음대로
옷을 사 오는 사람
많이 있을걸.

그럼

세상은 이렇게 아름다웠구나.

하지만 사람의 얼굴은 거의 판별할 수 없어.

오르투스에 와서 실력 좋은 장인들이 이 안경을 만들어줬을 때는 정말 감동했지.

사람의 얼굴이란 어쩜 이렇게 흥미로운 걸까.

꽃빛뱀 이요….

각자 특징이 있는 것 뿐이야.

즉, 개성인거지. 그건 그렇고……

아인은 막연히 인간보다 훨씬 뛰어나다는 인상이 있었는데, 그렇지 않구나.

그때부터 귀여운 것에 환장하게 되었어. 웃기지?

아하햣

아, 처음 들어봐?

네.

보기 드문 종족이니까 모를만도 해.

옷은 전부 심플하지만 디자인이 귀엽고 촉감이 끝내줬다.

응, 알았어. 기대할게.

기대해 쥬세요!

가게에 가면 고맙다고 인사해야지!

...잠시 내 이야기를 할까.

......나는 꽃빛뱀 아인이야.

시력이 약한 종족이지.

아, 하지만 불편하진 않아. 열을 감지하니까 필요 없거든.

반대로 기르 씨는 국외 전문.

사우라디테는 총괄이야. 접수 업무와 사무, 서류 업무가 많아.

그렇구나. 그럼 기르 씨는 외출이 많겠네.

슈리엘레치노는 후방지원이지. 사전준비나 뒷공작, 책략 짜기 등 다양한 일을 해.

조금 쓸쓸해라.

그 외엔 의료 담당, 요리 담당, 무기나 설비 제작자들, 교섭하는 사람

그덕

그덕

청소 등 시설유지 전문가까지 있다니 정말로 회사 같다.

쥬마와 베로니카처럼 뇌가 근육으로 된 녀석들은 실행부대야.

지시만 내리면 뭐든 해줘.

케이 씨 왈, '꽃빛뱀'이란 하얀 비늘 여기저기에 붉은색 비늘이 섞여서 그 모습이 마치 꽃무늬 같다는 점과

확실히 스르륵 지면으로 내려온 하얀 뱀은 참 예뻤지.

말 그대로 '꽃 같고 빛나는 뱀' 이구나.

움직임이 눈부시게 화려한 춤을 추는 것 같아서 그런 이름이 붙었다고 한다.

그 후에도 케이 씨에게서 다양한 이야기를 들었다.

이 길드에 소속된 사람들은 각자 담당하는 분야가 다르다고 한다.

소위 부서 같은 건가?

뱀은 날지 못하는걸

케이 씨는 기르 씨와 마찬가지로 정보와 첩보 담당이지만, 이동에 시간이 걸려서 국내 전문.

Welcome
to the
Special
Guild

Tokkyuu Guild he youkoso! 6 ~kanbanmusume no aisare elf ha minna no kokorowo nagomaseru~
by Riia Ai

특급 길드에 어서 오세요! 6 ~사랑받는 마스코트 엘프는 모두의 마음을 치유한다~

2023년 04월 15일 1판 1쇄 발행

저　　　자	아이 리이아
일 러 스 트	니모시
옮 긴 이	현노을
발 행 인	유재욱
본 부 장	조병권
담 당 편 집	정지원
편 집 1 팀	김준균 김혜연
편 집 2 팀	정영길 조찬희 박치우 정지원
편 집 3 팀	오준영 이해빈
편 집 4 팀	전태영 박소연
디 자 인	김보라 박민솔
라 이 츠	김정미 맹미영 이승희 이윤서
디 지 털	박상섭 김지연
인쇄제작처	코리아피앤피
발 행 처	(주)소미미디어
등　　　록	제2015-000008호
주　　　소	서울시 마포구 토정로 222, 403호(신수동, 한국출판콘텐츠센터)
판　　　매	(주)소미미디어
마 케 팅	한민지 최원석 최정연 박수진
영　　　업	박종욱
물　　　류	허석용
전　　　화	편집부 (070)4164-3962, 3963 기획실 (02)567-3388
	판매 및 마케팅 (070)4165-6888, Fax (02)322-7665

ISBN 979-11-384-3613-7 (04830)
ISBN 979-11-6611-270-6 (세트)